로크미디어가
유혹하는
재미있는 세상

다시 사는 재벌가 망나니 14

2022년 1월 19일 초판 1쇄 인쇄
2022년 1월 24일 초판 1쇄 발행

지은이 맹물사탕
발행인 김정수 강준규

기획 이기헌 왕소현 박경무 강민구
책임편집 김홍식
마케팅지원 배진경 임혜솔 송지유 이영선

발행처 (주)로크미디어
출판등록 2003년 3월 24일
주소 서울시 마포구 성암로 330 DMC첨단산업센터 318호
Tel (02)3273-5135 **편집** (070)7860-2726 **Fax** (02)3273-5134
홈페이지 rokmedia.com **E-mail** rokmedia@empas.com

ⓒ 맹물사탕, 2021

값 8,000원

ISBN 979-11-354-7386-9 (14권)
ISBN 979-11-354-9456-7 04810 (세트)

다시 사는 재벌가 망나니

맹물사탕 현대 판타지 장편소설

14

ROK MEDIA
로크미디어

Contents

1장

Y경찰서 서장실은 곧 있을 서울특별시경찰청장의 방문에 맞춰 깨끗하게 치워 두었다.

고생은 의경들이 했겠지만, 생색은 서장이 낼 것이다.

높으신 분의 의전을 맞춰 주는 건 사회생활의 번거로운 점 중 하나였다.

정진건은 집에서 챙겨 온 넥타이를 그대로 꺼내 목에 걸었다.

"자네가 넥타이 하는 건 처음 보는걸."

양상춘의 말에 정진건은 쓴웃음을 지었다.

"나도 필요할 땐 해."

"제수씨가 골라 준 건가?"

"그런데, 왜?"

"자네답지 않게 센스가 괜찮아서."

"······칭찬으로 받지."

정진건은 아내가 챙겨 준 넥타이를 불편하게 메었고, 양상춘은 의외로 별로 불편해하지 않는 기색으로 넥타이를 하고 있었다.

그렇게 둘이 Y경찰서 서장실 안에서 기다리고 있으려니, 반장이 넥타이를 바로 잡으며 정진건과 양상춘이 있는 서장실로 들어왔다.

"늦지 않게 왔군. 그런데 강 형사는?"

정진건은 반장에게 경례를 한 뒤 대답했다.

"강 형사는 개인 희망에 따라 별도의 수사를 하러 갔습니다."

"그래? 뭐······ 젊은 친구들은 이런 자리가 영 어색할 테니."

'젊은 친구'뿐만 아니라 반장도 이런 자리가 어색하고 싫긴 마찬가지였지만.

반장은 강하윤의 부재를 대수롭지 않다는 듯 취급하곤 양상춘을 보았다.

"양 박사님, 어려운 발걸음을 해 주셔서 감사드립니다."

반장은 양상춘이란 인물이 이런 자리는 누가 부르던 간에 없는 구실을 만들어 가며 요리조리 빠져나갈 것이라 선입견을 갖고 있었기에 던진 말이었지만.

"아닙니다. 오늘은 저도 기대하는 바가 있어서요."

양상춘은 의외로 시원시원하게 대꾸했다.

"기대하는 바라……."

반장의 혼잣말에 정진건이 대신 대답했다.

"반장님, 실은 오는 길에 생각한 것이 있습니다."

"그게 뭔가?"

"예. 그러니까……."

정진건은 차에서 오는 길에 떠올린 가설을 반장에게 이야기했고, 예의 반지 건부터 정진건이 해 오던 일 모두를 알고 있던 반장은 정진건의—이성진의 존재를 배제한—보고가 끝날 때까지 묵묵히 듣기만 했다.

반장이 턱을 긁적였다.

"즉, 이번 박길태의 죽음은 예의 한강 변사체 사건의 연장선일지도 모른다?"

"지금은 그렇습니다."

"흐음. 나로선 다소 끼워 맞춘 느낌이 없지 않은데……."

양상춘이 끼어들었다.

"저도 오늘 여기 와서 이야기를 들어 보니, 조광의 은폐 공작이 생각 이상으로 본격적이더군요. 아쉽게도 셋째는 없었습니다만."

양상춘의 말은 주어가 생략되어 있었음에도 불구하고 반

장은 그 저의를 단박에 알아채며 픽 웃었다.

"조성광 회장에게 셋째는 없지만. 조설훈에겐 제법 머리가 굵은 아들이 한 놈 있습니다."

반장이 말을 이었다.

"김수영이랑 지동훈은 그 조설훈의 장남인 조세광이랑 어울려 다니던 놈입니다. 해서, 내부에선 조세광도 양 박사님의 제3자 가설의 용의자에 넣어 두고 있죠."

"아하."

양상춘이 싱글벙글 웃으며 고개를 끄덕였고, 반장은 정진건을 물끄러미 바라보았다.

"아무튼 그러면 Y구 쪽이랑 우리가 한 팀이 되어서 움직여야 할 텐데…… 정 형사는 조광 쪽에 확신이 있나?"

"확신까진 아닙니다만, 이번 일이 마냥 우연은 아닐 거라고 생각 중입니다. 오늘 양춘자 씨가 올라올 예정이니, 증언에 따라선 핵심 단서를 손에 넣을 수 있을지도 모릅니다."

"……일단 알아 두겠네."

그 즉시 인기척을 느낀 반장은 입을 다물었고, Y경찰서장과 ××경찰서장이 경찰청장 뒤에 바짝 붙어 서장실로 들어왔다.

태극장 네 개가 달린 정복을 입은 두 서장과 달리, 서울특별시경찰청장은 평범한 차림이었지만 세 사람은 그 즉시 자세를 바로 했다.

"충성!"

청장은 가벼운 손짓으로 반장의 경례를 받은 뒤 지나가며 차례로 악수를 받았다.

"자네가 정진건 형사인가?"

"예, 그렇습니다!"

"수고가 많네. 그리고……."

청장의 시선이 양상춘을 향했고, 양상춘은 나름대로 사회적 책무를 다했다.

"국립과학수사연구소 양상춘 박사입니다."

"음. 잘하고 있네."

청장은 고개를 끄덕인 뒤 자연스럽게 상석으로 가서 앉았다.

"앉지."

일동이 자리에 앉자마자 청장이 입을 뗐다.

"자네들도 알다시피 흉흉한 사건 두 개가 연달아 겹쳤어. 보도 지침을 때려 둔 것도 슬슬 한계가 오던 참이고."

청장의 시선이 정진건을 향했다가 Y서장과 ××서장을 번갈아 보았다.

"그런 와중 관할구역을 넘어선 상호 협조가 있다는 건 경찰 입장에서도 퍽 고무적인 일이야. 최 서장, 그렇지 않나?"

Y경찰서장이 맞장구쳤다.

"청장님 말씀대로입니다."

그러면서도 청장은 ××경찰서장에게 한 소리 하는 것도 잊지 않았다.

"다만 한강 변사체 건은 이렇다 할 진전이 없다는 게 조금 아쉽군."

××경찰서장은 쓴웃음을 지었다.

"각고의 노력을 기울이겠습니다."

청장이 방금 전 의도적으로 ××경찰서장에게 쫑코를 준 건 다분히 정치적인 역학을 고려한 발언이었다.

비록 이 자리가 정진건과 양상춘의 활약을 비공식적으로 공치사하는 자리라고는 하나.

따지고 보면 이번 일은 정진건의 관할구역을 넘어선 월권이었고, 청장이 마련한 이번 자리는 Y경찰서장이 서운하지 않게끔 직접 나서서 공과를 조율하는 것으로 관할 부서 간의 알력 다툼을 미연에 방지하는 것을 겸하고 있었다.

그러잖아도 기자들이 군침을 흘릴 만한 사건이 두 개나 터진 상황이었다.

더욱이 청장으로서는 이 한강 변사체 건이 미제로 남은 화성 연쇄살인 사건처럼 불특정 상대를 대상으로 한 엽기 범죄로 불거지지 않길 바라고 있을 터였다.

혹시라도 레임덕이 머지않은 대통령이 관심을 기울이면, 청장 입장에선 그만큼 곤란한 일도 없다.

자칫하면 아예 치안총감 선에서 불똥이 튈지도 모르고.

해서, ××서장을 향한 청장의 표면적인 문책이 이어졌다.

"그래서, 박 서장. 그쪽은 뭔가 잡아낸 거 없나?"

××서장은 공연히 정진건을 쳐다보았고, 그때 반장이 손을 들었다.

"××경찰서 김건일 반장입니다. 관련해서 정 형사에게 들은 내용을 청장님께 말씀드려도 되겠습니까?"

반장의 끼어드는 타이밍이 한편으론 적절했다.

청장은 눈썹을 씰룩이더니 고개를 끄덕였다.

"해 보게."

청장의 허락이 떨어지자 반장은 ××경찰서 관할구역에서 수사 중인 한강 변사체 건에 대해 보고를 올렸다.

반장의 이야기에는 요한의 집에서 박강선을 보호하고 있던 일과 정순애, 나아가선 박상대가 이번 사건에 연루되어 있을지 모를 치정까지 포함하고 있었다.

박상대의 이름이 언급되자 청장은 불편한 기색을 감추지 않고 물었다.

"박상대라고 하면, 여당 대표인 최갑철 의원의 예비 사위인 그 박상대 말인가?"

"그렇습니다."

"······쉽지 않겠군."

윗선끼리는 다들 알음알음하는 사이라고 하나, 다행히 청장과 그들 사이에 개인적인 '친분'이 있어 보이진 않았다.

청장은 그렇게 중얼거린 뒤 어조를 바꿔 말을 이었다.

"그러면 혹시 애 말고 다른 증언자는 없나?"

"오늘 밤에 한 명, 올라올 예정입니다. 실종된 정순애의 지인으로 잠시 고향에 몸을 숨겼던 것을 전남 경찰서 측에 문의해 찾았습니다."

"……그쪽까지? 나중에 안 청장한테 전화 한 통 해야겠는걸."

치안정감이 보임되는 서울특별시경찰청장과 치안감이 보임되는 전라남도경찰청장 사이엔 무궁화 한 개 차이가 있었다.

물론 그렇다곤 해도 무궁화를 단 이들과 이 자리의 서장들이며 반장, 정진건 사이에는 아득한 격차가 있었지만.

청장은 턱을 긁적였다.

"김 반장이라고 했나."

"예, 그렇습니다."

"조직에는 응당 보고 체계라는 것이 있기 마련이네. 이번 보고는 자연히 박 서장을 통해 내게 보고가 올라가야 했어."

"예."

"더욱이 이번 일은 멋대로 민간에 협력을 구했으니, 그 또한 체계를 무시한 일이고. 이번 일은 성과와는 별개로 그냥 넘어가지는 않겠네."

청장은 그렇게 반장을 꾸짖었지만, 그건 어디까지나 이 상황에선 뭐라도 한마디 뱉어야 한다는 윗사람 특유의 강박증에 기인한 것에 불과했다.

그걸 아는 ××경찰서장도 겉으로만 송구스러워하는 기색이었다.

"죄송합니다. 김 반장도 청장님을 뵐 일이 없다 보니 경우가 없었습니다. 수사 의지가 앞서서 한 말이니 괘념치 말아 주십시오."

"……그대가 그렇게 나온다면야. 관련해서는 박 서장 선에서 올라올 보고를 듣지."

"감사합니다."

그것으로 연극적인 문책은 끝났다.

피차 격려차 마련한 자리다. 다들 괜히 거저먹고 한자리씩 차지하고 앉은 짬밥은 아니었다.

청장은 내색하지 않고 어조를 고쳐 말을 이었다.

"뭐, 좋아. 다들 수사 의지가 확고하다는 건 잘 알겠군."

거기까지 말한 청장은 잠시 의자 팔걸이를 손가락으로 툭툭 두드리며 골똘히 생각에 잠겼다.

"그렇다곤 해도, 김 반장의 말이 사실이라면 각 서장 선에선 처리하기 힘든 일이겠어."

청장은 툭 하고 뱉은 뒤 Y서장을 보며 말을 이었다.

"조광은 최 서장 쪽에서 관리 중인가?"

"예, 청장님."

"만약 박 서장 쪽의 수사대로라면 최 서장이 많이 도와줘야 할 거야."

"물론입니다. 여부가 있겠습니까."

"음, 일단 최 서장은 하던 걸 계속하게……. 아니, 아예 이번 사건을 두고 별도의 조직을 만드는 것도 나쁘지 않겠군."

단박에 이야기가 흘러나오는 것이, 아무래도 청장 또한 이런 가능성을 예전부터 염두에 두고 있던 모양이었다.

"이렇게 된 거, 내 직속으로 관할구역을 넘어서 일을 처리할 만한 기관이 있으면 좋겠는데. 자네들 생각은 어떤가?"

정진건이 '생기면 좋겠다'며 바라던 일이 놀고 싶을 때 굿판 벌어진다고, 청장은 이미 예전부터 계획하고 있었던 것이 분명했다.

이런 상황에도 즉각 필요한 걸 얻어 내고자 하는 청장의 머리 돌아가는 속도는 허투루 볼 게 아니었다.

차기 경찰청 차장을 노리는 야망 가득한 청장으로선 마침 그럴 만한 구실이 필요하던 차에 잘됐다 싶은 것이리라.

두 서장이라고 해서 청장의 말에 거역할 수 있을 리가 없으니 둘은 적당히 맞장구를 쳤다.

"좋은 생각입니다, 청장님."

"혜안이십니다. 마침 필요하다고 생각하던 차에 눈이 밝아진 기분입니다."

청장은 그 아부가 싫지 않은 듯 고개를 주억거렸다.

"검찰 쪽엔 내가 따로 이야기를 해 보겠네."

현 정권은 검사들의 힘이 가장 강한 시기이기도 했다.

아직은 수사권 독립 이야기는 벙긋도 못 할 시기지만, 청장도 이런 식으로 한 걸음씩 나아가면 검찰 측의 힘을 빼놓을 명분이 생기리라 생각 중인 것이 분명했다.

그때, 양상춘이 손을 들었다.

"청장님, 한 말씀 올려도 되겠습니까?"

"음. 뭔가?"

반장과 서장들은 대체 무슨 말이 터질지 몰라 조마조마해하고 있었지만, 양상춘은 아랑곳하지 않고 제 할 말을 뱉었다.

"예. 혹시 유전자 감식 허가 승인을 넣어 주실 수 있겠습니까?"

"……유전자 감식?"

"예, 박강선과 한강에서 발견된 변사체의 유전자를 대조해 보면 내용이 좀 더 확실해질 거 같아서 말이지요. 나아가선 박상대까지도요."

청장은 떨떠름해하는 얼굴로 마지못해 고개를 끄덕였다.

"……그쪽도 넣어는 보지."

"감사합니다."

청장 앞에서도 마이페이스인 양상춘이었다.

그때, 청장이 가만히 앉아 있는 정진건을 보았다.

"아참, 정 형사."

"예, 청장님!"

"그래서 말인데, 혹시 그럴듯한 이름 생각하고 있는 거 있나?"

갑작스러운 청장의 말에 정진건은 당황하면서 서장의 눈치를 살폈고, 서장은 입가에 슬쩍 미소를 지으며 고개를 끄덕였다.

'어쩔 수 없군.'

정진건은 하는 수 없이 입을 뗐다.

"감히 말씀드리자면…… 광역수사대가 어떨까 합니다."

"광역수사대라."

청장은 '광역수사대'란 말을 중얼거리곤 단어가 입에 착 감긴다 싶었던지 고개를 끄덕였다.

"나쁘지 않군. 그럼."

청장이 일어섰고, 모두가 그 뒤를 따라 얼른 자리에서 일어섰다.

"이후는 조금 바빠지겠군. 미안하이. 오늘 점심 약속은 취소해야겠어."

"아닙니다, 청장님. 다음에 모시겠습니다."

서장의 굽실거림을 받으며 청장은 문 앞까지 나가더니 고개를 돌렸다.

"일단 여기 있었던 이야기는 함구하도록."

그리고 쇠뿔도 단김에 처리하려는 셈인지, 청장은 즉각 서장실을 나섰다.

그렇게 원래 역사보다 일찍, 서울특별시경찰청장 직속의 광역수사대가 조직되게 되었다.

마음 같아서는 당장이라도 트로피 속 내용물을 확인하고 싶었지만.

"할아버지, 할아버지가 성진이한테 하신 거 때문에 참 큰일이었어요."

지금은 불가능했다.

나는 트로피 아래에 가방을 조금 열어 둔 채 내려놓았다.

그사이 조세화는 조성광 회장의 손을 가만히 쓸어 만지면서 말을 이었다.

"그래도 결과적으로는 작은아버지랑 아빠가 화해를 했으니까, 잘된 거겠죠?"

그렇게 말하면서 조세화는 내게 슬쩍 미소를 지었다.

"저번처럼 깨어나실 거 같진 않네."

"……곧 괜찮아지시겠지."

나는 공허한 위로를 던졌다.

조세화도 내 말에 아무런 확신을 읽어 내지 못했겠지만,

말뿐만이라도 고맙단 얼굴이었다.

"너라도 와 줘서 다행이야. 오빠도 와 줬으면 좋겠지만, 그 인간은 영 코빼기도 비치질 않는 데다가 요즘엔 근신 중이거든. 아빠한테 크게 혼쭐이 났어."

대수롭지 않은 것처럼 투덜거리는 조세화는 역시 그 '근신' 처분이 살인과 관련한 일이라곤 꿈에도 생각하지 못하는 모양이었다.

"형님이 아저씨께 혼쭐이 났다고?"

모르는 척 물으니, 조세화는 어깨를 으쓱였다.

"응, 뭔가 사고라도 친 모양이지. 정말, 뭔가 하려는 것처럼 보여도 매번 그런 식이란 말이야…… 뭐, 결국은 일이 이렇게 됐으니 잘된 거긴 하지만."

"……."

"됐어. 여기 없는 오빠 이야기를 해서 뭐 하겠니? 그보단……."

조세화가 나를 물끄러미 바라보았다.

"우리가 앞으로 해야 할 일에 집중하는 편이 더 생산적이라고 생각하는데."

"경비 사업?"

"그것도 있지만."

조세화는 잠시 주저하더니, 툭 하고 뱉었다.

"성진아, 너는 나한테 왜 이렇게까지 잘해 주는 거야?"

"······별로. 잘해 준 거 없어."

조세화가 배시시 웃으며 머리칼을 목 뒤로 쓸어 넘겼다.

"잘해 주지 않은 게 이 정도면, 작정하고 잘해 주기 시작하면 어떻게 된단 거니?"

"······."

"그거 알아?"

"뭐가?"

"너랑 나, 실질적으로 만난 횟수는 한 손에 꼽을 정도밖에 되질 않는다는 거."

"그런가."

"응."

조세화는 짧게 고개를 끄덕이곤 나를 웃음기 없는 얼굴로 물끄러미 보았다.

"나라서 그런 거니? 아니면 모두에게 잘해 주는 거야?"

그 순간 나는 그녀가 나를 이성으로 보고 있단 걸 다시 한 번 확신했다.

조세화가 나를 보는 눈에는 또래 이성을 향한 사춘기 특유의 왕성한 호기심과 상대를 향한 동경, 일방적인 호감 같은 것이 한데 뒤섞여 묻어 나왔고, 그녀의 혼란스러울 생각 가운데 그것만이 안개 속에서 깜빡이는 등대처럼 유일하게 명확하고 확고한 그녀만의 의지인 양 비쳤다.

어느 정도, 내가 그런 그녀의 감정을 이용한 건 사실이지만.

나로서는 달갑지 않은 치정이었다.

'곤란한걸. 모른 척 잡아떼는 것도 한계가 있는데.'

어쩌면 그 순간, 나답지 않게 생각하는 것이 표정에 묻어나고 말았던 것일지도 모르겠다.

조세화는 우리 사이를 메우고 있던 침묵을 깨며 미소 띤 얼굴로 말을 이었다.

"농담이야. 신경 쓸 거 없어."

뒤이어 조세화는 내가 무어라 말하는 것이 겁나기라도 하는 양 얼른 말을 이었다.

"너 아까 전에 사업 이야기하던 거, 생각보다 본격적이더라?"

"······그래?"

"응, 오히려 내가 준비가 덜 되었던 바람에 네가 하는 말의 절반도 알아듣지 못했을 거 같아. 사업한다는 이야기는 빈말이 아니었구나, 싶었어."

나는 손을 저었다.

"신경 쓸 거 없어. 필요하다면 나중에 자료를 따로 준비해서 줄 테니까. 일단 그런 게 있을 수 있다는 정도만 알아 두면 돼. 나도 길게 이야기할 생각은 없었고."

"······무슨 의미니?"

나는 손목시계를 힐끗 쳐다보았다.

"어차피 오늘은 너도 조금 바쁠걸. 지금은 시간이 조금 비고 말았지만, 원래라면 너네 아버지랑 작은아버지 이야기가 끝나고 난 뒤 네 차례가 올 거였어."

"내 차례라니?"

"분명 네가 차릴 회사의 지분이며 인사 관련해서 이야기가 오갈 테니까. 두 분이 화해하신 것과는 별개로 휘하 사람들 생각은 어떨지 모를 일이거든. 인수합병이라는 게 원래 그래. 사태가 마냥 이성적으로 흘러가지만은 않지."

"……."

"그때 세화 너는 출자 외에 다른 건 받지 않는 쪽으로 이야기를 진행해 줘. 나중을 생각하면 그게 편할 거야."

직후, 조세화는 나를 보면서 웃었다.

"우습네. 성진이 너는 사업 이야기만 나오면 사람이 바뀌는 거 같아."

"……."

"뭐, 아까 말했듯 너랑 내가 만난 건 손에 꼽을 정도밖에 되질 않았으니까, 내가 너를 어떻다 재단하는 것부터가 우습지만."

"……."

나는 다시 한번 의식적으로 손목시계를 들여다보았다.

"예정보다 시간이 오래 걸렸어. 너는 여기 남아 있을 거지?"

"너도 말했잖아. 아빠랑 작은아버지가 나를 찾으실 거라고."

조세화는 한숨 뒤 말을 이었다.

"······나도 곧 나갈 거야. 갈 거지? 바래다줄게."

조세화는 굳이 그럴 필요가 없음에도 먼저 자리에서 일어섰고, 그녀가 나를 스쳐 지나가며 등을 보인 직후 나는 트로피를 가방에 얼른 챙겨 넣었다.

순간 조세화가 고개를 돌려 조성광을 보았다.

조금만 미적거렸다간 내가 트로피를 챙기는 순간을 들킬 뻔했다.

"할아버지, 또 올게요."

대답 없는 조성광을 뒤로하고 조세화는 내게 미소를 지어 준 뒤, 다시 몸을 돌렸다.

다행히도 조세화는 트로피가 사라진 병실 풍경에 위화감을 갖지 않은 모양이었다.

우리는 짧은 면회를 마치고 병실을 나섰다. 병실 앞에는 강이찬이 대기하고 있었다.

"죄송해요, 이찬 오빠. 저희 따라다니느라 번거로우셨죠?"

강이찬은 무표정한 얼굴로 대꾸했다.

"아닙니다."

"앞으로는 걱정하실 거 없어요. 오늘 같은 일은 두 번 다신 없을 거니까요."

"……예."

조세화의 말마따나 강이찬의 대답은 단답식이었다.

이후, 병원 로비를 지나는 동안 우리는 짜 맞춘 듯 아무런 이야기도 하지 않았다.

"잘 가. 또 보자."

조세화는 차가 병원을 떠나 멀어질 때까지 그 자리에 서서 배웅을 마쳤고, 내가 창에서 고개를 돌려 뒷좌석에 등을 기대자마자 강이찬이 입을 뗐다.

"사장님, 한 가지 드릴 말씀이 있습니다만, 해도 괜찮겠습니까."

오늘따라 줄곧 신경이 예민해 있던 강이찬이었다.

더욱이 그가 먼저 내게 말을 건네는 경우는 좀처럼 없었기에, 나는 그 반응을 의아해하며 고개를 끄덕였다.

"네, 말씀하세요."

"최근 들어 사장님께선 조광 그룹 측과 자주 만나시는 듯합니다만…… 앞으로는 되도록 그 자리엔 저와 동행하는 것으로 일정을 맞춰 주시길 부탁드립니다."

음.

요즘 의도적으로 몇 차례 강이찬을 떼어 놓고 움직였더니, 강이찬도 그걸 의식하고 있었던 모양이었다.

'신경이 예민해 있던 건 그런 연유였나?'

강이찬이 말을 이었다.

"그들과 개인적인 친분이 있는 사장님 듣기에 불편하실지도 모르나, 조광 그룹은 말보다 행동이 앞서는 곳이라고 들었습니다. 오늘도 일부러 불편한 자리에 임해 주신 듯한데, 저에게는 사장님의 안전이 최우선이니 가능하면 그들과는 좀 더 공개적인 장소에서 만나는 것이 어떤가 하고……."

"……."

평소, 내가 파악하기로는 여간해선 먼저 입을 열지 않는 강이찬이라고 생각하기 힘든 장황설이었다.

"주제넘은 이야기로 들렸다면 죄송합니다. 하지만 꼭 드려야 할 말씀이라고 생각해 결례를 무릅쓰고 말씀드렸습니다. 용서하십시오."

생각해 보면, 끄나풀 의혹은 둘째 치더라도, 내 안전을 우선시한다는 그의 말만큼은 진심에서 우러나온 것이었다.

'하긴, 생각해 보면 내게 강이찬을 알선한 이진영도 그 꿍꿍이는 모르지만 조광보단 내 편을 드는 것 같았지.'

일단은, 말이지만.

나는 백미러로 내 얼굴을 살피는 강이찬을 의식하면서 미소를 지었다.

"아닙니다. 옳은 말씀이에요. 심려를 끼쳐 드렸다면 죄송합니다. 앞으로도 하실 말씀이 있다면 주저하지 말고 지금처럼 해 주세요."

강이찬은 내가 솔직하게 사과할 줄은 몰랐는지, 자세히 눈여겨보지 않으면 모를 만큼 자세에 조금 변화가 있었다.

"아닙니다. 저에겐…… 사장님의 안전이 최우선이니까요."

비록 강이찬은 말을 뱉으며 일순간 멈칫하긴 했으나.

그 말이 거짓은 아닐 것이다.

'그가 누구 끄나풀이건 간에 결과적으로는 내 안전을 위주로 움직였단 것도 사실이고.'

나는 생각하면서 발아래에 둔 가방을 툭 건드렸다.

'……이걸 써먹기 전에, 우선은 조설훈이랑 조지훈이 나 없는 자리에서 무슨 이야기를 했는지 확인해 봐야겠군.'

❁

조설훈은 차에서 내려 역삼동 오피스타운에 자리한 박상대의 사무실을 올려다보았다.

이런 식으로 자주 만나는 건 좋지 않으나, 박상대가 전화기에 대고 횡설수설하던 걸 떠올려 보면 애프터케어 차원에서라도 한 번쯤 얼굴을 볼 필요는 있었다.

'장래를 생각해서라도.'

비록 얼마 전 총선에서 낙선한(자발적으로 내려온) 박상대였지만, 그렇다고 그간의 커리어가 증발하지는 않았다.

그 아버지 대에 비하면 별 볼일 없어졌다고는 하나, 그는 아직 여당 대표인 최갑철의 예비 사위였고 어느 지역구에선 여전히 그 잔존한 후광에 힘입어 지지율이 압도적이리만치 높았다.

그러니 조설훈도 얼마 전 있었던 박상대의 낙선까지는 예상하지 못한 바였다.

후원금을 대는 정치 스폰서 입장에서는 께름칙한 일이었고, 관련해서 면전에 대소 쓴소리를 늘어놓은 적도 있었지만, 박상대는 지역구 후보직을 사퇴한 경위에 대해 입을 다물었다.

그럼에도 불구하고 조설훈이 박상대의 손을 놓지 않은 건, 그가 아직은 이용 가치가 있단 판단하에서였다.

현시점의 박상대는 무언가 그럴듯하고 긴 이름을 한 시민 단체 대표직을 수행하며 여기저기서 돈을 끌어모으고 있었는데, 개중엔 조광과 관련한 시민 단체와 내적으로 결탁한 노조도 있었다.

조광은 이 표면적인 노조를 통해 '실질적인' 노동조합이 생기지 않게끔 견제하고 있었다. 이는 제법 효과적이기까지 했다.

한발 더 나아가 그가 국회의원이 되어 현재 걸려 있는 각종 규제를 철폐하는 데 앞장서 준다면, 조광은 갈퀴로 돈을 쓸어 담을 자신이 있었다.

전국적인 유통업을 전문으로 하는 조광 입장에서 해외 수출품 규제만 사라지면 해 볼 만한 일이 무수했다.

더 이상은 국내가 아닌, 해외 시장까지 노려 볼 수 있다.

특히 연줄이 닿아 있는 일본 쪽에서 그럴듯한 걸 가져올 수도 있으리라.

"기다리고 있어라. 오래 걸리진 않을 거야."

조설훈은 건물로 들어가 엘리베이터를 탈 것도 없이 계단을 올랐다.

박상대는 빌딩 2층을 임대해 사용하고 있었는데, 그 전까진 무슨 컴퓨터 프로그램을 만드는 회사였다던가, 그랬다고 들었다.

젊은이들이 모여 만든 벤처 회사였던 모양인데, 역삼동이 개발되면서 높아진 월세를 감당하지 못하고 방을 뺀 모양이었다.

물론 조설훈이 그런 걸 신경 쓸 바는 아니었지만.

사무실에 들어가니, 비서로 있는 여직원은 울상인 얼굴로 흐트러진 집기를 정리하다가 얼른 일어섰다.

"저, 무슨 일로……."

사무실은 전쟁이라도 벌어진 건지 책상이 엎어지고 깨진 잔과 꽃병, 축축이 젖은 카펫 위론 유리 조각 따위가 사방에 굴러다녔다. 여직원 혼자만 여기 있다는 건, 다른 직원들은 자리를 비웠다는 것이리라.

애당초 일을 그르치고 만 건, 박상대의 이 욱하고 충동적인 성질머리 탓이었다.

조설훈은 집기엔 신경을 끄고 무표정한 얼굴로 방 한구석의 별실을 쳐다보았다.

"박상대 씨가 불러서 왔소."

"아, 넵. 그러면 연락을……."

조설훈은 부랴부랴 전화기를 찾는 여직원을 지나쳐 그대로 박상대를 찾아갔다.

"저, 저기……!"

여직원의 만류를 무시하며 달각, 문을 열었더니 박상대는 담배를 뻑뻑 태워 가며 통화 중이었다.

"……아닙니다, 아버님. 예. 이번 일은 제 선에서 어떻게든……."

박상대는 눈짓으로 조설훈을 힐끗 살핀 뒤, 여직원더러 나가 보란 손짓을 하며 통화를 마쳤다.

"후우."

그는 마지막 한 모금 담배를 마저 피운 뒤 재떨이를 찾았으나, 재떨이는 조설훈이 서 있는 문 옆에 부서져 있었다.

"나 참."

박상대는 바닥 위에 담배를 버리곤 구둣발로 비벼 껐다.

"일찍 오셨군요."

그건 조설훈이 오기 전까지 난리를 피우던 인물이라곤 생각하기 힘들 만큼 신사적인 모습이었다.

박상대가 미소 띤 얼굴로 입을 뗐다.

"방금 전 통화 때에는 결례가 많았습니다."

자신과 통화 도중 언성을 높였던 걸, 그런 식으로 퉁 치고 넘어가려는 건가.

조설훈은 속으로 쓴웃음을 지었다.

아마도, 그간 박상대는 그런 식의 사과가 통용되는 세계에서 살아왔을 것이다.

사실, 조설훈과 비교해 박상대의 나이도 적은 편은 아니었다.

하지만 그는 그러잖아도 멀끔하고 잘생긴 타고난 동안인데다가 미혼, 노인정 집합소라고도 불리는 야당에 몸을 담고 있다 보니 실제 나이에 비해서 젊은 것처럼 여겨지는 경향이 있었다.

심지어는 행동거지 자체도 그 충동적인 면모며 뒷생각을 하지 않는 점은 대가리에 피도 마르지 않은 젊은 것들을 보는 것 같다, 고 조설훈은 생각했다.

'말만 번드르르한 놈들이야. 피차 오래 볼 사이는 아니지만.'

조설훈은 그 사과를 받는 대신 무표정한 얼굴로 물었다.

"됐고, 그보단 대체 무슨 일입니까?"

조설훈의 말에 박상대는 입가에 미소를 슬쩍 거두며 되물었다.

"아직 인터넷은 안 보셨죠?"

"전화를 받자마자 곧장 왔습니다."

조만간 박상대와 관계를 정리해야겠단 생각을 하고 있는 조설훈이었지만, 일단 표면상으로는 깍듯한 자세를 유지했다.

"백문이 불여일견이라고, 보여 드리죠. 이쪽으로 오시겠습니까?"

박상대는 아무렇지도 않게 컴퓨터를 만지작거리더니 예의 '인터넷 기사'가 떠오른 페이지를 20인치 모니터 위에 띄웠다.

조설훈은 주머니에서 안경을 꺼내 끼곤 박상대가 띄워 놓은 화면을 물끄러미 바라보았다.

인터넷으로 기사를 읽는 경험도 생소한 마당에 내용은 더 가관이었다.

「충격 실화! 물고기 배 속에서 발견한 반지의 정체는?」

일부러 쓴 듯한 자극적이며 저급하고 천박한 문구의 제목 아래는 얼마 전, 한강 물고기 배 속에서 반지가 발견되었다는 것부터 내용이 시작되고 있었다.

조설훈은─이성진이 특허를 출원하고 MS가 라이센스를 받아 생산 중인─마우스 휠을 쭉쭉 내려 기사를 읽어 내려

갔다.

기사는—이걸 기사라고 할 수 있을지도 모르겠지만—일반적인 신문 기사와 달리 소설에 가까운 필치로 끼적인 것이었는데, 익명의 제보자가 N백화점(분명, 뉴월드백화점일 것이다)에 반지를 맡겼고, 우여곡절 끝에 반지의 주인을 찾았단 내용이었다.

일부러 그런 건지는 모르겠으나, 참으로 낭만적인 일이라며 생색을 내는 것으로—일견 비꼬는 것처럼도 보일 지경이다—기사는 마무리되었다.

조설훈은 인내심 있게 연예 잡지 한구석에 가십거리용 토막글로 쓰일 법한 구성의 기사를 모두 읽은 뒤, 뒷짐을 지고 서 있는 박상대를 보았다.

"이게 뭐 어떻단 겁니까?"

비록 조설훈이 스스로를 구시대적 인물이라 자조하는 입장이라고 하지만, 인터넷 또는 PC통신이라는 공간에 근거 없는 음모론이며 자극적인 글들이 올라오곤 한다는 걸 알고는 있었다.

그러니 조설훈이 보기에는 이번 기사도 사실관계와 무관하게 일고의 대응 가치도 없는 것으로 보였고, 박상대가 호들갑을 떠는 거라 여기며 비웃을 정도였다.

그러나 박상대의 생각은 조설훈과 자못 달랐다.

"이게 끝이 아닙니다. 거기에 대고 사람들이 코멘터리를 달고 있습니다."

"……코멘터리?"

"이 사이트에서는 '댓글'이라고 하더군요."

박상대는 조설훈으로부터 마우스를 넘겨받아 인터넷 기사를 아래로 쭉쭉 내렸다.

'댓글란'에는 각 인터넷 이용자들이 해당 기사에 관해 코멘트를 남기고 이를 추천 또는 비추천 하는 버튼이 있었는데, 기사가 올라온 사이트에선 추천 수가 높은 댓글 순으로 정렬, 추천 수가 가장 높은 댓글 몇몇은 상위 노출이 되게끔 서비스하고 있었다.

조설훈은 박상대가 '비추천' 버튼을 눌러 놓은 최상단 코멘트를 읽었다.

"진실탐구자. '관련해서는 저도 의심하고 있는 바가 있습니다. 모두들 하이퍼링크를 눌러 보시지요.' 하이퍼링크?"

"버튼을 누르는 것만으로 해당 인터넷 페이지로 점프하는 기능입니다."

박상대는 무표정하게 링크를 눌러 모니터에 새 창을 띄웠다.

「D구 신한당 박상대 후보의 자질을 묻다」

그건 중우일보에 실렸던 기사 내용을 옮겨 담은 어떤 홈페이지(블로그)였다.

이번만큼은 공신력 없는 찌라시성 기사가 아니었다.

건조한 필치로 써 내려간 기사는 국회의원 후보로서 박상대의 자격에 의문을 제기하는 내용이었는데, 대담한 제목과는 달리 핵심이 없고 군데군데 부자연스러운 구멍이 숭숭 뚫린 기사였다.

또한 해당 기사가 어떻게 검열이 이루어졌는가에 관해선 박상대의 스폰서인 조설훈도 익히 아는 바였다.

조설훈의 표정이 굳는 걸 본 박상대는 다시 아까 전의 댓글창으로 돌아가 닉네임 '진실탐구자'가 쓴 '대댓글'을 열었다.

"그리고 또 보십시오."

대댓글란에서는 이 '진실탐구자'의 링크와 댓글을 두고 공방이 벌어지고 있었는데, 그자는 반대파를 상대로 냉정하고 차분하게 대댓글을 이어 갔다.

─진실탐구자 : 저는 해당 기사에 모종의 검열이 이루어진 건 아닐까 생각합니다. 보시면 아시겠지만 기사 내용은 어딘가 두서와 맥락이 없고 문장구조가 부자연스럽게 배치되어 있습니다.

─꽃들에게희망을 : 진실탐구자 님 지금이 5공 시절도 아닌데 그런 게 가능할까요? 진실탐구자 님의 의견은 억측이 아닐까 합니다.

―돼지불백 : 나도 억측인 거 같음.

―진실탐구자 : 꽃들에게희망을 님, 그렇다면 이 기사가 올라온 직후
　　　　　　　 박상대 후보가 D지역구 후보직에서 자진사퇴한 것은 어
　　　　　　　 떻게 생각하십니까? 이번에도 링크를 걸어 드릴까요?

―꽃들에게희망을 : 찾아보니까 진짜네요. 시기가 공교롭게 맞아떨어
　　　　　　　　　 집니다.

―혈염산하 : 돼지불백 님 대댓글 안 다시는 거 보니까 도망가신 듯!!!
　　　　　　 ㅋㅋㅋ.

―돼지불백 : 입은 비뚤어져도 말은 똑바로 해야지. 초선도 못 해 본
　　　　　　 박상대가 무슨 힘이 있어서 신문을 검열하겠음?

―돼지불백 : 그리고 나 도망간 거 아님. 나도 어디까지나 진실 규명이
　　　　　　 필요하다고 생각하고 있을 뿐.

―혈염산하 : 웃기네. 댓글에 비추 단 거 너지?

―돼지불백 : 혈염ㅗㅗㅗㅗㅗㅗ산하

―혈염산하 : ㅗㅗㅗㅗㅗ 가 뭔데? 오타냈니? 입 운운하기 전에 손가
　　　　　　 락 간수나 잘해라.

―소주만병만주소 : 오타가 아니라 퍽큐란 뜻 같은데요. ㅗㅗㅗㅗ

―경찰아님 : 여러분. 인터넷 공간상이라도 예의를 지켜 주시기 바랍
　　　　　　 니다. (^_^)

―진실탐구자 : 박상대 예비 후보가 신한당 대표인 최갑철의 예비 사
　　　　　　　 위라는 건 알 사람은 다 아는 이야기죠. 기사에 외압이
　　　　　　　 가해질 여지도 배제할 수는 없다고 봅니다.

-강물낚시꾼 : 그러고 보니까 저번에 한강에서 폴리스 라인이 쳐진 걸 보았습니다. 혹시 그거, 기사에 나온 반지랑 무슨 관련이 있는 건 아닐까요?

-지나가다들림 : 경찰이 한강 물 밑바닥 뒤져서 반지를 찾아냈나?

-소나무향기 : 경찰을 어떻게 믿습니까?

-경찰아님 : 아닙니다. 여러분. 경찰을 믿어 보시죠.

-민이아빠 : 에이 누가 자살한 거겠죠. 이건 비밀인데 생각보다 많은 사람이 한강 물에 뛰어듭니다.

-추풍낙엽 : 아뇨. 자살만으로는 경찰이 그렇게 안 모이죠. 혹시 살인 사건?

-셜록홈즈 : 그렇다는 건 살인 사건임을 확신할 만한 시체였나 봅니다.

-가나가나 : 나 경찰인데 한강에서 토막 난 시체 발견됨. 경찰이 기자들 엠바고 걸어 둠.

-경찰아님 : 가나가나 님, 그건 외부로 발설하면 안 됩니다. 소속이 어디십니까?

-민이아빠 : 허얼. 아까 전부터 생각하던 건데 경찰아님 님 혹시 진짜 경찰 아니세요?

-@아돌@ : 허얼.

-가나가나 : 그냥 해 본 소린데 진짜임?

-강물낚시꾼 : 대박.

-돼지불백 : 순진하네. 그걸 믿냐?

-가나가나 : 잘못했어요. 용서해 주세요. 사실은 뻥이야!
　-혈염산하 : 그러면 혹시 박상대가 사람 죽이고 강물에 던진 거 아님?

　댓글은 실시간으로 갱신 중이었고, 새로고침을 누를 때마다 수십 개씩 댓글이 달리기도 했다.

　-@아돌@ : 아 얼마 전에 한강 낚시해서 매운탕 해 먹었는데. 찜찜하
　　　　　　게.
　-추풍낙엽 : 그러면 경찰이 증거 조작한 건가? 이거 상황이 묘하게
　　　　　　맞아떨어지는데.
　-혈염산하 : 경찰도 한패겠지 뭐
　-경찰아님 : 저경찰아닙니다
　-셜록홈즈 : 왠지 하나하나 맞아떨어지네요. 만일 박상대가 살인 후
　　　　　　증거인멸용으로 반지를 처분한 것이 우연하게 발견되었
　　　　　　다면 한강에서 시체가 발견되었단 설도 어느 정도 말이
　　　　　　됩니다. 여당 대표의 예비 사위라면 기사 검열이나 엠바
　　　　　　고 등의 외압을 거는 것도 충분히 가능하죠.
　-돼지불백 : 아니. 우연치고는 지나치게 맞아떨어져서 수상함.
　-경찰아님 : 여러분진정하십시오경찰은국민의편입니다
　-셜록홈즈 : 불가능한 것을 제외하고 남은 것이라면 설령 그게 무엇
　　　　　　이라도 진실인 법입니다.
　-돼지불백 : 방구석 명탐정 납셨네. 너 지금 말하는게 앞뒤 안 맞는

거 알긴 하냐? 전제부터가 오류인데.

－혈염산하 : 돼지불백 너는 왜 계속 남한테 시비냐? 너 박상대지?

－부산싸나이 : 그보단 경찰아님 점마 수상하다 진짜로 경찰 아이가?
　　　　　 똥줄 좀 타는 모양인데

－고구마장수 : 고구마가 안 팔려요

－부산싸나이 : 고구마장수 니는 뭐 하는 놈이고? 여름인데 당연히 안
　　　　　 팔리지

결국 박상대는 참다못해 인터넷 창을 닫아 버렸다.

"후우."

한숨을 내쉰 박상대가 말을 이었다.

"지금은 기사가 문제가 아닙니다. 제가 원치 않는 판이 벌어지고 말았다는 거죠."

박상대가 입매를 씰룩였다.

"더군다나 어디서들 알고 왔는지, 기사 조회 수도 기하급수적으로 늘어나고 있고 말입니다."

흥분을 간신히 삭이고 있던 박상대와는 달리, 조설훈은 담담한 얼굴로 입을 뗐다.

"그래서 제가 어떻게 했으면 좋겠습니까? 이 기사를 쓴 기자 놈을 찾아가 손찌검을 해 줄까요?"

"그런 이야기가 아니잖습니까."

박상대가 미간을 찌푸렸다.

"지금 이게 저 하나 살자고 이러는 줄 아십니까? 아니면 조 사장님도 여기 코멘트를 다는 놈들처럼 이게 남의 일이라고 생각하시는 겁니까? 이건 애당초 조 사장 쪽이 일 처리를 제대로 못해서 터진 일이 아닙니까, 예?"

박상대가 주먹을 불끈 쥐었다.

"이 일로 경찰이 저를 표적으로 삼게 되면, 저 하나만 끝나지 않게 될 텐데요."

"……."

조설훈이 끼고 있던 안경을 벗으며 박상대를 물끄러미 쳐다보았다.

"우리, 선은 지키고 삽시다."

미간을 찌푸리지도, 말투에 힘을 싣지도 않았지만.

조설훈이 한마디 하는 것만으로도 박상대는 꼬리를 내렸다.

법은 멀고 주먹은 지근거리에 닿을 만큼 가까운 법이니까.

"……그게 아니라, 사태가 터진 뒤에는 늦단 말입니다."

박상대가 얼른 말을 이었다.

"그러다가 만약 정순애의 아들이 나타나면 어쩝니까? 그놈은 아직 못 찾았죠?"

본인의 친자식일지도 모를 아이를 남의 자식인 양 말하는 걸 보며, 조설훈은 속으로 쓴웃음을 지었다.

"보시오, 박 의원."

엄밀히 말해 박상대는 국회의원이 아니었지만, 조설훈은 예의상 그를 박 의원이라며 지칭해 주고 있었다.

조설훈이 말을 이었다.

"이 조설훈이가 박 의원에게 조언할 만큼 잘난 놈은 아니지만 그래도 인생 경험은 조금 앞서 있으니 한 말씀 드리겠소. 일단, 나대지 말고 가만히 있으시오. 냉정하게 본다면 아무것도 아닌 일이니까."

"……."

어느새 그 존대가 하오체로 바뀌어 있었지만, 박상대는 지금 그런 걸 신경 쓸 여력이 아니었다.

조설훈은 박상대의 침묵을 뒤로한 채 바탕화면만 덩그러니 떠 있는 모니터를 쳐다보았다.

"오히려…… 그러잖아도 묻고 싶은 게 있었는데, 마침 잘됐군. 이미 짐작 가는 바는 있고. 굴비마냥 줄줄이 엮어 올릴 일만 남았으니."

조설훈이 의자를 까딱이며 박상대를 올려다보았다.

"방금 전부터 생각하던 겁니다만, 중우일보에 기사를 썼던 놈은 대체 누구요?"

조설훈은 이 반지와 관련한 찌라시성 기사를 쓴 것이 중우일보의 기자와 동일 인물이리라, 직감하고 있었다.

나아가선, 댓글인지 뭔지를 쓰고 있는 '진실탐구자'인지 나발인지 모를 놈까지도.

2장

그날 저녁, 나는 김기환을 만났다.

"어서 오십시오, 이성진 사장님."

텅 빈 사무실의 김기환은 싱글벙글 웃는 얼굴로 나를 반겼다.

김기환은 예의 인터넷 신문사를 개설하며 허름한 사무실을 임대해 쓰고 있었는데, 겉보기엔 허름해 보일지 모르나 비치된 컴퓨터 등은 모두 최신 기기였다.

개인적으로는 좀 더 그럴듯한 사무실이 어떻겠냐며 추천했지만, 김기환은 이 이상 폐를 끼칠 수 없다며 사양한 바였다.

김기환이 그러모은 직원은 모두 퇴근한 모양인지 사무실은 텅 비어 있었고, 그래서 김기환은 '투자자'인 나를 숨기는 기색 없이 반겼다.

"그나저나 인터넷, 보셨습니까?"

인사에 이어 곧장 보고부터 하는 걸 보니 잔뜩 신이 난 모양이었다.

'성과가 가시적으로 드러나는 일이니, 이해 못 할 바는 아니야.'

그런 김기환을 보며 나는 빙그레 웃었다.

"조회 수가 괜찮게 나온 모양이군요."

"그럼요, 지금도 실시간으로 갱신되는 중입니다. 얼른 확인해 보시죠."

유달리 텐션이 높은 그는 나를 얼른 컴퓨터 앞으로 데려갔다.

"기사는 아까 말씀하신 대로 조회 수가 엄청납니다. 역시 사장님 말씀대로 서버를 증설해 두길 잘했다 싶을 정도로요."

스마트폰이 있었다면 내가 그 조회 수 올리는 일에 한몫해 주었을지도 모르겠지만, 오늘 하루는 그럴 경황이 없었다.

김기환이 말을 이었다.

"저도 이 정도로 화제가 될 줄은 몰랐는데, 이거, 어쩌면 대박이 날지도 모르겠습니다."

"……일단 확인해 보죠."

나는 컴퓨터 앞에 앉아 김기환이 띄워 놓은 인터넷 페이지를 확인했다.

'과연, 호들갑을 떨 만도 하군.'

김기환의 기사는 이 시대에 현존하는 대한민국 인터넷 이용자 모두가 모인 게 아닐까 싶을 정도로 화제였다.

'태동기인 각종 커뮤니티며 어느 정도 자리를 잡고 있는 맺음이를 통해 기사가 확산되었겠지.'

체감상으론 물에 던진 돌이 파문을 일으키는 정도가 아니라, 도미노가 무너지며 생기는 여파에 가까웠다.

김기환은 의자를 끌어와 내 뒤에 앉은 채 잔뜩 흥분한 어조로 떠들어 댔다.

"저도 처음엔 이래도 될까 싶었는데, 사장님 말씀대로 그, 뭐였죠? 어……그로? 제목에 어그로를 끌었더니 사람들이 모여들지 뭡니까. 거기에 시너지를 준 게 말씀하셨던 댓글과 댓글에 추천을 주는 기능이었습니다."

이는 아직 인터넷 댓글이며 기사에 명백한 규제며 제재가 생기기 전이기에 가능한 것으로.

댓글란 기능은 나도 이 시대에 구현할 수 있을지 자신이 없었는데, 최소정과 조인영이 제대로 해 준 모양이었다.

그렇게 자칫 별것 아닌 찌라시성 기사로 묻힐 수 있었던 것이 '댓글'과 조합되며, 그 파문이 인터넷상에 일파만파 번져 가고 있었다.

사람들은 여느 때고 정보와 관심에 굶주려 있다.

내가 한 건 어디까지나 그 니즈에 맞춘 환경을 조성해 준 것일 뿐.

더욱이 이 시대에 인터넷을 사용하는 인구가 할 수 있는 일이라곤 그 정도가 고작이라는 의미이기도 했다.

이 기록적인 이용률을 설명할 수 있는 요소는 그뿐만은 아니었다.

맺음이를 통해 일궈 놓은 토양에 개인용 컴퓨터를 저렴하게 보급하는 개구리컴퓨터가 개간을 이룩하고, 포털 사이트가 양분을 제공했다.

그래서 지금 대한민국 인터넷 환경은 내가 기억하던 전생의 이 시기보다 조금 더 활발한 것이리라.

'포털 사이트에서 서비스 중인 길잡이 백과사전의 이용률을 보고 이렇게 되지 않을까 생각했는데…… 정답이었군.'

어쩌면, 길잡이 백과사전의 '박상대'라는 인물 정보도 실시간으로 갱신되고 있을지 모른다.

나는 댓글란에 난리가 난 것을 보며 속으로 픽 웃었다.

여차하면 프로그램을 돌려 추천 수를 조작할 수도 있었겠지만, 그럴 필요도 없었다.

'진실탐구자? 김기환이 제대로 어그로를 끌어 주고 있는걸.'

내가 댓글란을 보고 있으니 김기환은 떨떠름해하는 기색으로 입을 뗐다.

"그래도 아직 인터넷 초창기여서 그런지 사람들 간의 에티

켓이 제대로 준수되지 않는 거 같습니다."

오히려 갈수록 심해지면 심해지지, 초창기여서 인터넷 매너가 부족하단 말에는 동의할 수 없었다.

'서슴없이 남의 부모님 안부를 묻곤 하던 전생과 비교해 보면 이 정도는 건전한 편이지.'

나는 묵묵히 스크롤을 내리다가 말고, 이후 주제에서 벗어난 해괴망측한 댓글판이 이어지는 것까지 보고 나선 의자에 등을 붙였다.

"혹시 관련해서 연락 온 건 없습니까?"

"아, 그게 말이죠. 방송사며 신문사, 여기저기서 연락이 심하게 오는 통에 난리도 아니었습니다. 일단은 미뤄 두고 있는데……."

"아뇨, 제 말은."

나는 김기환의 말을 잘랐다.

"기사를 내려 달라는 요청은 없었냐는 의미입니다."

내 말에 김기환은 얼굴에 띄운 미소를 거두며 머리를 긁적였다.

"그게…… 아직은 없었습니다."

"그래요?"

순간, 나는 속으로 생각했다.

'무슨 꿍꿍이지?'

이 일을 두고 저쪽이 아무런 움직임도 없다면, 그건 그것대로 이상했다.

김기환은 내 속도 모르고 씩 웃었다.

"뭐, 설령 저번처럼 외압이 들어온다고 한들 이번엔 제가 대표니까, 응하지 않으면 그만 아니겠습니까?"

"……."

"……왜 그러십니까?"

나는 고개를 저었다.

"아뇨, 분명 어떤 형태로든지 압력이 들어올 거라 생각했는데 지나치게 조용해서요."

"……으음."

인터넷이 활발하던 시절이면 박상대는 이런 저급한 찌라시에 코웃음을 치며 대응조차 않거나, 부하를 시켜 조용히 기사를 내려 달라는 전화를 걸었겠지만.

지금은 사실상 대한민국 헌정사상 '최초'의 인터넷 파급 효과가 벌어지고 있었다.

기사의 진위 여부를 차치하더라도 이번 일이 이슈가 되었다는 자체가 이미 뉴스감이었고, 어쩌면 내일 저녁 뉴스에 '인터넷 어쩌고'로 시작되는 보도가 나올지도 모를 일.

'도청기 속에서 조설훈은 박상대의 전화를 받고 황급히 밖으로 나갔으니, 박상대 측이 이 일을 좌시할 생각은 없을 텐데.'

그러잖아도 여기 오기 전 트로피 속에 숨겨진 도청 기록을 확인해 본 결과, 굳이 내가 나서지 않아도 조설훈이 박상대를 손절하는 건 확정 요소였다.

이걸로 박상대와 조설훈이 구호탄랑(驅虎呑狼)하게 된다면 더 바랄 게 없겠지만, 이대로라면 조설훈은 미꾸라지처럼 빠져나갈 여지도 있었다.

'그러잖아도 조설훈은 이미 박상대를 재낀다고 했지.'

내 짐작대로, 병실에 한발 앞서 들이닥친 조지훈은 트로피 복제품 속에 도청 기기를 숨겨 둔 채 기다리고 있었다.

조광이 운영하는 골프장의 물건이니, 트로피의 금형을 따는 일은 어렵지 않았을 것이다.

더욱이 조지훈은 내게 도청기를 들킨 실수에서 교훈을 얻었는지 이를 만회하듯 홀로 움직였고, 도청기도 카세트 테이프가 아닌 별도의 저장 장치를 쓰는 것을 준비해 둔 상태였다.

'······그 준비가 무색하게 결과적으론 이마저도 내게 들키고 말았지만.'

이번만큼은 그간 어린애인 척 연기해 온 것이 효과가 있었던 셈이었다.

그와는 별개로.

박상대가 조설훈에게 '애프터 케어'를 부탁할 것이 확실시된 이상, 어떤 식으로든 압력이 들어올 것이다.

'설마······.'

머릿속에 떠오르는 최악의 사태를 상정하고 얼른 자리를 피해야 한다고 입을 떼기 직전, 내 대포폰으로 전화가 걸려왔다.

그 진동음에 김기환은 멈칫했고, 나는 놀란 티를 내색하지 않으며 얼른 전화를 받았다.

―구봉팔입니다. 길게 말씀드릴 수는 없습니다만, 지금 어디십니까?

구봉팔이었다. 나는 수화기에 대고 물었다.

"말해도 됩니까?"

―예, 지금은.

"김기환 씨의 사무실입니다."

―마침 잘됐군요.

마침 잘됐다니?

―제가 곧 그곳으로 쳐들어갈 예정입니다.

"……."

―김기환에게는 잠깐만 어울려 달라고 전해 주십시오. 사장님은 잠시만 몸을 피해 주시고…… 자세한 건 다음에 말씀드리겠습니다.

할 말을 마친 구봉팔은 그 즉시 전화를 끊었고, 나는 의자에서 몸을 일으켰다.

"우려하던 일이 터졌군요. 조설훈도 제 생각 이상으로 눈치가 빠른 모양입니다."

"예? 그게 무슨…… 방금 구봉팔 이사장님이셨죠? 무슨 내용이었습니까?"

나는 김기환의 어깨를 툭툭 두드려 주었다.

"걱정하실 거 없습니다. 이번만큼은 운이 좋군요."

"……예?"

이성진이 떠나고, 김기환 홀로 남은 사무실.

똑딱거리는 초침과 컴퓨터 구동음, 환풍기 돌아가는 소리만이 들리는 사무실의 고요 속에서 김기환은 벽에 걸린 시계를 힐끗거렸다.

시곗바늘은 9시 20분을 가리키고 있었다.

'그래서, 언제 온다는 거야?'

호랑이도 제 말 하면 온다고.

그때, 쾅 하고 사무실 문이 부서져라 열리며 장정 대여섯 명이 우르르 들이닥쳤다.

미리 전해 들었음에도 불구하고, 김기환은 갑작스러운 난입에 화들짝 놀랐다.

"무, 무슨 일이십니까?"

그래서일까, 진심으로 놀란 김기환의 목소리는 생동감이 있었다.

하지만 그들은 김기환의 말에는 대꾸조차 없이 손에 든 야구방망이로 사무실에 비치된 각종 집기를 쾅, 쾅, 쾅 때려 부수기 시작했다.

"어, 어어? 잠깐만, 요! 그건…….."

당황한 김기환의 외마디 목소리가 울려 퍼지는 가운데, 장정들 사이로 김기환도 익히 아는 얼굴이 성큼성큼 김기환을 향해 걸어왔다.

가죽 장갑을 끼며 걸어온 구봉팔은 김기환이 채 알은척을 하기도 전에 멱살을 쥐더니.

"이 꽉 물어."

나직이 속삭이곤.

"……예?"

당황한 김기환이 미처 대비할 새도 없이.

퍽!

김기환의 복부에 바디 블로우를 먹였다.

"꺼흑!"

순간 김기환은 고통에 머릿속이 새하얘지는 듯했다.

털썩.

다리에 힘이 풀린 김기환은 바닥에 무릎을 꿇은 채로 꺽꺽거리며 간신히 숨을 내뱉었고, 구봉팔은 무표정한 얼굴로 품에서 일회용 사진기를 꺼내 그 모습을 찍었다.

팡! 하고 플래시가 터지고, 구봉팔은 끼릭끼릭 필름을 감은 뒤 사무실을 찍었다.

뒤이어 구봉팔은 김기환의 주머니를 뒤적인 다음 주민등

록증을 찾아내더니 지갑을 던지곤 구봉팔의 가슴을 구둣발로 짓밟은 채 민증을 더해서 사진을 한 방 더 찍었다.

"니들은 잠시 나가 있어."

구봉팔의 나직한 말에 장정들은 힐끗, 구봉팔을 쳐다보곤 사무실 문을 닫고 밖으로 나갔다.

그들이 나가자마자 구봉팔은 김기환의 가슴팍에 얹은 발을 떼곤 그를 일으켜 의자에 앉혔다.

"아프냐."

김기환은 숨을 헐떡이며 구봉팔을 보았다.

"……죽을 거 같은데요."

"괜찮은 모양이군."

괜찮긴 개뿔이.

김기환은 한마디 쏘아 주고 싶었지만, 방금 전 일련의 사건을 통해 새삼 구봉팔이 깡패란 사실을 자각했더니 입이 떨어지지 않았다.

"힘 조절은 했으니 곧 나을 거다."

방금 그게 힘 조절을 한 거라니.

구봉팔은 안주머니를 뒤져 담뱃갑을 꺼내 김기환에게 내밀었다.

"한 대 피우겠나?"

김기환은 쿨럭거리면서도 담배를 받았고, 구봉팔은 김기환이 입에 문 담배에 불을 붙인 뒤, 자신도 한 대를 물어 한 모금 피웠다.

후우.

구봉팔이 내뿜은 연기가 사무실 위로 너울거렸다.

김기환도 간신히 두세 모금을 빨았다.

위로가 되는 건 아니었지만, 구봉팔의 말마따나 이젠 조금 숨을 돌릴 수 있게 됐다.

격통은 여전했지만.

그래도 니코틴이 들어간 덕인지 방금 전까지 김기환을 짓누르던 공포감도 조금 사라졌고, 그제야 비로소 김기환도 볼멘소릴 뱉을 수 있게 됐다.

"아무리 그래도 그렇지, 이렇게 때릴 필요까진 없잖습니까."

"그 점은 네가 이해해라. 내가 안 나섰으면 뼈 한두 개는 부러졌을 거다."

"……."

그게 빈말이 아니라는 것쯤은 직감적으로 이해했다.

어색한 침묵 속에서 김기환이 물었다.

"그런데 방금 찍은 사진은 뭡니까?"

구봉팔은 내켜 하지 않으면서도 담담히 대답했다.

"……증거품 겸 경찰에 알리면 집에 불을 질러 버리겠다고 말하려던 거지. 물론 가족도 무사하지 못할 거란 말도 덧붙이고. 또, 사무실 물건을 부순 건 조직의 실행 가능성을 보여 주는 거다."

그런 식으로 협박하는 거구나.

한 수 배웠다. 김기환이 써먹을 일은 없겠지만.

구봉팔이 담배 연기 사이로 말을 이었다.

"그런 의미에선 운이 좋았군."

"……운이 좋다니요?"

그러고 보니 이성진도 그런 말을 하긴 했는데…….

그야 해가 지기 전까진 그랬을지 모르지만, 갑자기 들이닥친 구봉팔에게 배를 한 대 얻어맞은 데다 사무실 비품이 부서진 채로 하루가 마무리되어 가는 판국에 김기환으로선 차마 동의하기 힘든 말이었다.

그런 김기환을 보며 구봉팔은 덤덤한 얼굴로 대답했다.

"음, 운이 좋았지. 조금만 손발이 어긋났어도 자네 앞에 앉아 있는 건 내가 아니라 조설훈의 부하였을 테니까."

하긴, 그랬다간 방금 전 구봉팔의 말마따나 뼈 한두 개쯤은 부러졌을지도 모를 일이었다.

'그렇다고는 해도…….'

조설훈.

그 이름에 반응한 김기환이 눈썹을 씰룩였다.

방금 전 이성진도 그러지 않았는가. '조설훈도 제 생각 이상으로 눈치가 빠른 모양입니다' 하고.

쓰읍.

김기환은 담배를 한 모금 태운 뒤 천천히 입을 뗐다.

"……결국 이 일에 조설훈이 움직인 겁니까?"

"그래. 뿐만 아니라 조지훈 쪽 놈까지 붙여서. 아무래도 둘이 화해를 한 모양이야."

조설훈의 측근뿐만 아니라 조지훈까지?

힐끗 사무실 문을 쳐다본 구봉팔은 떨떠름한 얼굴로 고개를 저었다.

"마침 나도 조광에서 시키는 일을 하나 떠맡게 된 참이거든. 내가 복귀하는 참에 겸사겸사 조설훈과 조지훈은 이번 일로 내가 믿을 만한 놈인지, 또 아직 쓸 만한지를 알아보려는 거겠지."

"……그 말씀을 들으니 정말 운이 좋았군요. 덕분에 사장님도 엮이지 않았고요."

구봉팔은 책상 위에 놓인 재떨이에 재를 털었다.

한편으론 이성진이 움직인 것으로 인해 사태가 여기까지 온 거지만.

구봉팔은 그 생각에 대해선 미주알고주알 늘어놓지 않았다.

김기환이 쓰라린 배를 쓰다듬으며 말을 이었다.

"그러면…… 조설훈은 형님을 시켜 기사를 내리란 명령을 한 겁니까?"

구봉팔이 재떨이에 담배를 비벼 껐다.

"아니, 그 반대야."

"예?"

그 반대라니.

기사를 내리란 압력이 아니라면 대체 무슨 요구를 해 오려는 건지, 김기환은 아무런 감도 오질 않았다.

왠지 모르게, 황급히 자리를 떠난 이성진은 다 알고 있는 것 같긴 했지만.

구봉팔이 입을 열었다.

"조설훈은 네가 중우일보에 재직했던 걸 알고 있더군."

"······예? 그걸 어떻게."

"자네가 올린 인터넷 기사의 진실탐구자······였던가? 그 사람이 단 댓글이란 걸 보고 알아낸 모양이야."

구봉팔의 말에 김기환이 펄쩍 뛰었다.

"예? 아뇨, 그거 저 아닙니다!"

"음? 아닌가?"

김기환이 쓴웃음을 지었다.

"아마 이성진 사장님이실 겁니다."

"그랬군."

구봉팔의 얼굴은 태연했다.

"뭐, 결과적으로는 맞힌 것 같으니까, 아무튼 그건 너였던 걸로 치지."

나 참.

김기환은 '이번에도 이성진의 손바닥 위였던 건가' 하고 고개를 저었다.

그래도 지금은 이성진이 추궁받는 것보단 상황이 낫다고 여기기로 했다.

구봉팔이 다시 입을 뗐다.

"그리고 어쨌건, 본론이다."

뒤이어 그는 사무적인 어조로 말을 이었다.

"조설훈은 내일이라도 네가 중우일보에 재직 중이던 시절에 쓴 '검열되기 전'의 기사를 인터넷에 올리길 바란다."

구봉팔의 말에 김기환이 눈을 껌뻑였다.

"……기사를 내리는 정도가 아니라, 아예 불에 기름을 끼얹으란 말입니까?"

"그래."

"대체 무슨 꿍꿍이인 거죠? 그래 봐야 박상대에겐 좋을 게 하등 없…… 아."

구봉팔이 고개를 끄덕였다.

"그래. 그러는 걸 보면…… 내가 단언할 수 있는 단계는 아니지만, 조설훈은 박상대와 관계를 끊으려는 것 같다. 사실 지금 내가 찾아온 것도 박상대가 바라는 일은 아닐 거야."

"……아니, 잠깐만요."

김기환은 엉망진창이 된 사무실 내부를 둘러보며 인상을 찌푸렸다.

"그럴 거라면 굳이 이렇게 폭력적으로 나오지 않아도 되지 않습니까? 어차피 조설훈도 박상대와 관계를 끊기로 했다면, 저는 그와 공공의 적을 두고 있는 사이인 셈인데요."

"그건 네가 뭘 잘 모르고 하는 소리지. 그리고 내가 조설훈이 보낸 사람이라고, 누가 그랬지? 어쩌면 박상대의 정적일 가능성도 있지 않나."

"……"

구봉팔이 담담하게 말을 이었다.

"조설훈은 근본적으로 타인을 믿지 않는다. 하물며 지금은 박상대의 일이 자신에게 불똥이 튈지도 모른단 생각을 하고 있음이야."

박상대의 일, 그리고 불똥이라고 하면.

"……그러면 조설훈은 제가 한강 변사체 사건을 알고 있다는 전제하에 움직인 겁니까?"

"그건 나도 모른다. 아마 조설훈도 확신할 수 없겠지."

구봉팔은 잠시 생각하다가 다시 입을 뗐다.

"하지만 너는 이미 박상대의 반지와 관련된 기사를 냈다. 그로 인해 경찰이 쉬쉬하고 있던 한강 변사체 건이 수면 위로 떠오를지도 모르는 상황이고."

"……"

"네가 그 일과 관련해 어디까지 알고 있는지 조설훈으로선 확신할 수 없는 상황이니, 일단 폭력과 공포로 너를 찍어 누르고 보잔 심산이었을 거다. 그로서는 멀리 돌아가다가 위험을 감수하느니 이러는 편이 합당하다 여겼겠지."

"……그렇습니까."

"물론 이성진이라면 네가 말했듯 대화로 타협점을 찾았을 거다. 하지만 조설훈은 이성진이 아니야. 각자 자신만의 방법이 있기 마련이지. 조설훈은 조설훈대로 자신이 할 수 있는 일을 한 것뿐이다."

"예……."

말하는 뉘앙스가 묘했다.

이번 일에 폭력이라는 수단이 합리적인 방침이었단 양 말하는 구봉팔의 생각은, 김기환으로선 동의하기 힘들었다.

암만 친하다고 해도, 뒷세계에 물든 인간과 일반 시민은 근본적인 사고 체계가 다른 것일까.

사고야 어찌 됐건, 어차피 이 바닥에 다시 발을 들이기로 하면서부턴 각오를 다진 지 오래였다.

이제 더는 타협하지 않겠다, 고.

김기환은 손에 든 담배를 마저 태우곤 꽁초를 재떨이에 비벼 껐다.

"좋습니다. 폭력에 굴해서가 아니라, 오히려 이 일은 저로서도 마다할 까닭이 없죠. 큰 크림을 그리고 계실 이성진 사장님만 동의하신다면 그러겠습니다."

더군다나 중우일보에서 검열한 기사는 한강 변사체 사건이 발생하기 전의 일이다. 공연한 불똥이 튈 리는 없을 것이다.

"아, 그 전에 네가 중우일보에 재직 당시 쓴 기사를 다오. 조설훈도 그걸 바랄 테고."

그렇게 말한 구봉팔은 망가진 모니터며 집기를 보더니 아차 싶은 얼굴로 덧붙였다.

"……이쪽이 부숴서 없앤 건 아니지?"

"아뇨, 모니터만 부쉈을 뿐이니 괜찮습니다. 또, 자료는 여기저기 분산해 두었고요. 본체에 있으니 금방 디스켓에 복사해 드리죠."

김기환은 컴퓨터를 조작하며 말을 이었다.

"그나저나 용케도 조설훈이 형님을 믿고 쓰는 중이군요. 그쪽과는 별다른 파벌이 없다고 말씀하지 않으셨습니까?"

김기환의 말에 구봉팔은 드물게도 쓴웃음을 얼굴에 띠웠다.

"설명하긴 복잡하지만…… 이번에도 이성진이 직접 나서서 담판을 지어 준 덕분이지."

"사장님이요?"

"음. 이성진은 오늘 조설훈과 조지훈을 만나 협상을 한 모양이더군."

구봉팔의 말을 들으면서 김기환의 얼굴이 잠시 멍해졌다.

"……예?"

"어쨌건 그 결과 조설훈과 조지훈은 조세화라고, 조설훈

의 딸을 통해 두 파벌과 무관한 '중립적인 회사'를 만들기로
했다. 그러다 보니 상황이 좀 이상하게 돌아갔지만 '별다른
파벌이 없던' 나를 그 자리에 앉힌 거고."

"……."

김기환의 얼굴을 보니, 그도 아직 '도청기'에 대해선 모르
는 모양이었다.

'그와 더불어 조세광이 총으로 사람을 쏘아 죽인 일까지
도.'

이성진이 그걸 김기환에게 말해 주지 않은 건 그럴 경황이
없었거나, 그럴 필요가 없다고 생각했기 때문이리라.

그렇다면 구봉팔도 관련 사안을 밝힐 필요는 없다고 생각
하며 말을 마쳤다.

"그 부분은 자세히 이야기하기 힘드니 일단은 그 정도만
알아 둬."

"예……."

"아무튼 일이 그렇게 됐으니, 당분간은 만남을 자제해야
할 거 같다. 오늘을 마지막으로 한동안 개인적으론 얼굴 볼
일이 없겠군."

"그러게요. 뭐, 또 한 번 협박하러 오실 일 있으면 말씀해
주십쇼. 그땐 배에 전화번호부라도 대고 있겠습니다."

김기환의 냉소적인 농담에 구봉팔은 픽 웃었다.

"참고하지."

그리고 고개를 돌린 김기환은 디스켓에 지난 기사 파일을 복사해 넣으며 잠깐 생각에 잠겼다.

　사태는 브레이크가 고장 난 열차처럼 종잡을 수 없는 지경까지 치닫고 있었다.

　'……조설훈이며 조지훈과 직접 담판을 지었다고?'

　이성진은 이번 일에 어디까지 개입했고, 앞으로 벌어질 일을 어느 정도 선까지 짐작하고 있는 걸까.

　초등학생 신분에 벌써부터 두각을 보이고 있는 이성진은 분명, 그 출신을 차치하더라도 장차 거물이 될 것이다.

　'그리고 언젠가, 이성진을 대상으로 기사를·써야 할 날이 올 때 나는 기자로서 소명을 다할 수 있을까.'

　김기환으로서는 되도록, 그런 날이 오지 않기만을 바랄 뿐이었다.

　"다녀왔습니다……."

　예정된 야근 전까지 휴식을 하다 온 강하윤이 ××경찰서로 복귀했을 땐 이미 밤이 깊은 늦은 시간이었음에도 불구하고 경찰서가 제법 분주했다.

　아니, 평소에도 야근을 밥 먹듯 하는 형사들이었지만, 오늘은 유독 분위기가 남달랐다고 해야 할까.

평소라면 홍일점인 강하윤에게 무어라 농을 던졌을 형사들도 시선조차 던지지 않으며 박스 가득 짐을 싣는 중이었고, 정진건도 자리를 정리하고 있었다.

강하윤은 어리둥절해하는 얼굴로 자신의 옆자리인 정진건에게 인사를 건넸다.

"다녀왔습니다, 선배님."

야근을 대비해 집에 들러 갈아입을 옷가지를 넣은 백팩까지 멘 강하윤이었다.

"아, 왔나? 마침 잘 왔군. 강 형사도 짐 챙기게. 잠시 자리를 옮기게 될 거야."

"아, 넵!"

강하윤은 일단 정진건이 시키는 대로, 책상에 가방을 올려 놓곤 자리를 정리하기 시작했다.

"그런데 선배님, 오늘따라 분주해 보입니다만 지금 무슨 일입니까?"

"방금 연락이 왔어. 광역수사대를 조직하는 게 결정 났다더군. 마포 쪽에 수사본부가 생겨서 우린 그쪽으로 갈 거야."

"아."

광역수사대가 조직될 거란 이야기는 정진건에게 일찌감치 들어서 알고 있었지만, 이렇게 일찍 시작할 줄은 몰랐다.

이례적인 일임에도 불구하고 일 처리가 빠른 걸 보니, 아무래도 높으신 분—무려 청장—이 직접 나선 덕분인 모양이었다.

"그래서 지금은 한강 변사체 사건 자료며 우리가 가진 조광 쪽 정보를 있는 대로 긁어모으는 중이고."

"그러면 조광으로 표적이 좁혀졌나 봅니다."

"뿐만 아니라 박상대도 예의주시 중이지. 양춘자 씨도 광역수사대 본부에서 진술을 받을 예정이야."

"다행입니다. 이제 수사에 진척이 생길 거 같습니다."

"그만큼 야근도 일상이 되겠지."

정진건이 모처럼 농담을 던지는 걸 보니, 상황이 퍽 고무적인 모양이라고 강하윤은 생각했다.

"그보다 강 형사, 갈아입을 옷가지는 챙겨 왔나?"

"예, 물론입니다. 야근이 처음도 아니고 말입니다."

강하윤은 책상 위의 가방을 툭툭 두드렸다.

"잠은 좀 잤고?"

"그게…… 눈을 감아도 도통 잠이 오질 않아서 그냥 깬 채로 있다가 왔습니다."

"아직은 익숙하지 않을 거야. 무리는 하지 말고."

"괜찮습니다. 체력은 자신 있습니다. 하루 이틀 정도는 밤을 새워도 끄떡없습니다."

젊음이 좋긴 좋군.

강하윤이 말을 이었다.

"선배님은 좀 주무셨습니까? 말씀하시는 선배님도 댁에

다녀오신 거 같습니다만."

"음. 쪽잠이긴 했지만 내 나이쯤 되면 베개에 머리를 붙이
기만 해도 잘 수 있거든."

강하윤은 오전 때와 다른 정진건의 옷차림을 보며 살짝 웃
었다.

"저로선 선배님이 넥타이를 맨 모습을 못 뵈어서 아쉬울
따름입니다. 선배님 정장 차림, 어울렸지 말입니다."

"못 봐서 다행이군."

농담을 받아 주는 정진건은 정진건대로, 그럼에도 불구하
고 싫은 기색 하나 없이 씩씩한 강하윤이 제법 기특했다.

"그나저나 강 형사, 인터넷은 어땠나?"

그 말에 강하윤은 움찔하다 못해 들고 있던 서류를 와르르
바닥에 쏟았다.

"깍!"

"응?"

"아, 아무것도 아닙니다! 아무 일도 없었지말입니다!"

횡설수설하는 걸 보니 못 볼 거라도 본 모양이었다.

설마.

자료 조사를 빌미로 땡땡이를 쳐 놓곤 게임인가 뭔가를 한
건 아닐까.

'……딸에게 들으니 요즘 〈바람의 왕국〉인지 뭔지 인터넷
으로 하는 게임이 유행이라던데.'

멀리 떨어진 사람들과 인터넷을 통해 한 공간에 모여 게임을 즐긴다니, 갤러그 정도가 기억하는 마지막 오락 게임인 정진건에겐 들어도 이해하기 힘든 이야기였지만.

　하긴, 그러잖아도 한창 꽃다울 나이에 형사 일을 하며 데이트는커녕 매일이 야근의 연속인 게 안쓰러웠다. 해서, 정진건은 관대하게 눈감아 주기로 했다.

　"그런가? 모처럼 의전도 마다하고 간 자리여서 뭔가 있을 줄 알았더니 별다른 반응이 없었던 모양이군."

　"아⋯⋯. 그게 아니라."

　강하윤은 바닥에 떨어트린 서류를 주섬주섬 챙기며 말을 이었다.

　"오히려 반응은 엄청났습니다."

　"엄청났다니?"

　"기사 자체는 선배님도 짐작하시는 내용입니다만, 댓글란을 보니 사람들이 저마다 사건을 확장한 추리를 내놓고 있었습니다."

　댓글란이라니, 그건 또 뭔가.

　정진건의 물끄럼한 표정을 본 강하윤은 아차 하며 대강의 시스템을 설명했다.

　"즉, 그러니까 인터넷에 올라온 기사를 두고 익명의 사람들이 저마다 의견을 내놓았단 건가?"

　"그렇습니다. 그중엔 지난번 중우일보에 실린 기사를 언급하며 당시 박상대로부터 외압이 있었을 거란 의혹을 제기한 사람에게 가장 많은 추천이 달렸습니다.”

박상대를 용의 선상에 놓은 뒤, 관련 자료를 긁어모았던 정진건도 중우일보에 실린 어떤 기사에 대해선 잘 알고 있었다.

그 기사가 나오고 얼마 지나지 않아 박상대는 당선이 유력한 상황에서 사퇴를 결행했고, 이후 중우일보의 김기환 기자는 현 대통령의 친인척이 연루된 일련의 차명 계좌 비자금 폭로 특집 기사를 쓰며 일약 스타덤에 올라 승승장구하는 듯 보였으나, 그 영광도 잠시 어느 순간 중우일보에서 사퇴했다.

그래서 정진건도 처음엔 그가 중우일보를 나와 메이저 신문사로 자리를 옮긴 건가, 하고 생각했는데…….

‘아무래도 인터넷으로 노선을 바꾼 모양이군.’

사실 해당 비리 기사도 잠깐 반짝했을 뿐, 검경의 조사도 물에 물 탄 듯 술에 술 탄 듯 흐지부지되며 사람들의 기억 속에서 잊힌 지 오래였다.

‘즉, 누가 터뜨리건 상관없었단 의미겠지.’

만약 김기환이 특종을 터뜨렸던 것도 ‘모종의 거래’로 얻은 정보였다면, 그는 기자로서 명예를 택하는 대신 검열 없이 자유로운 기고가 가능한 곳으로 자리를 옮겨 못다 한 사명을 다하려고 하는 것이 아닐까.

'김기환……. 일단 체크는 해 둬야겠어.'

정진건은 고개를 끄덕였다.

"그쪽은 잘 알겠어. 다른 건?"

"아, 그게……."

강하윤은 망설이다가 우물쭈물하며 입을 뗐다.

"저희 경찰의 방침에도 불구하고 한강에서 무슨 사건이 있다는 게 사람들 사이에서 알음알음 알려지고 있었습니다."

"……어떻게?"

"그게, 산책하다가 한강 둔치에 폴리스 라인이 쳐진 걸 보았다든가…… 그런 목격 정보도 나왔지 말입니다."

하늘 아래 영원한 비밀은 없다더니.

정진건은 떨떠름해하는 얼굴로 짐을 마저 챙겼다.

"그것만큼은 인터넷의 순기능인지 역기능인지 모르겠군. 그간 내부 단속이 잘되고 있다고 생각했지만, 그 가상공간의 익명성에 기대 정보를 누출한 사람도 나올지 모르니까."

"그, 그러게 말입니다……. 하, 하하."

강하윤은 누가 보아도 어색할 억지웃음을 지었고, 정진건은 강하윤이 이번 일로 과중한 책임감에 부담스러워한다고 여기며 위로해 주었다.

"뭐, 언젠간 알려질 일이었지. 너무 신경 쓰지 마."

"그……렇습니까."

"오히려 이 일은 강 형사 덕을 본 것도 적지 않으니…….

아, 자세한 건 광수대로 가면서 이야기하지. 우리는 곧 있을 심야 버스에 시간을 맞춰야 하니까 서두르자고."

"예, 옙!"

강하윤은 앞장서는 정진건의 뒤를 따르며 속으로 안도했다.

'내가 경찰아님 닉네임을 쓴 게 들키는 건 아니겠지?'

글쎄. 인터넷이란 원래 그런 곳인데, 누가 신경이나 쓸까.

물론 그런 혼돈이 가득한 만큼이나, 무슨 일이 벌어질지 아무도 예상 못 할 곳이기도 했다.

광역수사대가 출범하게 된 마포구 수사본부는 정부 소유의 빈 건물에 자리를 잡긴 했으나, 아무래도 이제 막 설립된 조직이다 보니 실내는 이렇다 할 집기 없이 텅 비고 휑했다.

그럼에도 불구하고 여러 경찰서에서 동원된 인력이 분주히 오가는 덕분에 수사본부는 을씨년스러운 분위기는커녕 묘한 열기와 긴장감이 맴돌고 있었다.

배정된 공간에 정진건이 각종 짐을 푸는 사이, ××서장이 누군가를 대동하고 방을 찾았다.

"흠, 흠."

그 노골적인 헛기침 소리에 정진건은 하던 일을 멈추고 서장에게 경례했다.

"충성."

"음, 한창 바쁜 모양이군."

서장은 정진건의 경례를 받으며 대동한 인물을 소개했다.

"일단 정 형사에게 소개를 드려야 할 거 같아서. 이번 사건 수사 지휘를 맡게 된 김보성 검사님이네. 원래는 동부지검장을 맡고 계셨지만, 이번엔 특별히 모셨으니, 자, 인사드리게."

검사라.

이 늦은 시간까지 남아 있는 걸 보니 검사도 고생이구나, 싶었다.

하긴 서장도 퇴근을 미룬 채 대기 중이었고, 어쩌면 청장도 유의미한 경과보고를 기다리는 중일지 모르겠다.

한편, 정진건과 비슷한 연배인 김보성 검사는 한눈에 보기에도 착실한 엘리트 코스를 밟아 온 인물처럼 보였다.

하지만 그렇다고 융통성 없는 꼰대처럼은 보이지 않았고, 자신에게 주어진 일을 성실하게 수행해 온 인간 특유의 번듯함과 강직함이 온몸에 배여 있는 그런 인물이었다.

'자신의 고과와 체면이 달려 있으니, 청장도 평가가 높은 검사가 배치되게끔 인편에 신경을 썼겠지.'

그런 의미에서 정진건은 배정된 담당 검사 운이 좋은 편이라고 생각했다.

아무래도 마냥 풋내기나 고루한 노땅보단 이런 인물이 한창 커리어를 빛낼 때니까.

서장에게 소개받은 김보성 검사는 정중하게 인사했다.

"이번 사건을 지휘하게 된 김보성입니다. 잘 부탁드리겠습니다."

검사 중엔 고위직 대우를 받고 싶어 안달인 속물들도 즐비했고, 경찰을 제 부하인 양 취급하는 인간도 많은 와중에 선뜻 나서서 인사한 김보성의 첫인상은 나쁘지 않았다.

"정진건 형사입니다. 잘 부탁드리겠습니다."

아무리 청장 선까지 닿은 사건이라곤 해도, 영장을 발부받으려면 어쨌든 검찰의 도움이 필요했다.

이 또한 기계가 아닌 사람이 하는 일이니, 그 심사에 상대를 향한 개인적인 호감이 전혀 작용하지 않을 리는 없다. 그러니 상호 간에 적당한 기름칠은 업무를 원활하게 하는 것에 도움을 주는 법이다.

그래서 원래라면 이 정도 선에서 통성명을 주고받는 선에서 인사가 그칠 법도 하건만, 서장은 미리 조사한 내용을 머릿속에 떠올리며 둘 사이에 자연스레 끼어들었다.

"아, 맞아. 마침 김 검사님 자제분은 천화초등학교에 재학 중이라고 들었습니다만."

천화초등학교라?

그건 서장 나름대로 분위기를 부드럽게 하고자 꺼낸 말이었을 것이지만, 여기서 아이들 학교 이름이 언급될 줄이야.

김보성은 고개를 끄덕였다.

"예. 6학년인 아들과 4학년인 딸이 있습니다."

"허허, 이것도 인연인가 봅니다. 정 형사. 자네 딸도 천화초등학교에 재학 중이라고 들은 거 같은데."

"그렇습니다. 6학년, 5학년 연년생입니다."

"또래구만. 혹시 애들끼리 아는 사이는 아닌가? 게다가 무려 김 검사님의 맏이가 그 학교 부회장이라네."

글쎄.

그야 본의 아니게 주소지가 부촌의 학군에 편성되는 바람에 정진건의 두 딸은 고위직(?) 자제들과 어울리곤 있었지만.

"그렇다면 제 딸인 서연이도 아드님을 알고 있을 수도 있겠군요. 다만 검사님의 아드님께서 제 여식을 알고 있는지는 모르겠습니다."

뭐, 공교롭다면 공교로운 일이긴 하지만 그저 어디까지나 우연히 같은 학군에 있을 뿐이었다.

자신의 두 남매, 특히 정서연은 이성진과 엮여 있다는 것을 제외하면 딱히 이렇다 할 일 없이 평범하게 학교를 다니고 있었기에, 정진건은 썩 내키지 않는 이야기를 무례하지 않은 선에서 받으며 대수롭지 않게 대응했다.

정진건은 그쯤에서 애들 이야기는 분위기를 부드럽게 풀어주는 선에서 끝날 것이라고 생각했지만.

"혹시 따님의 이름이 정서연 아닙니까?"

의외로 김보성 측에서 먼저 알은체를 했다.

"……그렇습니다만."

그야 정진건 스스로 '서연이'라는 이름을 댔으니 '정서연' 이름 세 글자를 추리하는 건 일도 아니겠지만.

의외로, 어떻게 된 일인지 김보성은 그 외적으로 정서연을 아는 눈치였다.

"그러면 응당 제 아들인 수철이와 알고 지내는 사이겠군요."

김보성의 부드러운 미소에 정진건은 어리둥절해했고, 김보성이 말을 이었다.

"따님이 학생회에 있다고 전해 들었거든요."

그야, 요즘 일이 바빠 딸과 이렇다 할 이야기를 나누지는 않았지만, 정서연이 초등학교 학생회 같은 조직에 소속되어 있는 줄은 몰랐다.

'아니, 그러고 보니까 비슷한 걸 들은 기억은 나는군.'

그렇다고는 해도 김보성이 단박에 정서연을 추론해 내는 걸 보니, 자녀 교육에 신경을 많이 쓰는 건가, 생각했다.

김보성이 말을 이었다.

"제 딸에게 들으니 학교에서는 삼광 그룹의 장손이라는 이성진과 함께 어울려 다니는 친구들이라며 소문이 자자한 모양입니다."

여기서 이성진의 이름이 언급될 줄이야.

이 역시 정진건은 전혀 생각도 못 했다.

"……그렇습니까."

정진건은 방금 그 이야기에서 문득 김보성이 이성진을 언급한 건 우연이 아닐 것이라 어림짐작했다.

'혹시 이번 일에 이성진이 연루되어 있다는 걸 어느 정도 눈치챈 건 아닐까.'

만일 그런 것이라면.

'이렇게 된 이상 이성진과 아주 무관하다고 잡아떼긴 힘들겠어. 조금쯤은 솔직하게 나갈 필요가 있겠군.'

하지만 실상은 조금 달랐다.

김보성은 자식 교육에 성화인 아내와 달리 비교적 방임주의였으나, 딸인 김수연에게 전해 들은 이야기가 기억에 남아 있었다.

여기 있는 사람들은 모르겠지만, 당시 김수연에게 스스로 악역을 자처하며 여론을 휘어잡은 이성진의 선거 전략과 일련의 정치 공작을 전해 들은 김보성은 유쾌하게 웃음을 터뜨렸던 적이 있었다.

어떻게 보면 이성진네 패거리인 정서연은 장남이 학생회장이 되는 일에 훼방을 놓은 '적'인 셈이지만, 김보성은 그런일을 마음에 담아 둘 옹졸한 인물은 결코 아니었다.

어찌 되었건 서장은 서장대로, 이 자못 화기애애한 분위기를 이끌어 낸 계기를 던진 것에 자부심이 묻어나는 얼굴로 끼어들었다.

"이거 참, 저도 그냥 생각난 김에 던져 본 이야기였는데 검사님과 정 형사가 이렇게까지 인연이 닿아 있을 줄은 몰랐습니다. 앞으로도 저희 정 형사를 잘 부탁드리겠습니다."

물론 서장이 의도한 바는 아니었지만, 이번 일은 앞으로의 수사 방침과 보고 체계가 결정된 순간이기도 했다.

심야 버스가 취이익, 가스압 내뿜는 소리와 함께 문을 열었다.

뜨겁고 눅눅한 여름밤 공기와 털털거리는 버스 엔진의 열기가 스민 가운데 사람들은 저마다 인생에 어울리는 얼굴을 하고서 차례차례 버스에서 내렸다.

양손 가득 보스턴백을 든 박순길 형사는 터벅터벅 버스에서 내려 스읍 하고 숨을 들이쉬었다가 내뱉으며 입을 뗐다.

"파아, 이것이 서울 공기 맛잉교? 듣던 대로 공기가 탁한 거 같구마잉."

만약 이성진이 이 자리에 있었다면 '미세먼지도 없는 시대에 배부른 소리'라고 생각했겠지만, 체감은 어디까지나 상대적인 법이었다.

그 뒤를 내린 양춘자는 다소 멋쩍은 미소로 박순길을 보았다.

　"제 짐은 제가 들게요."

　"아따, 됐당께. 요런 걸 숙녀님께 들게 하면 나가 욕먹소."

　박순길은 웃으며 앞장섰다.

　"또, 이럴 때가 아니면 형사 박봉에 언제 서울 구경을 해 보겠소."

　"……감사합니다."

　"아따 그러지 말라니께. 자꾸 고로코롬 나오면 나 서운하요. 안 그래도 눈 감으면 코 배어 간다는 서울인데, 제대로 모셔야지. 안 그래도……."

　웬 조직에 쫓기는 몸이면서.

　박순길은 하려던 말을 멈칫하곤 어조를 바꿔 말을 이었다.

　"어이쿠, 이럴 때가 아니지. 지금은 먼저 서울 형사님을 찾아야 쓰지 않겠소?"

　주위를 휘둘러본 박순길은 만남의 광장에 우두커니 서 있는 두 사람을 발견하곤 한눈에 형사임을 알아보았다.

　"저짝인가 보구마잉."

　만약 어떻게 알아보았는가, 하고 물으면 박순길도 '글쎄?' 하고 고개를 갸웃했겠지만.

　그러긴 저쪽도 마찬가지였다.

　상대도 박순길과 양춘자를 알아보았다.

멀리서 눈인사를 한 박순길은 양춘자를 대동한 채 정진건과 강하윤이 있는 곳으로 와서 가방을 내려놓곤 손을 내밀었다.

"혹시 서울 경찰 나으리요?"

그 확신에 찬 어조에 정진건은 박순길의 악수를 받았다.

"처음 뵙겠습니다. ××경찰서 강력계 정진건 형사입니다."

"그동안 전화로 이야기하던 분이구마잉. 말씀은 많이 들었소. 박순길 형사요. 글고……."

정진건 곁에 서 있던 강하윤이 고개를 숙였다.

"강하윤 형사입니다. 먼 길 오시느라 수고 많으셨습니다."

"나야 고생이랄 게 뭐 있소. 겸사겸사 서울 구경도 하는 거니, 허덜 신경 쓰지 마쇼."

뒤이어 양춘자는 다소 긴장한 기색으로 고개를 꾸벅 숙여 인사했다.

"처음 뵙겠습니다. 양춘자예요."

화장기 없는 얼굴의 양춘자는 기가 약해 보이는 인물은 아니었지만, 상황이 상황인 데다 초면의 형사 앞이라 그런지 일단 점잖았다.

피차가 대강 인사를 마쳤다고 생각한 박순길은 보란 듯 허리춤에 찬 삐삐를 꺼내 흔들어 보였다.

"그러면 잠시 짐 좀 맡아 주시오. 안 그래도 삐삐가 와서

싸게싸게 공중전화 박스 좀 다녀올 테니."

"물론입니다."

박순길이 공중전화 박스가 있는 곳으로 자리를 뜨자마자 양춘자가 기다렸다는 듯 입을 열었다.

"저, 강선이는요?"

강하윤이 대답했다.

"강선 군은 저희가 보호하고 있습니다. 하지만 지금은 밤이 깊었으니 강선이도 자고 있을 거예요. 바라신다면 내일 아침에라도 강선이를 만나게 해 드리겠습니다."

"……그렇죠. 그렇겠군요."

양춘자는 안도인지 죄책감인지 모를 한숨을 내쉬었다.

"죄송해요. 원래는 제가 강선이를 챙겼어야 했는데……
면목이 없네요."

사실, 그녀가 죄책감을 느낄 이유는 하등 없었다.

제3자 입장에선 도의적으로 비난받을 행동이라고 비난하긴 쉽겠지만 양춘자가 박강선을 만난 건 많아야 두세 번일 것이고, 정순애가 그녀의 혈육인 것도 아니었으니까.

그녀는 그저, 친분이 있던 정순애로부터 '만일 내가 잘못되면'이라는 최악의 전제를 바탕에 깔고 일방적인 부탁을 받았을 뿐이었다.

하물며 그 불똥이 자신에게 튀었음에야 오죽할까.

강하윤은 그런 양춘자에게 딱히 따뜻한 위로를 건넬 생각은 아니었지만, 나름대로는 최선을 다해 양춘자의 행동을 변호해 주었다.

"아닙니다. 결과적으로는 저희가 보호하는 것이 모두에게 나은 상황을 가져다주었으니까요."

강하윤의 말도 마냥 껍데기뿐인 위로는 아니었다.

애당초 경찰을 찾는다는 선택을 하지 않았던 그녀였으니, 만약 양춘자가 박강선을 보호하기로 마음먹고 그를 거두었다면, 사태는 또 다른 방향으로 종잡을 길 없이 흘러가게 되었을지도 모를 일이었다.

그 대목에서 양춘자는 가슴속에 켜켜이 쌓여 있던 불안을 토해 내는 질문을 던졌다.

"혹시 순애는 어떻게 되었나요?"

강하윤은 곧이곧대로 말하기 꺼려질 대답을 두고 정진건의 눈치를 살폈다.

정진건이 사무적으로 입을 뗐다.

"수사 중입니다."

"……."

그 대답에서 양춘자는 무언가 일이 잘못되었다는 걸 눈치챈 얼굴이었지만, 생각한 바를 입 밖에 내는 순간 그게 확정되기라도 하는 양 입을 꾹 다물었다.

강하윤이 조심스레 물었다.

"오늘은 어쩌시겠어요? 오랜 여행으로 지치셨을 텐데, 일단은……."

양춘자가 고개를 저었다.

"……경찰서로 데려가 주세요. 아무래도 집은 안전하지
않은 것 같으니까요."

강하윤은 정진건을 보며 고개를 끄덕였다.

이렇게 된 이상, 일단 실종자와 관련한 증언은 확보해 둔
셈이었다.

그 시각, 차에 숨어 잠복 중인 경찰은 수상쩍은 움직임을
포착했다.

심야, 인적 드문 폐공장 부지를 서성이는 그림자 몇몇이
드럼통을 둘러싸고 있었다.

"이거, 슬슬 들어가야 하는 거 아닙니까?"

Y경찰서 석동출 형사의 말에 조수석의 배성준 형사는 등
을 기댄 채 힐끗 시계를 보았다.

"지금 들어가서 뭘 하겠어? 아직 영장도 안 나왔는데, 가
서 물어봐야 그냥 '길 헤매다가 잠시 멈춰 섰습니다' 하고 잡
아떼면 그러십니까, 하고 나와야 할걸."

석동출로서는 이제야 조광을 본격적으로 탈탈 털기 시작
한 마당이니 좀 더 기뻐해도 될 텐데, 하고 생각했지만, 생각

한 바를 입 밖에 내지는 않았다.

비록 겉으로 내색하지는 않았지만 꽤 오랫동안 조광을 쫓아 온 배성준 형사는 이번에 광역수사대가 조직되면서 심기가 불편해 보였다. 다 차려 둔 밥상을 빼앗기게 되었던 생각일까.

그나마 불행 중 다행인 건 번갯불에 콩 볶아 먹듯 조직된 이번 광수대에는 배성준 형사도 들어가는 일이 확정되었다는 점이었다.

"그래도 저것들, 오늘 움직임도 심상치 않은 모양이고 말이죠……. 그 왜, 만나면 싸우기밖에 더 할까 싶던 조설훈이랑 조지훈이 싸우긴커녕 나란히 병원을 나오지 않았습니까."

석동출이 말을 이었다.

"지들끼리 뭔가 증거 인멸을 시도하려는 거 아닐까요?"

배성준은 그 말을 담담히 받았다.

"뭐, 마약이라도 거래할까 봐? 아서라. 암만 막장이라도 그 정도는 아니야."

"음……."

석동출은 기다림이 지루한 듯 운전대에 얹은 손가락을 툭툭 두드리다가 눈을 가늘게 떴다.

"어어……?"

멀리, 실루엣만 보일 뿐이지만 그들은 가방을 열어 드럼통에 무언가를 탈탈 쏟아부은 뒤, 등유 통을 기울여 드럼통에 집어넣고 있었다.

"먼저 들어가겠습니다!"

배성준이 말릴 새도 없이, 석동출은 차에서 나와 성큼걸음으로 다가갔다.

"멈춰, 경찰이다!"

석동출의 외침에도 불구하고, 아니 오히려 성냥을 긋더니, 타오른 성냥을 드럼통 안에 툭, 집어넣었다.

그 즉시 드럼통 속에서 화르륵, 하고 불길이 치솟았다.

"씹⋯⋯!"

석동출은 빠르게 달려갔지만, 드럼통에서 솟아오른 열기 때문에 가까이 다가가진 못하고 얼굴을 가렸다.

"앗 뜨⋯⋯."

그리고 석동출은 드럼통에서 나오는 불빛에서 놈들이 씩 웃고 있는 걸 보았다.

마음 같아선 당장이라도 멱살을 잡고 싶었지만.

그때 배성준이 어슬렁어슬렁 다가왔다.

"비켜."

취이이익!

배성준은 차량용 소화기를 뿌려 댔지만, 기름이 붙은 불은 쉽사리 꺼지지 않았고.

쾅!

급기야 배성준이 드럼통을 걷어차 넘어트리자, 드럼통이

쓰러지며 불붙은 내용물을 뱉어 냈다.

취이이익! 치익, 치이익!

배성준은 바닥에서 타고 있는 잔해물을 향해 소화기를 마저 분사한 뒤, 제일일산암모늄이 하얗게 내려앉은 위에 칙, 칙, 노인네 오줌발처럼 찔끔찔끔 나머지를 쏟았다.

"후우."

배성준은 텅 빈 소화기를 내던졌다.

텅, 텅, 뎅그렁 바닥을 굴러가는 소화기.

화재는 진압되었지만, 내용물은 시커멓게 타 있었고, 소화기에서 나온 하얀 가루가 뒤섞여 회색 재가 흩날릴 뿐.

칙.

배성준은 담배에 불을 붙였다.

배성준은 후우, 하고 담배 연기를 뿜어낸 뒤 손가락을 까딱였다.

"거기 둘, 증거물 훼손할 생각하지 말고, 천천히 돌아서 나와."

배성준이 지목한 둘은 피식피식 웃으며 그 앞에 가서 섰다.

그리고 개중 좀 더 고참인 듯한 놈이 배성준 앞에 섰다.

"왜, 체포라도 하시려고? 영장은 있수?"

그 옆에 있던 놈이 실실 웃으며 거들었다.

"우리는 그냥 생활 쓰레기를 태운 것뿐인데, 안 그렇습니까, 형님?"

"……짜식들."

배성준은 픽 하고 웃더니 손가락으로 눈앞에 선 놈의 쇄골을 꾹 내리눌렀다.

"끅!"

놈은 저도 모르게 바닥에 한쪽 무릎을 꿇었고, 배성준은 웃는 얼굴로 쇄골을 꾹꾹 누르며 나직이 입을 뗐다.

"요즘 세상 참 좋아졌다, 응? 깡패 새끼가 경찰이랑 맞먹으려고 들고."

"으, 으윽."

"또 아무거나 태우면 그건 그것대로 뭐시냐, 환경 어쩌고 법에 저촉된다는 거, 알지?"

"……그, 그만……."

배성준은 손을 떼곤 무표정한 얼굴로 고개를 돌려 석동출을 보았다.

"석 형사."

석동출은 얼굴에 묻은 검댕을 손등으로 닦았다.

"예, 선배님."

"이 두 놈, 은팔찌 채워서 구치소에 처넣어. 아, 증거 수집하게 지원팀 부르는 거 잊지 말고."

"예, 알겠습니다. 선배님께선……."

"나는 현장 지켜야지. 됐으니까 먼저 가 봐."

석동출은 고개를 꾸벅 숙이곤 현장에서 검거한 조광의 두 조직원에게 수갑을 채웠다.

"먼저 가 보겠습니다."

석동출은 둘을 차에 태운 뒤 현장을 빠져나갔고, 배성준은 담배를 마저 태운 뒤 꽁초를 저 멀리 튕겨 버렸다.

"갔소."

그 말에 폐공장 그림자 속에서 조지훈이 모습을 드러냈다.

"흐음, 이거 참."

조지훈은 멋쩍은 웃음을 지으며 뒤통수를 긁적였다.

"방금은 동생들이 실례가 많았수다. 거참, 놈이 나랏일 하시는 분도 몰라뵙고."

제법 능청스럽게 나오는 조지훈을 무시하며 배성준은 주머니에서 손전등을 꺼내 잔해를 비췄다.

배성준이 비춘 손전등 불빛 위로 시커멓게 탄 증거물이 그림자를 드리운 것처럼 새카만 모습을 드러냈다.

"그래서, 뭘 태운 건가?"

"뭐긴, 카세트테이프요. 불에 녹아서 잘 안 보이나 보군."

그 말에 배성준이 눈썹을 씰룩였다.

"……그렇단 건 조설훈이랑은 정말로 화해한 거요?"

"결과적으로는 그렇게 됐수다."

조지훈이 품에서 담배를 꺼내려는 걸, 배성준은 나직이 제지했다.

"담배는 넣어 두시오. 현장에서 그쪽 DNA라도 나오면 귀찮게 되니까."

조지훈은 말없이 담배를 도로 안주머니에 넣었다.

"어쩌다 보니 이야기 흐름이 나쁘지 않아서 말이우. 이번엔 형님이랑 손을 잡는 것도 괜찮을 성싶었수다."

배성준은 타다 남은 잔해를 내려다보며 고개를 저었다.

"그렇다고 보험까지 없애 버린 건 좀 과감한데. 따로 복사해 둔 거라도 있소?"

"없수다."

"……."

그 단답에 배성준이 조지훈을 물끄러미 쳐다보았고, 조지훈은 어깨를 으쓱였다.

"제가 잡아떼 봐야 압수수색 들어오면 얄짤없이 털릴 건데, 숨겨서 뭣 하겠습니까."

"……흠."

배성준은 조지훈의 이야기를 시큰둥하게 들으며 잔해 위를 손전등으로 비췄다.

그런데 개중에, 다른 것들은 열기에 녹아 없어지거나 고스란히 타 버린 와중, 타지 않고 형체를 유지하고 있는 물건이 보였다.

"이건?"

"아, 제 조카의 홀인원 기념 트로피요. 가방에 챙겨 둔 걸 깜빡했군. 증거품이 되기 전에 먼저 따로 챙겨도 되겠수?"

"팔자 한번 좋군. 가져가시오. 괜히 눈에 띄게 하지 말고. 석 형사가 못 본 거 같아서 다행이군."

조설훈은 가죽 장갑을 꼈다.

"여부가 있겠소."

그는 가죽 장갑을 낀 채 아직껏 방금 전 드럼통 속의 열기가 남은 트로피를 챙겼다.

그 묵직함에 조지훈은 순간적으로 '이 자리에는 목격자도 없는데' 하고 생각했다가, 고개를 저어 충동을 억눌렀다.

배성준이 입을 뗐다.

"아무튼 한동안은 몸 사리고 있으시오. 이번엔 나도 커버쳐 주기 힘들 거 같으니까."

"예."

"또…… 지금은 박상대 쪽으로 표적이 맞춰져 있긴 한데, 그렇다고 조광이 그거랑 무관하다고 한 적은 없소. 박상대랑은 빨리 손 터는 게 좋을 거요."

"안 그래도 그럴 참이우."

조지훈은 트로피를 가방에 챙겨 넣으며 물었다.

"형님은 나으리께 연락 없었소?"

"아직 없었소. 뭔가 하는 중인가?"

조지훈이 씩 웃었다.

"흐흐, 예. 손 싹싹 털고 일어서려 하는 중이오. 뭐, 그동안 투자한 게 아깝긴 하지만, 불량주를 붙들고 있다가 상장 폐지되는 것보단 낫지. 그런 의미에선 우리 형님도 참 대단한 인물이오."

"……."

저러는 걸 보면, 사실상 조씨 형제 둘은 계기가 필요했을 뿐, 언제라도 화해할 여지는 남겨 두고 있었던 듯했다고, 배성준은 생각했다.

"아. 그리고 이건 약소하지만."

배성준은 조지훈이 건넨 봉투를 받아 안주머니로 자연스럽게 찔러 넣었다.

비록 합법적 사업체로 탈바꿈하는 중이라고는 하나, 근본이 어디 가는 것은 아니었다.

그런 의미에서 조광을 전담하던 형사가 그들로부터 뒷돈을 받아 챙기는 부패경찰이라는 건 그룹 차원에서 다행인 일이었다.

"그럼 이만 가 보시오. 도청한 카세트테이프를 없앤 건 내 조설훈에게 증언해 줄 테니까."

"그래 주면 고맙겠소."

그 말을 끝으로, 조지훈은 이렇다 할 작별 인사도 없이 다시금 어둠 속으로 사라졌다.

홀로 남은 배성준은 안주머니에서 느껴지는 봉투의 묵직한 무게감을 느끼며 쓴웃음을 지었다.

'이거 참, 나도 슬슬 저들과 손 끊을 때가 온 건가.'

"아따, 이거 참."

박순길은 정진건이 건넨 자료 파일을 읽으며 머리를 긁적였다.

"춘자 씨가 요런 일에 휘말렸을 줄은 꿈에도 몰랐소잉."

박순길이 공중전화 부스를 찾아 전화를 걸었을 때, 그가 들은 건 본인이 이번 광역수사대 임무에 임시 배정되었다는 것을 통보하는 내용이었다.

청장은 청장대로, 나중에 말썽이 불거지지 않게끔 이번 양춘자 수배에 협조해 준 전남지방경찰청에 나름의 공을 돌리고자 안배한 것이지만.

정작 높으신 분들의 정치성 인사 조치에 휘둘리고 만 박순길은 버스터미널에서 광수대로 오는 내내 '서울 관광이나 하려고 했더니' 하며 가볍게 툴툴거렸다.

하지만 그런 그도 막상 광수대에 도착한 뒤 사건을 검토할 땐 진지한 자세로 업무에 임하고 있었다.

"그래도 두 개를 엮어다 보니 확실히, 냄새가 나는 거 같소."

박순길이 자신의 코끝을 툭 하고 건드렸다.

"그리고 이번에 죽은 박길태란 놈이 갖고 있던 부서진 카세트테이프…… 요것도 내용을 알 수 있으면 좋겠는데. 아예 복구가 불가능했소?"

"예."

"아쉽구마잉. 왠지 그게 중요할 거 같았는데."

형사로서의 직감일까, 박순길은 머리를 벅벅 긁으며 자료를 들여다보았다.

"근디, 한강 변사체는 그 강선이라는 꼬맹이의 모친이 맞는 거요?"

"내일부터 확인해 볼 겁니다. 지금은 어디까지나 정황일 뿐이고, 아직 유전자 검사 의뢰를 넣지 않아서요."

"즉, 검사 나으리도 이번 취조를 바탕으로 영장 발급 심사를 하실 거란 말이요?"

"그렇습니다. 이후 양춘자 씨의 증언을 토대로 박강선과 한강 변사체의 유전자 검사 의뢰 및 박상대를 향한 수사 영장이 발부될 겁니다."

정진건의 말을 들으며 박순길은 안쪽 방으로 이어지는 닫힌 문을 힐끗 쳐다보았다.

"알겠소. 뭐, 그간 춘자 씨도 협조적이었응께 취조도 잘 풀리겠지. 근디 이걸 강 형사한테만 맡겨도 무방한 거요?"

정진건은 고개를 끄덕였다.

"유능한 친구입니다. 오히려 그런 쪽은 저보다 잘합니다."

정진건은 그간 강하윤이 활약한 바를 곁에서 지켜보고 있었기에 확신을 담아 말할 수 있었다.

"……허긴, 여자들끼리만 할 수 있는 이야기도 있을 텡께."

그리고 안쪽 방.

마포 광수대로 온 양춘자는 외딴 방에 앉아 강하윤이 내온 따뜻한 차를 마시며 자신이 아는 바, 이야기를 이어 갔다.

"맞아요. 박상대랑 정순애는 한때 그렇고 그런 사이였어요."

"좀 더 자세히 들을 수 있을까요?"

양춘자는 필기 준비를 하는 강하윤과 탁자 위의 녹음기를 보며 말하기를 망설였다.

잠시 생각하던 강하윤은.

딸각.

카세트테이프가 돌아가고 있던 녹음기를 꺼 버리곤 손에서 펜을 놓았다.

강하윤의 그런 행동은 양춘자에게 모종의 신뢰감을 안겨다 주었다.

"편하게 말씀해 보세요."

양춘자는 고개를 끄덕였다.

주지하는 대로, 박상대는 한때 정순애와 연인 관계였다.

만남의 계기는 단순했다.

박상대는 어느 날 정순애가 일하는 술집에서 접대를 받았고, 정순애를 보자마자 '머리를 한 대 얻어맞기라도 한 양' 멍하니 정순애를 보았다고 했다.

'······소위 말하는 첫눈에 반한다는 건가?'

강하윤이 그렇게 생각하는 사이, 양춘자는 주섬주섬 가방을 뒤져 사진 한 장을 꺼내 탁자 위로 내밀었다.

"옛날에 순애랑 여행 가서 찍은 사진이에요. 한창 박상대랑 어울릴 적 모습인데."

강하윤은 양춘자가 내민 사진을 보았다.

사진 속에는 지금에 비해 좀 더 앳된 양춘자와 긴 생머리의 여자가 사진기를 보며 구김살 없이 웃는 얼굴로 서 있었다.

국과수에서 부검한 한강 변사체 시신으로 보긴 했지만, 강하윤은 정순애의 얼굴을 지금에야 처음 보았단 사실을 새삼 자각했다.

미모와 젊음을 화사하게 꽃피우고 있는 양춘자와 달리 사진 속 정순애는 풋풋하면서 화장기 없는 수수한 외모였다.

양춘자가 웃으며 말했다.

"순애, 촌스럽죠?"

"예? 아, 그게······."

그야, 미인 축에 속하는 양춘자에 비하면 상대적으로 빛이 바라는 외모이긴 하지만, 젊고 풋풋한 모습은 강하윤의 눈에 어디에나 있는 평범한 아가씨 정도로는 보였다.

양춘자가 픽 웃었다.

"뺄 거 없어요. 그건 순애 본인도 콤플렉스였으니까. 아주 박한 얼굴은 아니지만, 화장을 하지 않으면 이 정도거든요, 순애가."

그래서 정순애는 '초이스'되는 일이 좀처럼 없었다고, 양춘자는 덧붙였다.

그나마 선택되는 경우는 정순애가 가진 '젊음' 덕이었다는 말도.

"이 바닥에서 젊다는 건 하나의 장점이죠. 하지만 젊음이라는 건 누구나 갖고 있는 거잖아요? 한편으론 시간만 지나면 곧 사라질 장점이기도 하고요."

"……."

"그래서 어찌 보면 박상대가 순애한테 헬렐레한 건, 순애 입장에서도 행운이었죠. 뭐, 사람 취향이라는 건 제각각이니 제 알 바는 아니지만, 순애 입장에서도 그 젊음이 시들기 전에 호구 하나 잡아야 쓰지 않겠어요?"

강하윤은 갈치조림집 옆에 있던 양춘자의 집과 다방을 머릿속에 떠올렸다.

그렇게 말하는 양춘자 본인도 '그런 방식'으로 살아온 양 싶었다.

강하윤은 그녀의 묘하게 자조적이면서도 냉소적인 말에 무어라 말해야 할지 몰라 애써 무난히 들릴 만한 말을 쥐어

짰다.

"두 분께서 많이 친하셨나 보네요."

강하윤의 말에 양춘자는 심드렁하게 대답했다.

"원해서 이 바닥에 들어오는 사람은 없고, 박복하긴 다들 마찬가지니까요. 아주 못된 년만 아니면 대게 서로가 서로를 의지하는 편이죠."

"……그렇군요."

"게다가 거기 온 직후의 순애는 왠지, 가만 내버려 두기 힘든 애였거든요. 그래서 저답지 않게 이래저래 참견하다 보니 뭐, 그때도 이런저런 많은 일이 있었죠."

거기까지 말한 양춘자는 잠시 입을 다물었다.

몇 해 전 그때 그 시절을 떠올리는 양춘자의 표정은 결코 적다고는 할 수 없는 그녀의 나이에도 불구하고 세월의 풍파에 마모되어 온 인간 특유의 헛헛함이 묻어 있었다.

"또 모르죠."

양춘자가 말을 이었다.

"집구석이 콩가루였던 건 그 애나 저나 마찬가지였으니까요. 그러다 보니 저답지 않게 신경이 쓰였던 걸지도 모르겠네요."

양춘자가 힐끗, 눈을 돌려 꺼진 녹음기를 보았다.

"됐어요. 이제 녹음해도 괜찮아요."

이제 '개인적'인 추모의 시간은 지났다는 것이리라.

딸깍.

강하윤은 말없이 녹음기의 붉은 원이 그려진 녹음 버튼을 눌렀고, 희미하게 테이프 돌아가는 소음이 들렸다.

"어디까지 이야기했죠?"

"박상대 씨와 정순애 씨가 연인 관계였다는 부분이었습니다."

"음, 맞아요. 그랬죠……."

양춘자는 느릿느릿 말을 이었다.

"처음엔 순애 그년도 단순히 돈줄 하나 잡았단 생각이었고, 오래갈 생각은 없었어요. 부자 호구 하나 잘만 낚으면 빚도 갚을 수 있고……. 또 운이 좋으면 하면 가게도 차릴 수 있으니까 말이에요. 저희들에겐 그게 이 바닥을 벗어날 수 있는 기회거든요. 그런데 의외로……."

양춘자는 담배를 입에 물었고, 강하윤은 재떨이를 그 앞에 내밀었다.

"고마워요. 그런데 박상대 그놈은 순애를 갖고 놀다가 버리는 여자로 생각하지 않는 것처럼 보였어요. 있잖아요, 그런 거. 단순한 엔조이, 섹스 파트너 같은……."

칙.

양춘자가 라이터로 담배에 불을 붙였다.

그녀는 연기를 뿜은 뒤 다시 이야기를 이어갔다.

"남이 보기에도 박상대와 정순애는 깨가 쏟아졌죠. 또 모르죠, 그게 그놈 스타일인지 뭔지는. 사실 순애도 박상대가 싫진 않은 눈치였고요. 뭐, 사실 박상대 정도면 거기 들락거리던 다른 손님들이랑 달리 젊고 잘생겼죠. 매너도 좋고, 집안도 **빵빵**하고."

양춘자는 마지못해 박상대를 추켜올리며 말을 이었다.

"하지만 일이 지나치게 술술 풀리면 수상쩍기 마련 아니겠어요? 그래 보여도 당시의 순애는 제 주제는 잘 알았거든요. 그래서 순애도 처음엔 박상대와 거리를 두고 조심스럽게 만났어요. 하지만 그럴수록 박상대는 순애에게 더욱더 끌렸고…… 순애도 그런 박상대에게 조금씩 마음의 빗장을 열었나 봐요."

"……"

"아무튼 순애 년은 이러다가 한몫 잡겠다, 수준이 아니라 인생이 필지도 모르겠다는 생각을 했나 보더군요."

강하윤은 그 말을 들으며 사진 속 정순애의 구김살 없이 웃던 얼굴을 떠올렸다.

그건 박상대와 만나던 시절에 찍은 사진이었다고 했으니, 당시의 정순애는 진정으로 행복했을지 모르겠다.

"그러면 정순애 씨도 진심이었을까요?"

강하윤의 말에 양춘자는 남의 입을 빌려 듣는 지인의 감상이 새삼스러운 양 픽 웃었다.

"……어쩌면요. 이름값을 하는 건지는 몰라도 순애 그년은 의외로 순애보적인 면모가 있거든요. 박상대 전에 만났던 기둥서방한테도 제법 헌신적이었고…… 결국은 깨졌지만.”

양춘자는 담배 두어 모금을 빤 뒤 말을 이었다.

“어쨌건 박상대의 태도가 돌변한 건 순애가 애를 뱄을 때였어요. 순애 말로는 ‘그 순간 사람이 변한 거 같았다’고 했죠. 그간 신사적이던 것과 판판으로요.”

“……박상대 씨는 어떻게 나왔나요?”

“애를 지우라고 했어요.”

양춘자의 말씨는 무덤덤했다.

“그리고 순애는 사라졌죠.”

“……사라졌다니요? 그때 말씀인가요?”

“네. 그때 저는 경찰에 실종 신고를 넣었지만, 경찰은 찾지 않더군요.”

경찰을 향한 양춘자의 은근한 비난이 마치 자신을 향하기라도 한 양 강하윤은 속이 뜨끔했다.

양춘자가 말을 이었다.

“뭐, 결국 순애는 1년이 지나, 아이를 안고 나타났어요.”

“그 아이가 강선인가요?”

“예.”

양춘자가 고개를 끄덕였다.

“상황이 이렇게까지 되니 박상대도 더 이상은 어쩔 수 없었던가 봐요. 박상대는……어디더라, 맞아, 태국으로 순애를 보냈어요. 지금은 중요한 시기이니, 본인이 자리를 잡기 전까지 남의 눈에 띄지 말고 홀로 애를 키워 달라고 했다더군요. 지금 기준으로도 제법 큰돈을 쥐여 주었죠."

담담하게 말을 이어 가던 양춘자는 그 대목에서 쓴웃음을 지었다.

"순애가 박상대의 그런 뻔한 거짓말을 믿었는지는 모르겠어요. 아니, 믿고 싶었겠죠. 태국으로 떠나는 순애는……출국하던 당시만 하더라도 퍽 행복해 보였으니까."

"……."

양춘자가 입을 뗐다.

"그리고 올해, 4월쯤인가…… 총선 전이었으니 그 전쯤일 거예요. 순애가 강선이를 데리고 한국으로 왔죠."

올해, 4월쯤, 총선.

그 세 가지 키워드에 강하윤은 자세를 고쳐 앉았다.

"비교적 최근이군요."

"그렇죠. 그간 순애는 순애대로, 홀몸으로 강선이를 잘 키워 냈어요. 강선이를 보셨으면 아시겠지만, 그 애 태국어에 한국어, 그리고 영어까지 3개 국어를 할 줄 알더라고요."

강선이 그 정도일 줄은 몰랐지만, 그래도 정순애가 강선을 잘 키웠다는 것엔 강하윤도 동의했다.

얼마 전에 요한의 집에서 만났던 강선은 여전히 말수는 적었지만, 나이에 비해 의젓하고 예의가 발랐다.

어쩌면 정순애는 진심으로 박상대와의 재결합을 기다리고 있었을지도 모르겠다.

그게 사랑인지 궁지에 내몰린 사람의 유일하게 기댈 구석인지, 이제는 알 수 없는 일이 되고 말았지만.

"그사이 박상대는 본인이 호언장담했던 대로 제법 거물이 되어 있었어요. 형사님도 아시겠지만 박상대는 그 당시 국회의원 후보로 출마했고 말이에요."

양춘자가 담배를 재떨이에 비벼 껐다.

"물론 동시에, 그가 어느 높으신 분의 예비 사위가 되었다는 소식도 있었지만요."

"……"

박상대가 여당 대표인 최갑철의 예비 사위가 되었다는 것은 공공연한 이야기였다.

강하윤이 자료를 찾아본 바에 의하면 박상대의 아버지 박영호는 최갑철의 친척뻘인 현직 국회의원 최대호와 한창 경합을 벌이던 사이였고, 최갑철이 박상대를 사위로 들이기로 한 건 그 윗대부터 이어져 내려온 관계의 청산 겸 D지역구 유지였던 박상대의 집안과 혼인으로 동맹을 맺고자 함이었다.

정순애가 머릿속으로 어떤 장밋빛 미래를 그렸던 간에 현실은 그녀가 박상대와 이어질 수 없다는 잔혹한 사실뿐이었다.

"한 가지 확실한 건 순애 입장에는 '국회의원 박상대'보단

'강선의 아버지 박상대'를 바라고 있었던 거 같단 점이에요."

양춘자가 말을 이었다.

"그러니 차라리 박상대의 결혼을 파투 내고 그의 정치 인생을 망가뜨려서라도 박상대를 되찾고 싶었던 건 아닐까 해요."

양춘자의 이야기를 들은 강하윤은 조심스레 입을 뗐다.

"그러면, 정순애 씨가 귀국한 건 그런 소문을 듣고 찾아온 건가요? 그것도 일부러 총선 시기에 맞춰서 강선이의 존재를 언론에 공개하기 위해……."

양춘자가 고개를 저었다.

"글쎄요."

양춘자의 대답은 모호했다.

"제 발 붙일 곳도 없는 순애가 혼자서 그런 일이 가능하리라곤 생각하기 힘들죠. 아니, 오히려 그 주체와 순서가 틀렸어요."

"주체와 순서가 틀렸다니요?"

양춘자가 대답했다.

"순애가 한국으로 온 건, 그 거마비와 체류비를 대 준 사람이 있어서 가능했던 것이니까요. 오히려 순애에겐 그게 움직일 계기가 되었던 셈이에요."

그 말에 강하윤은 저도 모르게 움찔했다.

정순애를 한국으로 초빙한 인물이 있었다. 그리고 그건, 아마도.

강하윤이 생각하는 사이 양춘자가 미간을 찌푸리며 말을 이었다.

"무슨 신문사 기자라고 했는데…… 이름이 뭐더라, 기억이 잘 안 나네요."

"……중우일보 김기환 기자님, 아닌가요?"

양춘자가 미간을 펴며 고개를 끄덕였다.

"아, 맞아. 그래요. 그런 이름이었죠. 형사님도 아시는군요? 하긴, 그 사람 이름으로 신문에 뭔가 미적지근한 기사가 올라오긴 했으니까."

"……."

"아무튼, 요즘은 신문기자 벌이가 괜찮은가 봐요? 오래는 아니지만, 순애는 한동안 호텔에서 떵떵거리며 지냈거든요."

한동안 정순애는 호텔에서 지냈다, 라.

강하윤은 그 사실을 메모하며 입을 뗐다.

"한동안, 이라고 하심은 언제부터인가 그 지원금이 끊겼단 건가요?"

"네."

양춘자가 딱딱한 얼굴로 고개를 끄덕였다.

"구체적인 시기는 모르겠지만…… 그 미적지근한 기사가 나가고 박상대가 국회의원직에서 물러났을 때쯤일 거예요. 서로에게 퍽 실망스러운 결과였죠. 그 뒤, 순애를 불러온 그 기자는 순애에게 이제 태국으로 돌아갔으면 하고 권하며 돌아가는 편도 티켓까지 끊어 줬다고 해요."

"……."

"하지만 순애는 그러지 않았죠."

강하윤은 양춘자의 이야기를 들으며, 강선이 방치되어 있던 허름한 모텔을 머릿속에 떠올렸다.

'여기서 김기환 기자를 비난할 수는 없겠지. 그는 할 수 있는 선에선 지원을 다했으니까. 하지만 정순애는 지원이 끊기고도 계속 한국에 남아 있었던 거야. 자그마치 몇 달간을.'

양춘자는 다시 담배 한 개비를 꺼내 입에 물며 말을 이었다.

"순애 그년이 왜 그랬는지는 모르겠어요. 제가 보기에도 당시 순애는 어딘가 제정신이 아닌 것처럼 보였으니까. 문제는 그때부터였어요."

치익.

양춘자가 담배에 불을 붙였다.

박상대는 당시 4월 총선 후보직에서 자진사퇴했지만, 그게 박상대의 온전한 몰락으로 이어지지는 않았다.

비록 국회의원직은 물 건너가고 말았지만 그는 여전히 최갑철의 예비 사위였고, 줄곧 도맡아 오던 이런저런 감투를 유지한 채였다.

아직 젊고 전도유망한 인물이니 다음을 노리면 된다, 여당도 그런 생각으로 박상대를 품고 있는 것이리라.

박상대의 대타로 나온 한종찬이 지역구에서 야당 후보를 상대로 압도적인 승리를 거둔 건, 박상대가 한종찬을 따라다니며 유세에 힘을 보탰기 때문이라는 분석도 나오는 마당이었다.

여당 입장엔 유권자를 의식해서라도 박상대를 내치는 일은 할 수 없었으리라.

더욱이 그렇게 한발 물러서는 것으로 지역구 후보에 불과했던 박상대는 일약 반짝하고 전국적인 명성을 얻기까지 했다.

그의 사생아 건을 무사히 덮을 수만 있다면, 야당이 박상대를 버릴 일은 절대로 없으리라고 단언할 수 있을 정도였다.

더욱이 그가 서울시장 비서직을 수행하며 엮어 낸 각종 시민 단체는 지금도 건재할 뿐만 아니라 오히려 활발한 활동을 이어 가며 날개를 펼치고 있었다.

박상대는 무너지지 않을 성처럼 보였다.

정순애도 박상대가 누군가와 약혼을 했다는 건 태국에서도 들었겠지만, 막상 한국에 와 보니 그건 부정할 수 없는 사실이었다.

정순애는 자신과 강선의 존재가 박상대의 아킬레스건이라 여기고 그를 찾았으리라.

그러나 그건 '누군가'가 신경 써서 덮어 무마해 줄 만큼 공고한 인연이었다.

예비 사위의 과거가 어땠다는 것쯤, 그리고 한때의 불장난과 치정은 박상대를 위협하지 못했고, 언론 제보라는 길까지 막힌 정순애로서는 다른 방도를 찾아야 했다.

그대로 태국에 다시 돌아간다는 선택지도 있었을지 모른다.

하지만 양춘자의 말에 의하면 '당시 정순애는 어딘가 제정신이 아니었'고, 정순애의 배신(그 표현조차 아이러니하지만)을 눈치챈 박상대가 송금하던 생활비를 끊으면 발붙일 곳 없던 정순애로서는 그 아들과 함께 거리로 내몰릴 수 있단 것도 고려할 사항이었다.

녹음기 카세트테이프를 교환한 강하윤은 딸각, 하고 다시 녹음 버튼을 눌렀다.

"계속할까요?"

강하윤의 말에 양춘자는 가볍게 고개를 끄덕인 뒤, 입을 뗐다.

"그 뒤, 순애는 혼자서 제 가게를 찾아와 만일 자신이 잘못된다면 강선이를 부탁한다고, 그런 말을 했어요."

"잘못된다니요?"

"말 그대로예요. 당시엔 저도 순애가 구체적으로 무얼 어떻게 할지는 알지 못했지만요."

정순애는 일방적인 통보 후 말 그대로 '자취를 감췄다.'

양춘자가 말을 이었다.

"왠지, 그땐 저번처럼, 그러니까 순애가 몇 년 만에 한국으로 귀국했을 때 보았던 때처럼 '미친년' 하고 말릴 새도 없었어요."

양춘자는 고개를 저었다.

"정말로 어딘가 제정신이 아닌 것처럼 보였거든요. 뭐라더라, 그 '여우 같은 년'. 아마 박상대의 약혼 상대겠죠. 그년은 아무것도 모른다고, 박상대 옆에 들러붙어서 사기나 치는 년이라고, 횡설수설 떠들어 댔죠. 오히려 박상대가 데릴사위 급에 가깝다는 것도 모를 정도로……."

양춘자는 한숨을 내쉬었다.

"이렇게 된 이상 강선이만이라도 데려가든가, 아니면 둘이서 죽을 수밖에 없다든가 하는 말도 했고요."

한강 변사체가 훼손되기 전 시체의 직접적인 사인은 교살이었고, 이는 우발적 범행이었으리란 정황이 가장 유력했다.

그리고 어쩌면, 정순애는 이후 다짜고짜 박상대를 찾아갔다가 '정당방위'에 의해 역으로 당했을지도 모른단 생각이 들었다.

양춘자는 후우, 담배 연기를 뿜었다.

"아무튼…… 순애는 이후 제 할 말만 하곤 말릴 새도 없이 돌아갔어요. 아니, 차마 말릴 수가 없었죠. 그게 제가 본 순애의 마지막 모습이었고요."

"……."

"그리고 제가 순애를 마지막으로 만났던 그날 이후, 어딘지 모르게 수상쩍은 사람들이 가게를 기웃거리기 시작했죠. 분명 박상대가 보낸 사람일 거예요."

증언자의 억측은 법정 증거로 별다른 효력이 없지만, 강하윤은 그 대목에서 캐낼 걸 캐내 보자고 생각했다.

"양춘자 씨는 박상대 씨와도 알고 지내던 사이셨나요?"

양춘자가 고개를 끄덕였다.

"네. 둘이 한창 깨가 쏟아질 때만 하더라도 종종 함께하곤 했으니까요. 박상대도 저랑 순애가 친하단 건 알고 있었고……."

양춘자는 탁자에 놓인 사진을 손가락으로 톡톡 건드렸다.

"이 사진을 찍었을 때도 제가 꼽사리로 꼈던 거예요. 박상대가 지방에 내려갈 일이 있어서, 겸사겸사 움직였죠."

"두 분은 친하셨나요? 그러니까 박상대 씨와 양춘자 씨 본인은……."

양춘자가 코웃음을 쳤다.

"전혀요. 뭐 안면이야 있었지만 그뿐이에요."

그 말에 거짓은 없어 보였다.

어차피 중요한 건 박상대가 양춘자의 존재를 인식하고 있었단 것이었으므로.

강하윤은 고개를 끄덕인 뒤 메모를 준비했다.

"다시 돌아가서, 방금 전 수상한 사람들이 오갔다고 하셨는데 그건 언제였나요?"

"그게…… 구체적인 건 기억나지 않지만 5월 초쯤이었을 거예요. 그 뭐지, 막 '쿵따리 샤바라'가 나올 때였거든요. 탔던 택시 라디오에서 들은 기억이 나요."

5월 초라면, 한강 변사체가 발견되었을 즈음이었다.

강하윤은 갈치조림집 주인이 이야기했던 '몇 주가량 자리를 비웠다'던 이야기를 머릿속에 떠올리며, 역시 그 시기가 맞물린단 생각을 했다.

'정순애와 박강선은 3월쯤 한국에 왔고, 총선은 4월 11일. 그렇게 되면 정순애가 실종된 건 4월 중순부터 말일……5월 초까지 그 시기였겠어.'

그 시기 박상대가 정순애의 귀국 사실을 알고 있었는지는 모른다.

하지만 어느 날부터인가 그는 몇 년간 연락도 없이 지내던 양춘자를 주목하기 시작했단 것이었다.

'그리고 그땐 이미 정순애가 살해되었겠지.'

양춘자는 담배를 깊이 태웠다.

"저도 처음엔 강선이를 찾아야 한다고 생각했어요. 하지만…… 순애는 머물던 호텔에서 체크아웃을 한 지 오래였고, 저로선 그 애가 도대체 어디서 지냈는지조차 알 수 없는 상황이었어요. 뭐, 요즘은 다들 하나둘 핸드폰을 들고 다닌다고 하지만 저나 순애 형편에 핸드폰 같은 고가품이 있을 리도 없고요."

말하는 양춘자의 목소리는 어딘지 모르게 변명하는 느낌마저 들었다.

"그리고 어느 날인가, 바깥에 나갈 일이 있어서 돌아오는 길에 보니 누군가가 제 집 앞…… 그러니까 가게 2층에서 걸어 나오는 모습이 보였어요."

그 말에 강하윤은 갈치조림집 주인이 말한 바를 떠올렸다.

「근데 갸들이 방금 전 형사 양반이 한 것처럼 쇠짝을 퉁퉁 두드린 것뿐만 아니라, 거시기 2층에도 올라가 보더라고.」

양춘자는 장미다방 건물과 접한 2층에서 살고 있었다.

또, 갈치조림집 주인은 이런 말도 했다.

「해서, 아까 전에 형사 양반들을 빚쟁인가 하고 생각한 것도 그래서여. 그즈음 마침 춘자네가 가게 비우고 짐 싸서 나간 것도 생각났고.」

즉, 그 거동이 수상한 자들이 2층에 자리한 양춘자의 집까지 찾은 건 최소 두 번 이상.

어쩌면, 기회가 되었다면 문을 따고 안을 엿보았을지도 모른다.

그 대목에서 강하윤은 자연스럽게 '경찰에 신고는 하지 않았느냐'고 물을 뻔했다가 속으로 쓴웃음을 지었다.

양춘자는 경찰에게 뿌리 깊은 불신을 갖고 있었다.

어쩌면, 사람들이 음모론으로 떠들어 대는 것처럼 경찰이 정치권과 모종의 유착이 있으리라 생각하고 있을지도 모르고.

하지만 그때 양춘자가 경찰에 신고를 했다고 하더라도 일이 잘 풀리리라곤, 경찰에 몸담고 있는 강하윤도 확신하기 어려웠다.

"그걸 보니 저도 더는 지체하지 못하고 고향으로 내려가 몸을 숨겨야 했어요. 뭐, 그때도 수상쩍은 사람들이 고향까지 찾아온 걸 생각하면…… 진작 경찰에 의지할 걸 그랬단 생각도 들어요. 당시에도 박순길 형사님의 덕을 톡톡히 보았고요."

만일, 모텔에 홀로 남겨져 있던 강선이 재깍 양춘자에게 연락을 했더라면 일은 다른 방향으로 흘러갔겠지만.

강선이 나이에 비해 퍽 조숙했던 것이 화근이었다.

강선은 모텔 주인이 발견하기 전까지 꼬박 며칠을 텅 빈 방에서 혼자 지냈고, 상황은 우여곡절 끝에 요한의 집에서 강선을 보호 중인 상황까지 흘러왔다.

그런 의미에서는 양춘자가 더 기다리지 않고 자리를 피한 것도 최악의 사태를 피할 수 있었을지 모른단 의미에선 다행이었다.

"제가 아는 건 여기까지예요."

양춘자가 담배를 재떨이에 비벼 껐다.

강하윤은 녹음기를 끄곤 고개를 꾸벅 숙였다.

"먼 길 오시느라 고생하셨는데 수고하셨습니다. 경찰서 근처에 숙소를 잡아 뒀으니 오늘은 푹 쉬세요."

이미 자정이 지나 날짜는 '오늘'이었지만.

"아뇨…… 그러면 '내일'은 강선이에게 갈 예정인가요?"

그 말에 자신의 사소한 실수를 눈치챈 강하윤은 멋쩍게 웃었다.

"아, 네. 그렇습니다. 이제 유전자 검사 승인이 떨어질 거 같아서, 강선이랑……."

거기까지 말한 강하윤은 말끝을 흐렸다.

양춘자도 이미 정순애가 단순 실종이 아닐 거라는 건 눈치 챘겠지만, 그렇다고 구체적인 시체 훼손 정도를 일부러 발설할 필요는 없다고 생각했다.

이후, 강하윤은 밤을 꼬박 새워 가며 자료를 만들었고, 강하윤이 작성한 문서는 김보성의 책상 위로 올라갔다.

또, 검찰이 공식적으로 수사를 지휘하고부터는 수사도 하나둘씩 활기와 체계성을 띠고 진행되기 시작했다.

더욱이 뒤늦게 합류한 석동출 형사와 배성준 형사는 지난 밤, 조지훈 쪽 인물이 증거 인멸 중이던 현장을 덮쳐 그쪽에도 체증이 이루어지는 중이었다.

그들이 드럼통 속에서 타다 만 카세트테이프가 발견되었다고 한 말에 박순길은 고개를 끄덕였다.

"그거 보랑께. 나가 그 카세트테이프가 수상쩍다 하지 않았소?"

그건, 다들 알고 있었지만 굳이 입 밖에 내지 않았을 뿐이었다.

정진건은 관련한 보고를 취합하여 김보성에게 보고했다.

"……알겠습니다."

새벽부터 출근한 김보성은 정진건의 이야기를 들으며 서류를 덮었다.

"증거 인멸의 가능성이 생긴 이상, 박상대와 주변 인물들에게 구속 영장 발부를 고려해야겠군요."

정진건도 박상대에게 수갑을 채워 여기로 끌고 오고 싶은 마음은 굴뚝같았지만, 왠지 그건 쉽지 않을 것 같다고 생각했다.

용의자 박상대를 비롯한 조설훈, 조지훈 등은 거물이었으니까.

'검사님도 그 부분을 고려는 하고 있겠지만.'

김보성이 말을 이었다.

"오늘은 요한의 집이란 보육 기관에 방문할 예정이지요?"

"그렇습니다."

"그렇군요. 박강선과 변사체의 유전자 감식 승인은 넣어 두었습니다. 정 형사님도 공사다망하시겠지만 오늘은 그쪽 일을 우선시해 주십시오."

"예."

김보성은 일 처리가 빨랐다.

어쩌면 그도 미적지근하게 움직이는 사이 윗선에서 외압이 들어올지도 모른단 생각을 하고 있는 것이리라.

더욱이 오늘은 광역수사대가 본격적으로 수사를 시작하는 날인 만큼 지능범죄수사대도 합류 예정이었고, 그런 만큼 손 비는 일 없이 바쁠 텐데도 그는 밤새워 일해 준 정진건에게 나름의 배려를 해 주는 셈이었다.

김보성이 말을 이었다.

"박강선의 거취 문제는 오늘부로 사설 보육 시설이 아닌 국가 공인 기관에서 맡게 되었으니, 관련해서도 부탁드리겠습니다."

그간 박강선은 편의상 인연이 닿은 요한의 집에 머물고 있었지만, 사건이 공문화된 이상 국가기관에서 아이를 보호할 책무가 있었다.

그렇다곤 하나 일부러 그런 세심한 부분까지 챙기는 걸 보면 인간 됨됨이가 썩 괜찮은 모양이라고, 정진건은 생각했다.

"분부대로 진행하겠습니다."

"그럼 수고해 주십시오. 아, 그리고."

보고를 마치고 돌아가려는 정진건을 김보성이 멈춰 세웠다.

"요한의 집에 박강선을 맡긴 건 정 형사님의 재량이라고 언뜻 들었습니다만…… 어떻게 인연이 닿았습니까?"

문책하는 기색은 아니었지만, 정진건은 잠시 대답을 망설였다.

'역시, 아무래도 이성진과 관련한 일임을 보고해야 하는 건가.'

그리고 정진건이 대답했다.

"이 자리에서 구두로 말씀드려도 되겠습니까?"

3장

이른 아침부터 정진건의 차에 양상춘이 올라탔다.

"어서 오세요, 양 박사님."

"그래, 강 형사도 좋은 아침."

양상춘이 말을 이었다.

"둘 다 밤을 꼬박 새운 모양인데, 운전은 괜찮겠나? 정 뭣하면 내가 해도 되고."

그 말에 정진건은 쓴웃음을 지었다.

"그럴 수는 없지. 그보다 인사해. 양춘자 씨야."

차에는 정진건과 강하윤, 양춘자가 탑승해 있었다.

원래는 박순길도 따라오려 했으나, 차가 비좁은 데다가 그에겐 별도의 업무가 주어져서 그는 부득불 석동출 형사 쪽과 함께하게 되었다.

하지만 서울 여기저기를 돌아다닐 예정이란 말에는 박순길도 은근히 반기는 눈치였다.

관광명소를 돌아다닐 건 아닌데도.

양상춘은 뒷좌석에 앉으며 옆자리의 양춘자에게 악수를 권했다.

"안녕하세요, 국과수 양상춘입니다."

"처음 뵙겠습니다, 양춘자예요."

"그러시군요. 어디 양 씨 이십니까?"

"예? 아, 그게 ×× 양 씨인데……."

"동성동본이군요."

그녀와 동성동본임을 알았음에도 불구하고, 양상춘의 관심은 딱 거기까지였다.

"수사는 어때, 탄력이 좀 붙었나?"

이어진 양상춘의 질문에 정진건은 기어를 바꾸며 말을 받았다.

"이제 막 출범했을 뿐이야. 아직까진 그에 대해서 가타부타하기 어렵지."

"뭐, 나야 시료 채취만 할 수 있으면 아무래도 좋아."

양상춘은 히죽 웃으면서 들고 온 증거 수집용 가방을 툭툭 두드렸다.

"어쩌면 대한민국 과학수사의 역사에 한 획을 긋게 될지도 모를 일이고."

"자네가 그 정도 명예욕이 있을 줄은 몰랐는걸."

"하하, 확실한 선례를 남겨 두면 앞으로 있을지 모를 다른 일도 편해지기 마련이니까."

유전자 감식을 하게 되어서 그런 걸까, 오늘따라 양상춘의 텐션이 높았다.

그러시겠지.

정진건은 덤덤한 얼굴로 요한의 집을 향해 차를 몰았다.

한동안 말이 없던 양춘자는 다소 불안정한 모습을 보이더니, 그나마 간밤에 대화를 주고받은 강하윤에게 물었다.

"강 형사님, 지금은 강선이가 있는 곳으로 가는 거죠?"

"네. 요한의 집이라고, 잠시 보육 시설에 맡겨 두고 있었습니다."

"보육 시설…… 고아원 말씀인가요?"

고아원에 대한 선입견이 있기라도 한 건지, 양춘자가 살짝 인상을 찌푸렸다.

조수석의 강하윤은 그런 양춘자를 돌아보며 싱긋 웃어 보였다.

"괜찮아요. 저도 몇 번 가 보았지만, 좋은 곳이에요. 강선이랑 놀아 줄 또래 친구들도 많이 있고요."

"아뇨, 그런 게 아니라…… 아니에요. 제가 무어라 말할 처지는 아니죠."

양춘자는 한숨을 내쉬었다.

"그러면 이후 강선이는 앞으로 어떻게 되나요?"

"……."

그 말에는 강하윤도 확답을 줄 수가 없었다.

우선은 친부(로 추정되는)인 박상대가 어떻게 나올지도 모를 뿐더러, 그가 박강선을 인정하지 않는다면 천애고아인 박강선은 이대로 다시 고아원 신세였다.

양춘자는 잠시 생각하다가 입을 뗐다.

"나중에…… 혹시 입양이 가능하면 제가 강선이를 보살폈으면 해서요."

옛 친구에 대한 의리 때문일까, 아니면 박강선을 향한 동정심일까, 이도 저도 아니면 혼자 고향으로 달아난 자신의 죄책감을 덜고자 함일까.

취지야 어찌 되었건 그녀의 발상 자체는 반길 만한 것이었다.

그때 잠자코 있던 양상춘이 심드렁하게 끼어들었다.

"안 될걸요."

양춘자가 고개를 갸웃했다.

"예? 무슨 말씀이세요?"

"미혼이시죠?"

"네……."

"아니면 박강선 소년과 혈연이십니까?"

"아뇨……."

"그러면 입양 심사 때 서류 단계에서 탈락하시겠군요."

"……."

꼭 그렇게 초를 쳐야 했나 싶었지만, 한편으론 한때의 감정에 취해 충동적이고 섣부르게 일을 추진하는 것보단 극약 처방이 한결 낫다고, 정진건은 생각했다.

'그나마 이 자리에서 직업이며 수입을 묻지 않은 건 양 박사 나름대로 예의를 차린 거겠지.'

이 자리에서 유일하게 아이가 있는 정진건이 생각하기에, 아이를 키우는 건 부모가 일생을 바쳐야 가능한 일이라고 보았다.

그도 스스로를 좋은 아버지라 자처하진 않았다.

사춘기에 이른 두 딸이 무슨 생각을 하는지도 모르겠고, 말주변이 없는 건 아니지만 그들 앞에서는 무슨 이야기를 해야 할지도 모를 지경이라 무심코 무뚝뚝한 모습을 드러내고 말 때도 왕왕 있었다.

그럼에도 불구하고 가족은 그의 인생에 우선순위를 차지하는 것이었다.

'……그렇다곤 해도, 지금은 나도 무슨 말을 해야 할지 모를 만큼 어색하군.'

어색하고 불편한 분위기 속에서 요한의 집으로 가는 길은 멀었다.

이윽고 정진건이 모는 차는 요한의 집에 도착했고, 모두가 차에서 내렸다.

아이들 등교 시간이어서 그랬는지, 요한의 집은 조용했다.

그 아이들 중 박강선만이 유일하게 남아 있었는데, 박강선은 채소밭을 가꾸는 원장 수녀 곁에 쪼그려 앉아 개미를 들여다보는 중이었다.

진즉에 인기척을 느낀 소피아는 가지치기를 마치고 허리를 폈다.

"어서 오세요."

그들이 원장과 인사를 나누는 사이, 양춘자는 원장에게 통성명을 하는 내내 자신을 물끄러미 바라보던 박강선의 시선을 의식하고 있었다.

결국 양춘자는 떨어지지 않던 입을 간신히 뗐다.

"안녕, 강선아. 오랜만이야."

"……."

"춘자 이모, 기억해?"

"……춘자 이모?"

평소와 달리 화장이 옅어 금방 못 알아본 모양이었다.

그 말에 비로소 박강선의 얼굴이 환해졌다.

"아!"

박강선이 달려들어 그 품에 안기는, 그림으로 그린 듯한 감동적인 재회는 이루어지지 않았다.

그 대신 박강선은 눈물이 쏟아지려는 걸 참으며 양춘자에게 다가가 물었다.

"춘자 이모, 엄마는요? 엄마도 왔어요?"

"……."

그 앞에선 양춘자도 아무런 말도 할 수 없어서 꿀 먹은 벙어리가 되었고, 그사이 양상춘이 끼어들었다.

"열심히 찾고 있는 중이야. 그러려면 우선 네 도움이 필요한데, 도와줄 수 있겠니?"

여기 양상춘과 한 번이라도 대화를 나눠 본 적 있는 사람들은 모두 양상춘의 입에서 '배려'의 말이 나오자 놀란 기색이었다.

분명, 양상춘이라면 눈치도 없이 '죽었어' 하고 말할 거라고 생각했던 모양이었다.

양상춘은 그런 주위의 시선에도 아랑곳하지 않고 말을 이었다.

"그래서 지금부터 네 DNA를 채취할 거야."

"D……NA?"

"DeoxyriboNucleic Acid의 약어야. 한국어로 하면 데옥시리보핵산이라고 하는데……."

"……."

그거, 한국어인가.

저러는 걸 보면 양상춘의 탈을 쓴 무언가가 아닌 건 확실해 보였다.

　그래도, 저러는 걸 보면 이들에게 박강선을 잠시 맡겨 두어도 무방하리라 생각한 정진건은 소피아 원장수녀를 향해 고개를 돌렸다.

　"원장님, 잠시 강선이의 수속 문제로 드릴 말씀이 있습니다만 자리를 옮겨 말씀드릴 수 있을까요?"

　"그러시죠. 원장실로 안내하겠습니다."

　정진건이 강하윤을 보았다.

　"강 형사는 잠시 강선이 좀 보고 있어."

　"예, 선배님!"

　정진건은 원장과 동행해 발걸음을 옮겼고 그사이 양상춘은 메고 있던 가방을 뒤적여 면봉을 꺼냈다.

　"그런고로, 자, 아 해 봐. 아."

　"……네?"

　"아."

　"……아."

　양상춘은 박강선의 입안을 면봉으로 부드럽게 긁어냈다.

　"끝."

　그 말에 박강선은 어리둥절해했다.

　"정말이에요, 의사 선생님?"

　박강선은 양상춘을 의사로 오해하고 있는 모양이었지만, 그는 박강선의 호칭을 정정해 주는 대신 히죽 짓궂게 웃었다.

"왜, 피도 뽑을까? 혈액형 검사까지 마치면 더 확실하긴 한데."

"싫어요!"

양상춘의 말에 박강선은 세차게 도리질을 치며 양춘자 뒤에 숨었다.

조그만 아이가 몇 번 보지도 않은 자신을 의지하자 양춘자는 멈칫하더니 조심스럽게 박강선의 머리를 쓰다듬었다.

박강선을 바라보는 양춘자의 그 시선은 많은 생각을 담고 있는 것처럼 복잡했다.

강하윤은 그런 둘을 보며 미소를 지었다가, 면봉을 밀봉해 가방으로 집어넣는 양상춘을 보았다.

"양 박사님, 검사는 오래 걸릴까요?"

"내 생각엔 오늘 오후엔 결과가 나올 거 같군."

"……다행이네요."

양상춘은 고개를 돌려 박강선을 보았다.

"거기 소년."

"피는 안 돼요."

"그게 아니라…… 너, 혹시 패킷몬 하니?"

"네? 그게 뭔데요?"

이후, 의외로 애를 잘 보는 양상춘까지 더해 모두는 우중충하지 않은 분위기 속에서 정진건이 돌아오기까지 기다릴 수 있었다.

원장과 이야기를 마치고 돌아온 정진건이 강하윤을 불렀다.

"강 형사, 가서 짐 챙기자."

"예, 선배님."

강하윤은 박강선을 부드럽게 불렀다.

"강선아, 누나랑 같이 강선이 짐 챙기러 갈까?"

양상춘이 빌려준 게임보이에 정신이 팔려 있던 박강선이 고개를 들었다.

"제 짐이요?"

"응."

박강선은 눈을 동그랗게 떴다.

"그러면 저, 이제 집에 가는 건가요?"

강하윤은 표정관리를 하며 박강선과 눈을 맞췄다.

"아니, 잠시만 다른 곳에서 지낼 거야."

"⋯⋯그럼 춘자 이모 집에요?"

절차상 양춘자의 집에 박강선을 맡길 수도 없는 일일뿐더러, 지금은 양춘자의 집은 위험할 수도 있었다.

"아니야. 다른 곳. 경찰 아저씨들이 강선이 엄마 찾을 때까지만."

박강선은 우물쭈물하더니 조심스레 물었다.

"그러면 저, 여기 있으면 안 돼요? 친구들도 있고, 또, 아직 작별 인사도 못 했는데⋯⋯."

강하윤은 하는 수 없이 거짓말을 하기로 했다.

"몇 밤만 자고 오면 돼. 친구들은 나중에 또 볼 수 있으니까 걱정하지 마."

그렇게까지 나오니, 박강선도 더는 칭얼거리지 않고 마지못해 고개를 끄덕였다.

강선의 짐은 모텔에서 나올 때와 다르지 않았다.

정진건과 강하윤은 양춘자의 도움을 받아 트렁크에 짐을 실었고, 정진건은 트렁크를 닫으며 입을 뗐다.

"양춘자 씨, 불편하시단 건 압니다만, 당분간 저희가 마련한 숙소에서 지내 주십시오."

"네, 그래야겠죠."

묵묵히 고개를 끄덕인 양춘자는 고개를 돌려 요한의 집을 바라보았다.

"제 생각과 다르네요. 좋은 곳이에요."

"⋯⋯그렇습니까."

그녀는 박강선의 짐을 챙기며 요한의 집 내부 시설도 둘러본 참이었다.

요한의 집이 이렇게까지 좋아진 건 이성진이 후원한 이후였지만, 조인영의 말을 들어 보면 그 전에도 돈은 부족할지언정 분위기 자체는 나쁘지 않은 곳이었다.

양춘자는 한동안 생각에 잠겼고, 이내 차를 타고 강선을 무릎에 앉힌 채 멀어지는 요한의 집을 물끄러미 바라보았다.

그사이, 광수대에는 지능형범죄수사팀까지 합류했다.

그들은 김보성의 지휘하에 박상대와 조광의 유착 관계를 파헤칠 준비 중이었는데, 어째서 지금껏 이런 것들이 알려지지 않고 있었는지 의아할 만큼 뿌리가 깊었다.

이 역시, 상대가 그만큼 거물이라 섣불리 손대지 못하고 있었단 의미겠지만.

"바른나라운동본부 쪽 자료 갖고 있는 사람?"

"중앙노동권익보호위원회, 이거 언제 만든 단체인지 한번 알아봐."

"박상대가 서울시장 비서로 있을 때 만든 단체는 이게 전부냐?"

"반장님, 이거 혹시 차명 계좌 아닙니까?"

방향만 정해 주었을 뿐인데도 불구하고, 수사팀은 적응할 새도 없이 서로가 자료를 공유하기 바빴다.

"아, 제가 가지고 있습니다."

"혹시 조광 쪽 자료 필요하신 분?"

그걸 보며 누군가는 '이러면 회식도 할 필요가 없겠는데' 하고 속으로 중얼거릴 정도로 팀워크도 자연스럽게 강화되었다.

이제 곧 있을 유전자 감식 결과가 나오고 나면, 한강 변사체의 신원이 공식적으로 누구인지가 확정된다.

여기에 지금으로선 정황뿐인 피의자의 신원이 확실해진 뒤부턴—김보성 역시도 한강 변사체의 신원을 정순애로 생각하는 중이었다—유력한 용의자인 박상대를 상대로 한 소환 조사의 구실도 생기게 되리라.

그렇게 눈코 뜰 새 없는 조직 분위기 속에서 오전이 흘러가는 사이.

"거, 검사님, 전화입니다. 돌려도 되겠습니까?"

검찰수사관의 당황한 목소리에 김보성은 서류를 검토하다 말고 의아해하며 전화를 받았다.

"예, 광역수사대 김보성 검사입니다."

—아, 김 검사. 나 총장일세.

……총장?

김보성은 멈칫했다. 아무래도, 좋은 예감은 들지 않았다.

—이래저래 바쁜 건 알겠지만, 시간 내서 점심이나 한 끼 하지.

"……예."

역시, 나쁜 예감은 틀린 적이 없다.

김보성 검사가 빠듯한 짬을 내서 찾아간 호텔 중화 식당에는 총장뿐만 아니라, 신문 또는 TV에서나 보던 인물도 동석해 있었다.

최갑철.

현 대한민국 여당 대표이자 박상대의 예비 장인.

"오, 김 검사. 여기네, 여기."

김보성은 총장과 최갑철에게 묵례 후, 별실 원형 테이블에 자리를 잡고 앉았다.

총장은 김보성이 최갑철을 한눈에 알아보았다는 것을 간파했음에도 불구하고 의례상 최갑철을 먼저 소개했다.

"자네도 알까 모르겠는데, 여기 계신 분은 여당 대표인 최갑철 어르신일세."

"……처음 뵙겠습니다. 동부지검 김보성 검사입니다."

김보성은 자리에 앉은 채로 꾸벅 인사했고, 총장은 너털웃음을 터뜨렸다.

"하하, 인사가 조금 딱딱한 거 같군. 어르신, 이 친구가 어르신을 뵙고 놀라 어찌할 바를 몰라 당황한 거 같습니다."

최갑철은 미소 띤 얼굴로 총장의 말을 받았다.

"허허허, 괜찮소, 괜찮아. 그나저나 유능한 친구라기에 나는 좀 더 우리 연배와 가까운 줄 알았더니 그렇지만도 않은 것 같소."

김보성은 의례적으로 고개를 꾸벅 숙였다.

"과찬이십니다."

총장은 자리에서 일어서지 않고 인사한 그 딱딱한 자세가 썩 내키지 않는다는 눈치를 주며 입을 뗐다.

"어르신, 여기 있는 김 검사는 젊은 데다가 유능하기까지 해서, 제가 퍽 아끼는 친구입니다. 아직 이런 자리에 어울리기엔 젊으나, 어디까지나 경험이 없어서 그런 것이니 양해해 주십시오."

총장이 아낀다?

이번 일에 김보성이 배정된 건 경찰과 검찰 사이의 줄다리기며 정치적 입김이 닿은 인사 조치였다.

청장은 (좋게 말하면)강단이 있는 김보성이 총장의 눈 밖에 난 인물이라는 것을 꿰고 있었고, 그래서 직접적으로 김보성을 이번 일에 배정해 달란 요청을 넣었을 것이다.

그러니 총장은 하는 수 없이 김보성을 배정했을 것이고…….

김보성도 그런 경위를 모르는 바는 아니었지만, 최갑철이란 거물에게 대놓고 금칠을 해 주는 상관의 앞에선 둘 사이의 불편한 관계를 내색하기 어려웠다.

최갑철이 어색해질 수 있는 분위기를 노련하게 환기시켰다.

"허허허, 젊고 유능한 친구라. 마치 여 총장의 젊을 적 같구려. 그렇게 나오니 김 검사를 아끼는 이유를 알 것도 같소."

"하하하, 그렇게 들리셨습니까?"

총장은 웃으며 말을 이었다.

"아, 그렇지. 식사는 내가 시켜 뒀네. 공무원 월급이 뻔한

데, 큰일을 앞두고 남의 돈으로 몸보신이라도 하자는 의미에
서 부른 거니까 너무 부담 갖진 말고."

이 자리에서 대놓고 '성과급'을 쥐여 주지 않은 건 그나마
다행이라고 할까.

그렇다곤 하나 이 자리에 올라올 메뉴는 탕수육에 짜장면
으로 대표되는 일반적인 중화 요리가 아닌, 이 시대에도 1인
분 수십만 원을 호가하는 '요리'가 준비되어 있으리란 건 김
보성도 알고 있었지만.

총장이 최갑철을 보며 말을 이었다.

"그렇다곤 해도 이 친구가 우리 시절처럼 못 먹고 돌아다
니는 건 아닙니다. 요즘엔 나라가 부강해져서 이것저것 먹을
게 많아졌거든요. 게다가 이 친구 부인이……."

그러면서 총장은 김보성의 아내가 여느 대기업 딸이라는
것을 들으란 듯 이야기했고, 최갑철은 '아, 그분이라면' 하며
아는 체를 했다.

김보성은 비치된 자스민 차를 홀짝이며 그 이야기를 한 귀
로 흘렸다.

'뻔한 연극들을 하고 앉았군.'

이는 김보성이 떡값 몇 푼에 좌지우지되지 않는 배경과 인
물임을 넌지시 밝히는 절차임과 동시에 그를 인간관계 속의
이해관계 속에 들어가 있는 위치임을 상기시키는 과정이기
도 했다.

총장이 너스레를 이어 갔다.

"그리고 요즘엔 강 청장 부탁도 있고 해서 광역수사대란 조직이 움직이는 데 도움을 주고 있습니다."

"광역수사대?"

최갑철은 이미 알고 있으면서도 모르는 척하고 있음이 분명했다.

총장이 고개를 끄덕여 대답했다.

"의원님도 아시겠지만, 경찰들 하는 일이 그렇지 않습니까. 아무래도 각 경찰서마다 관할구역이니 뭐니 하는 딱딱한 관습이 남아 있다 보니, 이 관할구역이라는 곳에 국한되지 않는 조직을 만들어 봐야겠단 심산인 거지요. 거기에 저희 검찰이 조율을 해 줄 수 있다면 그건 그것대로 나쁘지 않은 이야기고 말입니다. 하하하."

총장이 말하는 뉘앙스는 자연스럽게 '경찰은 검찰의 하부 조직'이라는 낌새를 담고 있었다.

최갑철은 웃으며 고개를 끄덕였다.

"허허, 국가가 부강해지려면 응당 그래야지요. 손바닥만 한 땅덩어리에 제 밥그릇 챙기고 들기 시작하면 국민들 피로감만 과중해질 뿐이오. 모두가 나랏일을 하는 입장이니, 개인의 영달에 앞서 국가를 위해야 한단 생각을 갖고 있어야 마땅하오."

최갑철의 사고 저변에 깔린 정치철학이 무엇인지는 김보

성도 익히 알고 있었다.

김보성은 그 생각에 대해 면전에서 반박하진 않고 '네, 네' 하며 말을 받았으나, 속으론 시대의 흐름과 변화에 맞지 않은 구태의연하고 철 지난 사고라 여겼다.

그건 이제 역사의 무대 뒤로 사라질 준비 중인 집단의식이자 국가주의였다.

일견 파시즘적인 면모까지 내비치는 최갑철의 사고는 비록 이데올로기의 극단으로 치우지진 않고 있으나, 어느 한 극단에 위치한 관념적 향기가 물씬 풍기는 것이었다.

그러나 최갑철 역시도 시대가 선택한 인물이다.

최갑철의 전성기에는 그러한 관념이 얼추 맞아떨어지기도 했으리라.

하지만 시대가 선택한 인물이, 그 옛 시대의 구차한 관념이 망령처럼 남아 있다고 해서 그것이 시대 조건에 부합한다는 의미는 아니었다.

세상의 흐름이란 인간이 감히 예측할 수 없고, 그 앞을 내다볼 부류란, 그게 시간을 거슬러 존재하지 않는 한 불가능하다.

하물며 시간이란 비가역적인 것이라고 숱한 물리학자들이 떠들어 대지 않는가.

그러니 인간이 할 수 있는 것은 고작해야 시대의 변화에 맞춰 간신히 발맞추거나, 그 변화하는 세속적 흐름과 자아가 일치하길 기대하는 것뿐이다.

그러니 최갑철의 존재란 옛 시대의 비명이 메아리로 남아 협곡을 윙윙 울리고 있는 단말마에 지나지 않는다.

그건 총장 역시도 마찬가지.

검찰이 무소불위의 권력을 휘두르고 있는 시대도 변하고 있다.

그 변화하는 과정엔 구시대적인 인물인 최갑철이 잔존해 있는 것처럼 적잖은 시대적 진통을 낳을 것이나, 김보성도 그 이상의 섣부른 예측은 삼갔다.

그럼에도 최갑철이 노련하고 능수능란한 인물임은 여전했다.

그는 김보성이 자신의 의견에 동조하지 않는 부류임을 첫눈에 꿰뚫어 본 것처럼, 어조를 바꿔 말을 이었다.

"다만 요즘 젊은이들은 때때로 대의와 소인들의 이익 사이 무엇을 우선시해야 하는지 잘 모르고 있는 것 같소. 민의란, 민중이란 때로 어리석은 일을 벌이기도 하오."

스스로는 그 '어리석음'과 궤를 달리하고 있다는 신념이 공고했다.

"그럴수록 우리 같은 사람들이 국민을 올바른 방향으로 인도하는 것이 책무라 생각하오만."

총장이 맞장구를 쳤다.

"옳은 말씀입니다. 국민이란 국가를 위해 존재하는 법이지요. 그것이 예로부터 이어져 내려온 사회적 합의가 아니겠습니까."

"바로 그거요. 역시 지성을 갖춘 분들답게 말이 잘 통하는구려."

잘들 노는군.

속으로 떨떠름해하는 김보성을 앞에 두고 최갑철이 말을 이었다.

"그러고 보니 얼마 전에 이휘철 회장을 만나 퍽 흥미로운 이야기를 나누었습니다."

이휘철?

그 입에서 튀어나온 이휘철이라고 하면, 응당 삼광 그룹을 이끌던 이휘철 전 회장을 이르는 것일 터.

그러잖아도 정진건 형사로부터 이휘철의 장손인 이성진이 이번 일과 아주 무관하지 않다는 보고—주로 수사 과정에 도움을 주었단 내용이긴 했지만—를 들었던 김보성은 저도 모르게 그가 말하는 것에 귀를 기울였다.

"그분 말씀은 앞으로 인터넷이라는 것이 세상의 변화에 이바지할 것임을 넌지시 언급하더이다."

최갑철이 인터넷 이야기를 언급한 저의는 분명했다.

'……박상대와 관련한 내용이 인터넷 기사로 퍼지고 있는 걸 의식한 것이겠지.'

관련 사안은 정진건에게도 보고를 받은 바였고, 김보성도 예의주시하는 사안 중 하나였다.

최갑철이 말을 이었다.

"한편으론, 이 늙은이 생각은 이 회장의 생각과 조금 다릅니다."

최갑철은 입가에 미소를 지었다.

"아무래도 사업하는 이들과 정치인은 관점이 다른 모양입니다만, 내 알아보니 인터넷이란 건 말 그대로 열린 공간이었소. 이는 다시 말해 검증되지 않은, 거짓되고 허황되며 삿된 것들마저 아무런 검열 없이 버젓하게 올라가기도 한단 말이오."

그 말에 총장은 넌지시 최갑철의 말에 맞장구쳤다.

"말씀대로입니다. 세상이 어떻게 돌아갈는지……. 말세이긴 말세인 모양입니다. 허허."

그리고 총장은 참을성 없게 그 의도에 방점을 찍을 만한 이야기를 꺼내 들었다.

"김 검사, 나도 지나가다가 들은 바인데, 광수대란 곳에서 취급하는 것 중에 여기 계신 최 의원님의 사위 되는 사람인 박상대 씨가 조금 엮였다는 걸 들었네."

"……예."

박상대.

김보성이 그 존재를 자각하고 있단 걸 솔직하게 시인하자, 총장은 살짝 미소를 거뒀다.

"그리고 박상대 씨는 앞으로 큰일을 할 사람이야. 이 중요한 시기에 이래저래 말이 나오는 건 좋지 않지."

"……."

"국정을 살피다 보면 다양한 민의에 응할 일이 생기기 마련이야. 개중엔 '의도치 않게' 두루 살피기 힘든 일도 있을 수 있고."

총장은 슬쩍 최갑철의 눈치를 살핀 뒤 말을 이었다.

"박상대 씨도 사내이니, 응당 과거는 있었을 것이네. 하지만 개인적인 일을 들추고 다니는 건, 괜한 사람을 구설수에 올리는 일이 되고 말 게야. 자네도 알다시피 기자란 것들은 헛소문에 꼬이는 파리 같은 것들이지. 다 알고 지내는 사이에 너저분한 건 피해야 마땅하지 않겠나."

"……."

김보성의 침묵에 최갑철이 거들고 나섰다.

"큰일을 하려면 큰물에서 놀아야 하는 법이지. 김 검사, 잉어는 노는 물에 따라 그 덩치를 불린다는 과학적 이야기도 있지 않소이까?"

"……."

최갑철이 김보성을 물끄러미 바라보았다.

"물론 필요하다면 마땅히 조사에 응할 것이오. 하지만 그 과정에 불필요하게 번거로운 절차를 밟을 필요는 없다고 보오."

즉, 구속영장 발부까진 용납하지 않겠단 의미겠지.

최갑철이 말을 이었다.

"내 사위도 은혜는 아는 사람이오. 본바탕이 그른 자에겐 내 딸을 맡기지 않지. 그도 아직 젊긴 하지만 인간관계를 매끄럽게 해 주는 것이 무엇인지는 알고 있소. 그러니 상대가 어떻게 나오느냐에 따라 성의를 다할 것임은 내 보장하리다."

김보성이 무어라 대꾸해야 할지 모르는 사이.

그때 별실 문이 열리며 종업원이 트레이를 밀고 왔다.

"아, 마침 요리가 나왔군."

총장이 씩 웃으며 종업원이 원형 테이블 위로 음식을 나르는 양을 보았다.

"딱딱한 이야기는 이쯤 하고 일단 듭시다. 김보성 검사는 딤섬이란 거, 먹어 보았나?"

"처음입니다."

"마침 잘됐군. 이 기회에 맛 좀 보게. 알아 두면 나쁠 거 없으니. 마침 딤섬이란 건 한자로 점심을 뜻하니, 딱 맞는 메뉴가 아닌가."

이후, 식사를 들며 영양가 없는 담소가 오갔다.

두루뭉술한 말이 오가는 자리와 달리 김보성을 호출한 의도는 제법 명확했다.

'적당한 선에서 끊고 마무리 지어라.'

김보성으로서는 그 노골적인 수작에 방금 먹은 것이 체한 것처럼 속이 더부룩해질 지경이었지만, 그런 그도 이 자리를 박차고 나갈 수 없이 앉아 있을 수밖에 없음을 조소했다.

비싼 요리답게 딤섬이란 건 제법 맛이 좋았지만.

'돌아가는 즉시 소화제를 먹어야겠어.'

호텔 지하 주차장, 최갑철을 태운 차가 먼저 출발하고 총장은 김보성의 어깨를 툭툭 두드렸다.

"내 김 검사 아끼는 거 잘 알지? 자네도 잘해 주리라 믿네."

"……예."

"…….."

마지못해 대답하는 김보성의 속내를 읽기라도 했는지, 총장의 얼굴에 언뜻 언짢은 기색이 스치고 지나갔다.

총장이 말을 이었다.

"자네도 좀 더 그럴듯한 일을 하려면 내외적으로 이런저런 일이 있단 것쯤은 알아 두어야 할 게야."

그러다 보니 김보성이 불편하긴 총장도 매한가지여서, 그는 의식적으로 김보성의 넥타이를 매어 주며 그 가슴을 툭툭 두드렸다.

"바쁜 사람을 너무 오래 붙들었군. 먼저 가 보지."

이후 총장이 차에 타고, 떠나갈 때까지 김보성은 허리를 굽힌 채로 기다렸다가 인상을 구기며 허리를 폈다.

"……흠."

김보성은 목을 죄는 넥타이를 조금 풀어 헤치곤 고개를 저으며 자신의 차에 올랐다.

그는 시동을 넣지도 않고, 운전대에 한 손을 얹은 채, 박스를 뒤져 소화제를 찾아 물 없이 꿀꺽 삼켰다.

선수를 치다니.

김보성은 등받이에 등을 기댄 채 쓴웃음을 지었다.

그리고.

김보성이 탄 차 조수석 문이 열리더니, 웬 인물이 곁에 탔다.

"실례하겠네."

김보성이 무어라 반응하기도 전에 일어난 일이어서, 그는 순간적으로 문간에 손을 얹으며 상대를 살폈다.

중절모를 살짝 벗으며 인사한 상대는 초로의 노인이었다.

마음먹고 제압하려면 못 할 것도 없는…….

그리고 노인은 다른 사람은 끼어들 일 없다는 듯 손가락을 툭 움직여 문을 잠갔다.

"초면에 경우는 없지만, 잠시 차 좀 태워 주지 않겠나?"

일단, 노인은 적의는 없는 듯했다.

김보성은 문간에서 손을 떼며 입을 열었다.

"……실례지만 누구십니까?"

그 말에 노인은 빙그레 웃으며 대답했다.

"나랏일 하는 곽철용이란 사람이네."

……곽철용?

자신을 나랏일 하는 사람이라 소개한 노인은 대수롭지 않게 말을 이었다.

"얼마 전까지 남산에서 일했다고 하면, 조금 알까 모르겠군."

"……."

안기부라.

'……여당 대표에 이어, 이젠 안기부까지 나서서 박상대를 봐주라는 건가?'

생각하는 이상으로 지저분한 일에 연루된 것 같다.

김보성은 딱딱하게 굳은 얼굴로 곽철용의 이어질 말을 기다렸다.

요즘은 5공화국 시절에 비해 위세가 많이 약해졌다고는 하나, 썩어도 준치라고 안기부란 이름은 여전히 무시 못 할 영향력을 발휘하는 국가기관이었다.

현 대통령이 취임 후 검찰에 힘을 실어 주기 시작한 것도 이 안기부에 집중된 권력을 분산시키고자 함이었던 이야기도 나오는 마당이니, 그 위세야 오죽할까.

김보성 역시도 자신을 안기부 인물이라 자청하는 노인을

앞에 두고 그 진위 여부를 의심하기에 앞서, 당장 정치 관련한 공작이 들어오려는 것은 아닌지 경계부터 하고 있을 정도였다.

곽철용이 말을 이었다.

"식사는 맛있게 하셨소?"

"……."

"그 식당 주방장이 대만 출신이라 그러더니 제법 손맛은 있는 모양이오. 뭐, 여 총장이 미식가이긴 하지. 어릴 때 못 먹고 자란 반동인가."

그는 초면임에도 거침이 없었다.

'내가 방금 전까지 어디서 누굴 만났는지 정도는 당연하다는 듯 꿰고 있군.'

하긴, 공식적으로 김보성은 곽철용과 만난 적도 없는 사이여야 하니, 피차가 사교적인 이야기로 친분을 돈독히 할 필요는 없었으니까.

그래서 김보성은 곽철용이 건넨 말에 대답하는 대신, 단도직입적으로 되물었다.

"설마, 선생님께서도 제게 박상대 수사에서 손을 떼라고 말씀하시려는 겁니까?"

경계하는 기색을 감추지 않는 김보성의 말에 곽철용은 입꼬리를 비틀었다.

"이거 참, 최 의원이랑 여 총장이 무어라 한 소리 했던 모양이군. 좋은 식사를 앞에 두고 밥이나 먹지, 못 할 말이 없어."

"……."

"어쨌건 그 질문에 대답하자면, 오히려 그 반댈세."

"……예?"

곽철용은 어리둥절해하는 김보성을 앞에 두고 서류를 담은 봉투를 그에게 내밀었다.

"보겠나?"

"……."

김보성은 묵묵히 부스럭, 서류를 꺼내 보았다.

잠깐 서류를 살피던 김보성은 저도 모르게 눈을 가늘게 뜨곤 곽철용을 쳐다보았다.

"이건……."

곽철용이 건넨 서류 안에는 오늘 막 광수대가 조사하기 시작한 내용 일체가 들어가 있었다.

거기엔 박상대가 서울시장 비서직을 역임하는 동안 만든 각종 시민 단체, 그리고 조광의 자회사인 진일이 설립한 중앙노동권익위원회란 단체가 서울시장의 승인을 받아 설립이 허가되었다는 정황까지.

그뿐만 아니라 거기에 연루된 검은돈의 흐름까지, 이 모든 내용은 얇은 서류 분량상 아주 상세하진 않아도 '수사 방향'에 도움이 되는 것임엔 분명했다.

곽철용이 김보성의 시선을 받았다.

"그걸 어떻게 쓰는지는 자네 마음이네. 막말로 그대가 돌아가는 즉시 세절기에 넣고 서류를 갈아 버려도 우리는 상관하지 않을 거야."

"……."

김보성도 마음 같아선 그러고 싶었다.

그야, 이런 일로 괜히 안기부에 빚을 졌다간 나중에 무슨 이야기가 나오게 될지 모르니까.

안기부 입장에 뭐가 아쉬워서 검찰에 손을 빌려주겠는가. 여기엔 단순한 선의 이상의 수작이 있을 것이 분명했다.

그런 김보성의 속내를 짐작하기라도 했을까, 곽철용이 픽 웃었다.

"하지만 굳이 그럴 필요가 있을지는 모르겠군. 내가 잠깐 짬을 내서 알아낸 게 이 정도인데, 자네 휘하의 수사팀이 거기 있는 내용을 알아내는 것 정도는 시간문제 아닌가?"

유쾌한 이야기는 아니지만, 곽철용의 말마따나였다.

김보성이 돌아가 이 서류를 파기해 버리더라도, 결과적으론 곽철용이 건넨 서류대로 수사가 진행될 것이란 건 불 보듯 뻔한 일이었다.

그래서야 김보성 개인의 분풀이일 뿐이다.

해서, 김보성은 따지듯 물었다.

"그러면 선생님께선 무슨 목적으로 이런 자리를 마련하신 겁니까?"

그 말에 곽철용은 비릿하게 웃었다.

"그야 국가와 국민을 위해서지. 당연한 걸 묻는군."

"……."

그야, 음지에서 일하는 인간들이 그 꿍꿍이를 속 시원히 밝힐 리는 없겠지.

곽철용은 김보성의 얼굴에 드러난 떫은 표정이 재밌다는 듯 넉살 좋게 웃으며 고개를 돌렸다.

"이 일로 그대가 부담 가질 필요는 없네. 이 또한 피차간의 이해관계가 맞아떨어져서 하는 이야기일 뿐이고."

부담이 안 될 리가 있나.

박상대와 조광을 잡아넣는 일에 총장, 청장, 여당 대표, 심지어는 안기부까지 개입했다.

이 정도면 일부러 떠올리지 않으려고 해도 머릿속에 음모론 몇 가지 정도는 연상될 법하다.

"최갑철 쪽은 걱정하지 말게."

곽철용이 툭 하고 꺼낸 말을 이었다.

"그 영감, 분명 자네 앞에서는 대의가 어쩌고 국가가 어쩌고 하는 번지르르한 말을 늘어놓았겠지만, 결국엔 정 때문이자 제 자리 보전을 위하고 있을 뿐이야. 자신에게 무엇이 더 큰 이익이 될지를 깨닫게 되면 더 이상 개입은 없을 걸세. 하물며……."

곽철용은 턱을 긁적였다.

"여 총장은 말할 것도 없지. 이미 끝물인 양반인걸."

"……."

"안 그러면 다른 집안일에 기웃거릴 이유가 없지. 마침 여 총장은 은퇴가 머지않은 나이일세."

곽철용은 입가에 냉소를 내걸었다.

"그도 한때는 청렴결백의 대명사로 불리던 양반이나, 나이가 들고 보니 주책이 심해진 모양이야. 아마 여당 쪽에 자리 하나 비워 달란 말을 했을 걸세."

"……."

"개인적으론 그냥 조용히 손주나 보며 살아 주었으면 좋겠지만, 세상 사람들이 다 삼광 그룹의 이휘철 같지는 않잖나."

여기서도 이휘철의 이름이 언급되다니.

비록 공식 석상에서 은퇴를 발표했다곤 하나, 그 존재감은 아직 여전한 모양이었다.

"뭐, 끝물이긴 해도 아직 조금 더 여지가 남아 있으니 보복성 인사 조치는 피할 수 없을 거란 게 내 개인적인 생각이지만……."

곽철용이 말끝을 흐리며 김보성을 바라보았다.

"김 검사도 어디 지방에 내려가 잠시 쉬고 있다 보면 좋은 일이 있을 게야."

그 예언 아닌 예언을 들으며 김보성은 쓴웃음을 지었다.

어찌 되었건 좌천은 피할 수 없는 건가.

스스로를 딱히 출세에 목매는 성격이 아니라고 생각했지만, 상황이 닥치고 보니 그렇지만도 않은 듯했다.

김보성이 쓴웃음을 거두며 입을 뗐다.

"이 일로 안기부가 바라는 건 뭡니까?"

곽철용은 깍지 낀 손을 무릎 위에 얹었다.

"별거 아니야. 자네는 그저, 외압을 신경 쓰지 말고 그대의 신념대로 일을 밀어붙이기만 하면 되네. 굳이 개인적인 소망을 담아 말하자면 그뿐이지."

"……."

말은 그럴싸했으나, 이는 어디까지나 책임과 목적을 이쪽으로 돌리는 교묘한 화법에 지나지 않았다.

그 연유는 알 수 없으나, 안기부는 당초 광수대의 예정대로 박상대와 조광을 끝장내 주길 바라고 있는 것이다.

그런 의미에서는 곽철용의 말마따나 '이해관계가 맞아떨어진 일'이었을 뿐이었다.

그래서 김보성은 그 은근한 수작질에 넘어가지 않고 볼멘소리를 뱉었다.

"선생님께서 말씀하지 않으셔도 그러려 했습니다."

"하하하, 좋은 기세군. 자네 같은 검사만 있다면 이 나라의 미래도 걱정 없겠어."

하지만 곽철용의 말을 믿는다면 김보성이 우려하던, 수사 도중에 물갈이를 당할 일은 없을 터.

저쪽의 속내를 알 수 없으니 어딘가 뒤가 찜찜하긴 했지만.

"그럼 됐네. 소화도 끝난 모양이고 하니."

곽철용은 그걸로 용건이 끝났다는 듯, 손가락 끝으로 문손잡이의 잠금을 풀었다.

그는 작별의 말도 없이—바라지도 않았지만—그대로 문을 열어 차를 나섰고, 김보성은 떨떠름해하는 얼굴로 힐끗, 서류봉투를 살폈다가 시동을 틀었다.

그 순간, 곽철용이 똑똑, 하고 창문을 두드렸다.

김보성은 언짢은 기색을 감추며 창문을 내렸고, 곽철용이 싱긋 웃으며 말을 건넸다.

"아 참. 돌아가면 재미난 일이 기다리고 있을 걸세."

"……."

재미난 일?

제 할 말을 마친 곽철용은 그제야 중절모를 살짝 들어 보이며 작별 인사를 했다.

그리고 휘적휘적, 곽철용은 뒤도 돌아보지 않으며 지하 주차장을 빠져나갔다.

"……뭔가에 홀린 기분이군."

김보성은 혼잣말을 중얼거리며 기어를 넣고, 차를 몰아 건물을 나섰다.

돌아오니 광수대 본부는 어딘지 모르게 어수선했다.

문 안쪽을 힐끗 살피니 형사들이 컴퓨터 모니터 앞에 옹기종기 모여 어깨를 붙이고 있었고, 누군가는 분주한 발걸음을 떼며 수사대를 가로질러 나가기도 했다.

'……설마?'

순간적으로 김보성은 곽철용이 말한 '재미난 일'이란 것에 퍼뜩 생각이 미쳤다.

일단 자신의 방으로 돌아온 김보성을 수사관들이 자리에서 일어서며 반겼다.

"오셨습니까."

그들도 형사들과 마찬가지로 책상 앞에 옹기종기 모여 모니터를 들여다보고 있었는데, 그 평소와 어딘지 모르게 다른 공기를 읽은 김보성도 이쯤 하니 묻지 않고는 배길 수가 없었다.

"무슨 일입니까?"

수사관이 재깍 대답했다.

"예, 검사님. 그게…… 방금 전 인터넷에 올라온 기사가 조금 심상치 않습니다."

인터넷 기사?

그 부분은 광수대 측도 조금 예의주시하는 분위기이긴 했다.

'도깨비 신문……이라는 이름이었나.'

얼마 전 한강 둔치에서 발견된 반지와 관련한 기사를 내보낸 도깨비 신문은 이름값 한단 생각이 들 수밖에 없는 매체였다.

갑작스럽게 나타나 뭔가 대단해 보이지만 딱히 실속은 없는 걸 터뜨리고 다시 잠잠한 모습은 딱 도깨비가 사람을 홀리는 꼴이었다.

'일부러 가십거리를 의도했던 것과 달리 의외로 기사 내용은 알찼지만…….'

기사 자체는 옛적 「선데이 서울」 같은 곳에나 실릴 법한 흥미 본위의 가십거리였으나, 매체가 달라서일까, 댓글이 제법 화제였다.

소위, 네티즌이 만들어 낸 화제……라고 통용하면 될까.

다만, 김보성은 그 신문물에 다소 회의적인 입장이었다.

'제법 화제를 끌긴 한 모양이지만, 아직 대한민국에 유의미한 수준의 인터넷 인구는 없어.'

댓글 개중엔 주목할 만한 것들도 더러 있었으나, 그뿐이었다.

'물론, 거기엔 대중에게 공개되지 않은 것들이 알려지긴 했지만, 그것도 어디까지나 찍어 맞힌 정황일 뿐이야.'

오히려, 숱한 음모론과 저마다의 추론이 합쳐져 무엇이 참인지조차 모를 지경으로 변질되고 말았단 것이 김보성의 개인적인 견해였다.

하지만 아무 데나 화살을 날리다 보면 하나 정도는 얻어걸리는 게 있기 마련이고, 당사자 입장에선 그 '얻어걸린 무언가'에 민감하게 반응하기도 하는 것이다.

'그러니 방금 전 점심 자리에서도 인터넷 어쩌고 하는 게 언급된 것이겠지.'

박상대 측에서도 공식적인 대응은 하지 않는 모양이나, 쓸데없는 구설수에 오르는 일만큼은 사양하고 싶을 것이다.

그 혼돈의 소용돌이를 본 김보성은 이 도깨비 신문이란 매체에 한해선 수사의 중요도며 우선순위에서 다른 것들에 비해 뒤로 밀쳐 둔 상황이었다.

하지만 지금 분위기는 어딘지 모르게 달랐다.

폭풍이 몰아치고 있는 창밖을 불안한 눈으로 지켜보는, 그런 분위기였다.

김보성은 자리를 비킨 수사관의 의자에 앉아 그들이 띄워 둔 인터넷 창을 쓱 훑었다.

'……음.'

단순 가십지라고 여겼던 도깨비 신문의 신보는 제대로 된 규격과 양식을 갖춘, 본격적인 것이었다.

더욱이 내용 면에서는 말 그대로 '특종'이라 불러도 손색이 없을 수준.

기사는 박상대의 사생아뿐만 아니라 정경 유착의 정황, 각종 탈세며 비자금 의혹, 그 자금 유출 경로 등이 상세히 기록되어 있었다.

'보통 공을 들인 게 아니야. 하루 이틀 걸린 기사가 아니로군.'

거기서 김보성은 직감적으로, 댓글에 링크된 '검열된 기사의 원본'임을 눈치챘다.

'……자칫하면 어마어마한 여파가 생기겠는데.'

어쩌면 청장이 직접 기자회견장에 나서서 수사 중인 사안을 발표해야 할지도 모를 정도로.

'이 이상 한강 변사체 사건을 덮는 것도 어렵겠어. 엠바고를 해제해야겠지.'

이렇게 된 이상 이 스캔들은 더 이상 '인터넷 매체'라는 아직 낯설고 생소한 가상공간에만 국한되지 않는다.

폭발적인 조회 수에 걸맞게 댓글은 실시간으로 갱신 중이었고, 김보성은 마우스 스크롤을 올려 기사가 등록된 시간을 살폈다.

'금일 오후 1시.'

기사가 올라온 시간은 마침 김보성이 식사 및 곽철용과 면담을 마치고 차에서 돌아오는 길이었다.

김보성은 등록 시간을 보며, 타이밍 한번 공교롭단 생각을 했다.

만약 한창 식사 중일 때 기사가 올라왔다면 그 장소에서 오가는 이야기도 조금 다른 방향으로 흘러갔을지 모른다. 그런 걸 감안하면 등록된 타이밍 한번 공교롭단 생각을 했다.

또, 한편으론.

'분명, 돌아가면 재미난 일이 기다리고 있을 거라고도 했지.'

그건 물론, 이 따끈따끈한 기사를 말하는 것이리라.

이는 안기부 측이 기사가 올라오기도 전에 그게 어떤 내용을 담고 있는 것인지를 알고 있었단 것이기도 했다.

그들이 어떻게 알고 있었느냐는 건 아직 중요한 게 아니었다.

김보성이 입을 열었다.

"여러분은 지금부터 '도깨비 신문'이라는 매체에 대해 상세한 조사와 보고서를 준비해 주십시오. 사무실 위치며 법인 소유주가 누구인지. 그리고 필요하다면 관계자 소환 및 경호까지. 모조리."

"예!"

부산스럽게 흩어지는 수사관들을 뒤로하고 김보성은 잠시 생각에 잠겼다.

'이게 우연일 리는 없겠군.'

그리고 그건 살인 사건이 일어나기 전부터, 어쩌면 그 단초를 제공하고 촉발시킨 제1 원인일지도 모를 일이었다.

'또 한편으론······.'

정진건에게 듣기로, 그 반지의 행방을 찾는 일에는 이성진이 손을 빌려주었다고 했다.

'······이것도 우연일까?'

생각하던 김보성은 즉각 자리에서 일어나 본부를 나섰다.

4장

마침 전교회의가 있는 날이어서, 여느 때처럼 함께 하교하던 한성진도 없이 나는 모처럼 혼자서 복도를 가로질러 주차장으로 향했다.

어느덧 여름방학을 앞둔 7월, 6학년 1학기 시절도 빠르게 지나가는 중이었다.

요즘은 학업에 충실할 뿐만 아니라 교우 관계도 원만해서, 내 초등학교 6학년 시기는 알차게 마무리되어 가고 있었다.

"으악, 이성진이다!"

"눈을 마주치면 안 돼."

"나, 나는 잠시 교무실에 볼일이 생겨서……."

거짓말이다.

최소한 교우 관계 측면에선, 나는 '이성진 패거리'라 불리는 이들을 제외하면 배척당하고 있었다.

　지난번 학생회장 선거 이후, 나는 왠지 모르게 학우들로부터 전생의 이성진을 능가할 만큼 경원시되는 존재로 거듭나 있었고, 지금처럼 복도를 지날 때면 모세가 홍해를 가르듯 아이들이 좌우로 갈라졌다.

　"……."

　전생의 이성진과 다른 점이라면, 나는 학생회장도 아니었고 따라다니는 똘마니 녀석도 없었던 데다가 '직접적'으로 아이들을 괴롭힌 적은 단 한 번도 없었단 점이지만.

　'……그렇다고 이렇게까지 애들이 무서워할 만한 일은 하지 않았는데.'

　심지어는 김민정이 학생회장이 된 직후 청문회에 불려 갔을 당시만 하더라도 '미역왕자'니 뭐니 하는 소리까지 들어가며 욕받이 역할을 수행했던 나다.

　하지만 시간이 흐르고 아이들이 나를 슬금슬금 피하기 시작한단 느낌이 들고부턴 어느새 깨닫고 보니 이런 꼴이었다.

　'나 참.'

　해서, 물어보았다.

　그러자 내 정보통이자 이번 생에는 인싸로 거듭나 있는 한성진의 제보에 의하면 나는 배후에서 학교 운영을 좌지우지하는 흑막 비슷한 것으로 변질되어 있었다.

「별거 아니야. 전교회장인 김민정의 약점을 쥐고 학교 운영을 쥐락펴락하고 있다거나…….」

뭔 소릴 하는 건지 모르겠다. 초등학교 학생회 따위가 학교 운영에 유의미한 개입을 할 리가 없지.

「또, 거슬러 올라가면 재작년 전교회장이었던 채선아 선배를 협박해서 시험지를 빼돌렸다든가.」

그건 좀 억울하군. 지난 시험 내용을 토대로 예상 기출문제를 만들긴 했지만.

「방과 후 교실 선생님들의 인사결정권을 쥐고 휘두른다거나.」

음, 그 부분은 일부 사실이 섞여 있긴 하지만, 운영은 내 재종이 맡아서 하고 있으니 오롯한 진실은 아니다.

「하교 후에는 휘하에 엄청난 숫자의 무지막지한 부하들을 굴리는 사장님이라거나.」

조폭도 아니고 무슨. 게다가 우리 회사는 소수 정예다.

「대한민국을 뒤에서 조종한다거나.」

뭐래.

「겉으론 한발 물러선 것처럼 보이지만 실은 여전히 급식 운영에 관여하면서 다시 미역줄기볶음을 내놓을 날을 기다리고 있다거나.」

일부는 사실인데, 애들은 내가 무슨 미역 성애자인 줄 아나.

「또, 마음에 안 드는 학생들을 모아서 억지로 미역줄기볶음을 먹인다거나.」

그건 또 뭐냐.

「뭐라더라, 심지어는 교장 선생님마저 네 앞에서는 설설 긴다는 소문도 있더라고.」

그건 맞지만.

「아, 맞아. 패킷몬스터의 악당인 미사일단 간부가 성진이 너를 모델로 만든 거라는 소문도 있었어. 우연이겠지만 말이야.」

······그 부분은 패킷몬 제작사인 게임 크리크 측에 투자자로서 항의를 해야 할 것 같다.

'어디서부터 그런 헛소문이 퍼진 건지······ 애들이 비선실세라는 단어를 알았으면 딱 그런 별명을 붙였겠는데.'

아무튼 소문은 일부의 진실과 과장이 덧대져 마치 김기환이 운영하는 인터넷 신문의 댓글란처럼 기묘하게 뒤틀리고 변질되어 있었다.

'그러고 보면 그쪽도 슬슬 반응이 올 때가 됐군.'

지난밤, 구봉팔은 김기환에게 조설훈의 지시라면서 기사를 내리기는커녕, 오히려 관련 사안의 확대 재생산을 명했다.

'손절을 한다더니, 이젠 아예 박상대를 궁지로 몰아넣으려고 하는걸.'

조설훈은 수사 표적을 박상대로 맞추는 것으로 조광에 가해질 압력을 조금이나마 해소하려는 것이리라.

'그리고 나중에는…….'

입을 다물게 만들 극단적인 방법을 사용할지 모른다.

'……어쨌건 현시점에서 박상대의 정치 인생이 끝났단 건 확실하지만.'

'정치' 인생만 끝장나는 게 아닐지 모른다는 게 내가 우려하고 있는 부분이었다.

'가능하면 경찰 앞에서 모든 걸 털어놓으면 좋겠지만, 그놈 성격에 그럴 리 없지.'

죽은 자는 말이 없는 법이고, 떠들 입이 없어지면 모든 게 조용해진다.

'보험은 들어 뒀지만 그게 제 역할을 할지는 장담할 수 없고.'

재수가 없으면 도중에 컷 당하거나 아무 의미도 없는 맥거 핀으로만 남게 될지도 모른다.

'가능한 현시점의 수사 진행 상황을 알 수 있다면 좋겠는 데.'

경찰도 가만히 있진 않을 테니, 분명 뭔가 굉장히 바쁘게 돌아가고 있을 터.

정서연의 말로는 정진건도 야근이라 어젯밤 집에 돌아오지 않았다고 했으니, 경찰이 움직이고 있는 건 분명했다.

'그나마 이 상황에 기대할 건 강하윤의 연락인데, 정진건의 버디니까 그녀도 바쁜 건 매한가지일 테고…… 어라?'

그리고 나는 주차장에서 의외의 인물을 만났다.

"아, 선배님! 역시 여기서 기다리길 잘했네요."

주차장에서 나를 기다리고 있던 건 내 스토커인 김수연이었다.

평소라면 주차장에서 기다렸다가 나를 붙들고 한참을 재잘거렸을 김수연이지만, 오늘은 조금 달랐다.

더군다나, 김수연 혼자서 나를 기다리고 있었다면, 의외라고 하지도 않았을 것이다.

뒤이어 김수연은 고개를 돌려 말을 이었다.

"아빠, 제 말이 맞죠? 이성진 선배님은 항상 이쪽으로 온다니까요."

김수연에게 팔짱을 붙들린 남자는 어색해하며 고개를 끄

덕였다.

"……그렇구나."

나는 마른침을 꿀꺽 삼키며, 그를 보았다.

'김보성 검사?'

뒤이어 김수연의 아버지이자 전생의 나와 결코 좋은 관계는 아니었던 김보성이 싱긋 웃으며 나를 보았다.

"네가 이성진이니?"

전생을 통틀어 처음으로 보는 미소였다.

게다가.

'이 시기에 이런 식으로 그를 만나게 될 줄은 몰랐는데.'

더군다나 지금은 공교롭다면 공교로운 시기였다.

'기대한 것 이상이군.'

조설훈은 스크롤을 죽죽 내리며 인터넷에 올라온 기사며 댓글을 읽었다.

반응은 폭발적이었다.

오래전부터 써 놓은 것을 묵혀 두었던 김기환의 폭로 기사는 박상대가 서울시장 비서직을 역임하던 시기 벌였던 정경 유착 의혹이며 그와 연루된 각종 조세 포털, 자금 세탁 경로, 그의 지난 행적 등이 상세하게 기술되어 있었다.

이 정도면 그의 콘크리트 지지층인 D 지역구 시민들도 학을 떼지 않을까 싶을 지경으로.

만일 박상대가 외압을 가해 기사를 검열하지 않았다면, 지난 총선의 행방은 그가 소속된 여당에까지 불통이 튀지 않았을까 하는 예상도 가능할 정도였다.

거기에 더해 사람들이 물고 뜯기 좋은 사생아 의혹이며 그와 치정 관계였던 정 모 씨의 인터뷰 내용까지.

기사가 올라가기 전 조설훈이 한번 검토했던 내용이었지만 그런 그도 여론이 이렇게까지 폭발적이리라곤 짐작하지 못했다.

'구봉팔 그놈도 쓸 만한데.'

구봉팔이 이미 김기환과 형 동생 하는 사이였단 걸 꿈에도 모르는 조설훈은 그렇게 생각할 뿐이었다.

그가 생각한 최고는 아니지만, 상황은 이상적인 것에 가까우리만치 최선의 방향으로 흐르는 중이었다.

'이만하면 저녁 뉴스 헤드라인은 확정이겠어.'

심지어 뒷돈을 주고 끌어들인 배성준 형사는 경찰이 이미 박상대의 친자로 추정되는 소년을 확보했을 뿐만 아니라, 그 관계를 증명할 관계자 섭외까지 마쳐 두었다고 전했다.

'잘도 숨겼군. 뭐, 이렇게 된 이상 상황은 내 편이지만.'

조지훈이 씩 웃으며 입을 열었다.

"구봉팔 놈이 제대로 한 건 한 모양이오?"

형제라 그런 것일까, 마침 구봉팔을 떠올리고 있던 조설훈은 고개를 끄덕여 동의했다.

"음, 기대 이상이다."

조지훈은 사장실에 비치된 안락의자에 앉아 낮게 던져 올린 골프공을 손바닥에 쥐었다.

"하긴, 애들 말로는 아예 그 회사를 뒤집어 놓았다더군. 똥오줌을 지리게 만들 정도는 아니었다지만, 그 정도로 충분했나 보오."

"과유불급이랬다. 너무 과하면 경찰을 찾을지도 모르지. 적절한 선에서 잘 그쳤어."

"그러게, 기사가 괜찮은지 형님도 아까부터 계속 컴퓨터만 붙들고 있군. 반응들은 어떻소?"

조설훈은 픽 웃었다.

"정 궁금하면 직접 확인해 보든가."

그 말에 조지훈은 어깨를 으쓱였다.

"아, 됐수. 컴퓨터 같은 건 내 성미가 아니어서."

"앞으론 인터넷이라는 것이 대세가 될 거다. 알아 둬서 나쁠 건 없어."

"체, 잔소리는. 게다가 형님도 알겠지만 난 옛날부터 글자만 보면 멀미가 나."

비 온 뒤에 땅이 굳는다고 했던가, 조지훈과의 관계도 무던하게 회복되는 중이었다.

배성준의 말에 의하면 조지훈은 정말로 부하를 시켜 카세트테이프를 처리했다고 한다.

그 바람에 조지훈의 부하 둘이 경찰서에 잡혀 갔지만, 그 또한 벌금 몇 푼 정도 물고 난 뒤 금세 풀려났고.

그 조설훈조차 앞으로는 조지훈을 조금 믿어 보아도 될 거 같단 생각을 할 정도였다.

'문제는 이다음인데.'

박상대 건은 무던하게 마무리되고 있었지만, 결국 경찰 수사는 피할 수 없을 것이다.

조광은 제법 오래전부터 박상대와 관계를 맺어 왔고, 박상대를 향한 표적 수사가 시작되면 그 불똥도 응당 조광으로 튀게 되리라.

'그 부분만큼은 냉정하게 대처를 해야겠지.'

조설훈도 이미 대책 마련을 위해 회계사며 변호사를 불러 일을 시킨 직후였다.

그들은 혹시라도 꼬리가 밟히지 않게끔 장부를 정리하고 있었지만.

'그걸로 충분할 리는 없겠지.'

조지훈이 지금 조설훈의 사장실에 있는 것도 그 문제로 상의하기 위해서였다.

그뿐이랴.

얼마 전 있었던 박길태 살해 건도 서서히 압박이 들어가는 중이었다.

지금은 지동훈이 경찰에 불려 가 참조인 조사를 받는 중이었지만, 경찰은 조설훈의 생각 이상으로 유능했다.

배성준의 말에 의하면 과학수사인지 뭔지, 이러저러한 추리로 '제3자 가설'을 앞세우며 박길태를 살해한 것이 김수연이 아닌 현장에 있던 또 다른 인물임을 시사했다.

경찰 측도 그 국과수 인물의 말을 허튼소리로 취급하지 않았고, 그에 따라 지동훈을 향한 경찰의 회유(및 협박)도 방향을 달리했다.

그나마 현장에 있던 다른 놈들 입단속은 어찌어찌하고 있었지만, 경찰이 생각하는 '유일한 목격자'인 지동훈이 계속 버텨 줄지는 의문인 상황.

지금은 변호사를 통해 지동훈 가족의 생계를 빌미로 협조를 끌어내고 있긴 하나, 그것도 조광이 삐끗하는 순간 틀어질지 모른다.

'결국, 대신 덮어쓸 놈을 찾아봐야 하나⋯⋯.'

쁘락치를 통해 경찰의 수사 내용이 어떤 것인지 알고 있으니, 입을 맞추는 것쯤은 어렵지 않다.

물론 그 과정엔 적잖은 돈이 깨지겠지만, 조세광이 체포되는 것에 비하면 아무것도 아니다.

'아무튼, 문제야. 경찰도 왠지 박길태 건과 박상대 건을 엮어 생각하는 모양이고.'

산 넘어 산.

한 고비를 넘기면 다음 능선이 보이는 상황이었다.

그때 골프공을 만지작거리던 조지훈이 입을 뗐다.

"형님."

왠지 모르게 어조가 다르다.

조설훈이 모니터에서 눈을 떼고 조지훈을 쳐다보았다.

"뭐냐."

"오해하지 말고 들어 주시오."

그답지 않게 조심스러운 운자였다.

조지훈이 힘겹게 말을 이었다.

"……형님 생각엔 아버지가 언제 돌아가실 거 같소?"

조설훈은 그 즉시 미소를 거두며 조지훈을 물끄러미 쳐다보았다.

"……무슨 의미냐."

조설훈의 나직한 물음에 조지훈이 얼른 대답했다.

"아, 오해하지 말라니까 그러네. 나도 사람인데, 자식 된 도리가 있지 아버지의 죽음을 바랄 리 있겠소?"

조지훈은 목소리를 낮췄다.

"하지만 아버지가 오늘내일하는 상태라는 건 형님도 잘 알 거요."

"……."

"나도 이따금 전화가 걸려 오면 깜짝깜짝 놀란다니까. 형님도 그렇지 않소?"

조설훈 역시 이 터부시되는 주제가 의미하는 바가 무엇인지는 잘 알고 있었다.

조설훈이 무표정한 얼굴로 입을 뗐다.

"즉, 박상대와의 유착은 모두 아버지 선에서 이뤄진 일로 만들자는 거냐?"

조지훈이 고개를 끄덕였다.

"……도리가 아닌 건 알지만 나는 어디까지나 피해를 최소화하잔 의미요. 어찌 되었건 산 사람은 계속 살아야 하지 않겠소."

"……."

"박길태 건도 물려 있는 상황이라 경찰도 우리 회사를 주목하고 있는 중이우. 박상대 놈은 둘째 치고, 결국 조사가 들어오는 것만큼은 피할 수 없으니 그에 따른 '실용적'인 방법을 모색해야 한단 게 내 생각이오."

조설훈은 숨을 길게 뱉었다.

조지훈의 말도 일리는 있었다.

그나마 발뺌을 하려면 아직 조성광의 숨이 붙어 있을 때 해 두는 것이 타당하다.

조성광의 명성에 누가 되는 일이 될 테니, 이것도 불효라면 불효겠지만.

"내 생각이지만…… 아버지도 우리가 그러길 바라실 거

요, 형님."

조지훈의 말에 조설훈은 결심을 마쳤다.

"그러면 네 생각에 이 일은 어떻게 했으면 좋겠냐?"

조설훈이 어느 정도 납득한 눈치이자 조지훈은 어조를 바꿔 말을 받았다.

"마침 세화 밑으로 사업체를 만들기로 하지 않았소?"

조세화.

그 어린 것을 떠올릴 때면 조설훈은 저도 모르게 속이 거북해졌다.

"……그래서?"

"별거 아니오. 그쪽에다가 박상대와 연루된 형님 명의의 사업체 몇 개를 옮기는 거요."

조지훈의 말에서 조설훈은 잠시 곰곰이 생각하다가 입을 뗐다.

"이를테면 마치 처음부터 그런 것이 존재했다는 듯 말이냐?"

조지훈이 씩 웃으며 고개를 끄덕였다.

"뭐, 그야 몇 가지 조작은 필요하겠지만 장부에 조금 손을 보는 것쯤이야 어려운 일도 아니지 않소?"

"……."

"아, 물론 내가 할 수 있단 건 아니고, 형님 밑에 먹물 좀 먹은 놈들한텐 그럴 거란 의미요."

하긴.

아직은 회계 및 장부 조작에 관한 단속이 느슨하던 시기였다.

조설훈도 그걸로 재미를 좀 보았단 기억이 있기에, 알아들었단 양 고개를 끄덕였다.

"가능하겠군."

조지훈도 고개를 끄덕였다.

"예. 게다가 어차피, 잠시 줬던 건 나중에 유산상속 뒤에 재조정하면 될 일이오."

"……흠."

유산상속 이야기가 나오니, 조설훈 안에선 묘하게 덜커덕하고 걸리는 것이 있었다.

'유산상속이라…….'

조설훈이 그 위화감의 정체를 깨닫기도 전에 조지훈이 말을 이었다.

"마침 구봉팔이 관리하는 정화물산 같은 것도 따지고 보면 우리 손을 벗어나 아버지가 직접 손보던 것에 가까우니까, 찾아보면 그런 것들이 제법 많이 있을 거요. 뭐, 아버지도 갑작스레 쓰러지셨으니 그걸 정리할 경황이 없었단 게 지금 우리에겐 그나마 다행이오."

조지훈의 말은 일리가 있었다.

박상대가 서울시장 비서직에 앉아 행정을 주무르던 시절

엔 조성광이 직접 일을 처리해 왔다.

'……적당한 선에서 꼬리를 떼어 내잔 거군.'

뒤이어 향후 대책을 생각하던 조설훈은 입가에 슬쩍 미소를 지었다.

해 볼 만하다.

거기까지 결론이 나자, 조설훈은 동생에게 공치사를 하지 않을 수가 없었다.

"너도 제법이구나."

"흐흐, 나도 나이가 들면 바뀌는 게 있지 않겠소?"

조지훈의 웃음을 뒤로하고 조설훈은 잠시 생각에 잠겼다.

결국 이 모든 정경 유착은 아버지 선에서 이루어진 일이라 덮어씌우고 발뺌하는 것이 되지만, 생각해 보면 딱히 틀린 이야기는 아니었다.

박상대와의 유착은 실제로도 조성광 대까지 거슬러 올라가야 했으니까.

좀 더 구체적으로는 박상대의 부친과 최씨 집안, 조성광으로 이어지는 길고 질긴 인연이었다.

다만.

'애당초 그런 놈이랑 엮이는 게 아니었어.'

조설훈 역시 얼마 전까지만 해도 선대부터 인연이 닿은 이것에 어떻게 하면 선을 엮어 볼까 생각했지만, 지금 와선 박상대의 역량은 차치하더라도 그 인간 됨됨이를 직접 두 눈으로 보고 택했어야 했다며 후회하고 있었다.

총선 당시 박상대의 후보직 사퇴도 (조금 껄끄럽긴 했지만)대수롭지 않게 여겼던 조설훈이었다.

하지만 결국 박상대의 그 욱하는 성질머리가 일을 그르치게 되었다.

애당초 일이 틀어지기 시작한 건 박상대가 정순애를 살해한 순간부터였다.

'생각해 보면 그때 손절을 했어야 했는데.'

「조 사장님, 저 좀 도와주십시오.」

늦은 밤이었다.

오랫동안 공을 들인 VIP의 호출에 조설훈은 짜증을 누르고 구태여 박상대의 집을 찾았다.

집 안은 난장판이었다.

박상대는 한쪽 팔을 움켜쥐고 있었는데, 바닥엔 피 묻은 식칼과 미동조차 않는 여자가 쓰러져 있었다.

「정당방위였습니다. 저년이 먼저 저를……..」

조설훈은 박상대가 횡설수설하는 걸 끊었다.

「제가 어떻게 해 드리면 되겠습니까?」

「그야, 시체를 없애야지요. 그런 건 그쪽이 전문 아닙니까?」

그 악의 없는 편견에 조설훈은 욱하는 걸 억눌러야 했다.

「시체를 처리하는 건 결코 쉬운 일이 아닙니다.」

「압니다.」

박상대는 아차 싶은 얼굴로 얼른 덧붙였다.

「하지만 조 사장님이라면 하실 수 있는 일 아닙니까. 내가 이런 술집 년 때문에 앞길이 막혀야겠습니까?」

술집 년……이라.

당시만 해도 조설훈은 귀찮은 일에 휘말리고 말았다고 생각하며 즉시 믿을 수 있을 만한 부하 몇 놈을 불렀다.

한편으론 이걸로 옴짝달싹 못 할 빚을 만들어 두면 박상대를 쥐락펴락할 수 있을 거란 계산도 있었다.

추가로, 그는 박상대의 팔에 난 상처를 보곤 알고 지내는 '의사'까지 불러 주었다.

「병원에는 가면 안 됩니다. 제가 개인적으로 알고 지내는 의사를 불러 두었으니, 간단한 봉합 정도는 그가 할 겁니다.」

「……예.」

먼저, 부하들이 왔다.

부하들은 눈앞에 널브러진 시체를 보며 움찔하긴 했지만, 조설훈 앞이어서 내색하지 못하고 커튼을 떼어 시체를 둘둘 말았다.

그걸 지켜보던 박상대가 참견했다.

「시체는 흔적이 남지 않게끔 아예 불에 태워 버리는 게 어떻습니까.」

영화를 너무 보았군.

시체를 흔적도 남지 않게 태우려면 드럼통에 넣고 휘발유를 부어 태우는 것만으로는 어림도 없다.

그 매캐한 연기와 역한 냄새는 둘째 치더라도, 그만한 화력이 나오질 않는다.

그러면서 조설훈은 옛날, 아버지(조성광) 시절에나 행하던 도시전설 비슷한 걸 떠올렸다.

「그쪽은 제가 알아서 하겠습니다. 그러면 혹시 달리 이 여자의 신원을 추측할 만한 물건은 없습니까?」

잠시 생각하던 박상대가 대답했다.

「없습니다.」

없는 게 아니었다.

정순애(지갑 속 신분증의 이름을 보고 알았다)의 손가락에 있었던 반지는 조설훈도 대수롭지 않게 생각했고, 박상대는 그걸 떠올릴 겨를도 없었다.

만일 박상대가 조금만 더 냉철한 인물이었다면 정순애가 애지중지하고 다니던 반지를 떠올렸겠지만, 그에게 정순애는 이미 자신의 앞길을 막으러 온 귀찮은 장애물, 그 이상도 이하도 아니었다.

「알겠습니다. 박 의원님은 아무 일도 없던 것처럼 해 주십시오. 이 여자가 의원님을 찾아온 걸 아는 사람이 있습니까?」

박상대가 냉소했다.

「식칼을 들고 찾아온 년이 남한테 그걸 말하겠습니까.」

하긴, 그것도 그렇군.

박상대가 말을 이었다.

「아, 이 여자가 어쩌면 애를 하나 데려왔을지도 모르는데…… 가능하면 그것도 찾아 주십시오.」

그 말을 조설훈은 스산한 어조로 받았다.

「애는 손대지 않소.」

조설훈의 내리깐 목소리에 박상대는 당황하는 기색으로 말했다.

「그냥, 그 행방만 수소문해 주시면 됩니다. 그리고 아마 한국에 친구가 있을 텐데…….」

박상대의 입을 통해 양춘자의 존재를 알게 된 조설훈은 결국 마지못해 응낙했다.

「그쪽은 감시를 붙여 두죠.」

모든 것이 일단락된 듯하자 박상대는 허리까지 숙여 가며 인사했다.

「감사합니다. 이 은혜는 잊지 않겠습니다.」

물론, 그 순간만큼은 진심이었을 것이다.

조설훈은 부하를 시켜 시체 일부를 훼손하고, 거기서 나온 조그만 부산물과 옷가지 등을 모조리 태웠다.

부하들은 처음 해 보는 일에 긴장한 기색이 역력했지만, 그 처리 과정엔 한때 도축 일을 했다는 부하 한 놈이 제법 도움이 되었다.

정성드뭇하다 못해 쥐새끼 하나 없는 고가대로에서 부하들은 정순애의 시체에 벽돌을 매달아 다리 아래 한강 물속으로 던졌다.

깊은 밤, 검은 물은 풍덩 하는 소리조차 없이 어둠은 정순애의 시체를 집어삼켰다.

길고 긴 밤이었다.

처리 과정엔 손가락 하나 까딱하지 않은 조설훈이었지만, 제법 오랜 시간 긴장으로 신경이 곤두서 있었는지 몸이 안 쑤시는 곳이 없었다.

이 일처리로 꼬박 밤새운 것에 더해 '끝났다'는 안도감이 조설훈을 내리눌렀다.

그는 승합차 좌석에 등을 기댄 채 꾸벅꾸벅 졸았다. 마찬가지로 긴장이 풀린 부하들은 조설훈이 잠든 걸 확인하자마자 시시덕거리며 떠들어 대는 것으로 방금 전까지 있었던 일을 소회했다.

그들은 정순애의 지갑 속에 들어 있던 몇 푼 안 되는 돈을 어떻게 나눌 것인지를 떠들었다.

그 정도는 조설훈도 사기진작 차원에서 눈 감아 줄 수 있는 요소였고, 조설훈은 오가는 이야기를 잠결에 흘려보냈다.

마침내 그들은 이번 일의 가장 큰 부수입인 반지 이야기를 꺼내기 시작했다.

「근데 이거, 장물아비한테 팔면 얼마쯤 나올 거 같냐?」

「어디 좀 봅시다……. 어라, 이거 진짜 다이아 아닙니까?」

「가짜면 똥값인데.」

「설마 가짜겠습니까. 엥.」

불빛에 반지를 비춰 보던 부하 한 놈이 어조를 바꿨다.

「자세히 보니 이거, 제값 받고 팔기 힘들겠는데요. 보니까 안쪽에 뭔가 새겼습니다. S? S랑 꼬부랑 J……. 상표인가? 상표라도 좀…….」

그 순간 조설훈은 잠에서 확 하고 깼다.

「내놔.」

부하는 식겁하면서 조설훈에게 반지를 갖다 바쳤다.

조설훈은 등을 켜고 반지를 자세히 살폈다.

안쪽에는 S&J라는 글자가 음각으로 파여 있었다.

특별 주문품. 심지어 다이아는 진품이었다.

이런 게 장물 시장에 돌아다녔다간, 재수 없으면 오늘 일이 수면 위로 올라오게 된다.

차는 이미 다리를 지난 지 오래였다.

「차 돌려.」

「예?」

「차 돌리라고 이 새끼야.」

부하는 즉시 차를 돌려 그들이 있었던 고가대로로 돌아갔다.

지금 생각해 보면 반지를 처리할 다른 방법도 있었겠지만, 그때는 조설훈도 피로에 절어 있었다.

결국, 조설훈은 강물을 향해 반지를 던져 버렸다.

검고 깊은 어둠은 방금 전 집어삼킨 그 시체와 마찬가지로, 반지마저 소화해 냈다.

'하마터면 마지막 순간에 일을 그르칠 뻔했군.'

당시만 해도, 조설훈은 강물 속에 반지를 던져 버린 해프닝을 그 정도밖에 안 되는 일로 치부했을 뿐이었다.

시체가 떠오르고, 반지를 삼킨 물고기가 발견되리란 건 맹세코 계산 밖의 일이었다.

비서가 인터폰을 울려 조설훈의 상념을 깨웠다.

-사장님, 박상대 씨가 찾아왔습니다.

그 소리에 조지훈이 이죽거렸다.

"놈도 양반은 못 되겠군."

그러잖아도 박상대의 사전 약속 없는 방문 정도는 예상 범주 내의 일이었다.

조설훈은 인터넷 창을 닫으며 고개를 끄덕였다.

"들어오시라 해."

말이 떨어지기 무섭게, 박상대가 왈칵 문을 열고 조설훈이 있는 사장실로 성큼성큼 다가왔다.

얼굴빛이 붉으락푸르락하는 걸 보니, 그는 기사를 보자마자 달려온 모양이었다.

비서가 얌전히 문을 닫자마자, 박상대가 목소리를 높였다.

"이게 대체 어떻게 된 일입니까! 조 사장님, 어제만 해도 분명 이 일은 본인에게 맡겨 두라고 말씀하시지 않았습니까! 정말이지 맡기면 뭐 하나 제대로 하는 게 없군요!"

쾅! 하고 자신의 책상을 내리치는 박상대.

"……."

조설훈은 그런 박상대를 물끄러미 쳐다보다가 고개를 까딱였다.

"이 천지분간도 못하는 새끼가 못 하는 말이 없군."

처음으로 마주한 조설훈의 본격적인 적의에 박상대는 움찔하며 헛숨을 들이켰다.

그제야 박상대는 지금껏 자신이 부리고 있다고 생각한 이들이 누구인지, 자각했다.

번듯한 가면을 쓰고 있어도 결국, 저들의 본질은 깡패인 것이다.

박상대는 당장이라도 방금 전의 막말이 조설훈의 재미없는 농담이었다고 말해 주길 바랐다.

그리고 기대한 대로 조설훈은 박상대를 보면서 입가에 미소를 내걸었다.

"진정하시오. 박상대 씨가 들어오자마자 인사도 없이 그런 식으로 나오면 나도 깜짝 놀라지 않나. 응?"

하나, 그 웃음이 조설훈을 향한 박상대의 불안과 공포를 지울 수 있을 리는 만무했다.

이는 상대가 무엇을 할지 예상 가능하단 것에서 오는 공포감이었다.

조지훈이 골프공을 던졌다가 받으며 조설훈의 말을 거들고 나섰다.

"암, 문화 시민이라면 응당 교양을 지켜야지."

그러고 보면, 여긴 적지였다.

조설훈 하나만으로도 벅찬데, 깨닫고 보니 여기엔 조지훈까지 떡하니 버티고 앉아 이죽거리며 자신을 쳐다보고 있었다.

조설훈은 서랍을 뒤적여 구봉팔이 김기환을 협박하며 찍어 둔 사진 몇 장을 책상 위로 뿌렸다.

"내 딴엔 최선을 다한다고 했는데, 아무래도 김기환이는 우리 생각보다 기자 정신이 투철한 양반이었던 모양이군."

"……."

사진으로 남은 노골적인 폭력의 흔적에 박상대는 아무런 말도 할 수 없었다.

그 폭력이 조금만 방향을 틀어도 자신에게 향할 수 있다는 걸, 박상대는 직감한 것이다.

조설훈이 말을 이었다.

"뭐, 상황은 이렇게 되고 말았지만은 내가 보기엔 박 의원이 그렇게까지 신경 쓸 건 없어 보이오. 냉정하게 생각해 보면 사내가 젊을 적에 누굴 만났다는 것이 흠결이 되진 않는다고 보는데?"

"……."

박상대는 목구멍 밖으로 지금 누굴 놀리는 건가, 하고 따져 묻고 싶었지만, 목소리가 나오지 않았다.

"물론 박 의원의 장인어른껜 다소 폐가 되겠지만, 그렇게 사고가 굳은 분은 아니실 테니까."

모르는 소리.

지금 최갑철은 박상대의 '사생아'를 마지못해 덮어 주고 있을 뿐이었다.

만약 그 불똥이 자신에게도 튄다면, 최갑철은 주저하지 않고 박상대를 버릴 만한 자였다.

이미 다소간은 최갑철의 눈 밖에 난 상황이었고, 조설훈이 오기 직전엔 최갑철에게 '엄중한 경고'를 들은 터였다.

그리고 그 마지막 기회는 오늘 기사가 올라오는 순간 판단을 재고할 만한 요소로 변질되고 말았다.

"……그윽."

다시 한번 무어라 욱해서 받아치려던 박상대는 방금 전의 서슬 퍼런 살기를 떠올렸는지 입을 다물었다.

마치 20대 철부지를 다루는 것 같다고 생각하면서 조설훈은 담담히 말을 이었다.

"물론 나도 최 의원이 어떤 분인지는 잘 모르오. 내가 그분에 관해 아는 건 어디까지나 TV며 신문에서 본 모습뿐이니까. 아니면, 혹여 최 의원이 그대를 저버리기라도 할 분이신가?"

박상대는 더 이상 조설훈의 말장난에 어울려 주고 싶은 생각이 없었다.

"……하나만 물어보겠습니다."

"말씀하시오."

"경찰은 어디까지 알고 있습니까?"

세상이 바뀌어 예전처럼 증거를 조작하거나 하는 일은 할 수 없었지만, 조광으로부터 뒷돈을 받아 챙기는 내부 소식통 정도는 있었고.

박상대도 조설훈이 경찰에 심어 둔 밀고자가 한둘쯤 있다는 건 알고 있었다.

조설훈은 의자에 등을 기댄 채 다리를 꼬았다.

"그쪽 관련해선 좋은 소식과 나쁜 소식이 있는데, 뭐부터 듣겠소?"

"……."

"나쁜 소식부터 전하지. 경찰이 양춘자를 확보했소."

그 말에 박상대는 움찔했다.

"……좋은 소식은 뭡니까."

조설훈이 씩 웃었다.

"경찰 측이 그대의 아들을 찾아냈소. 이제 감동의 부자 상봉을 할 수 있겠군. 축하하오."

좋은 소식은커녕, 나쁜 소식뿐이었다.

박상대는 이제야 조설훈이 자신과 손을 끊을 예정이라는 걸 눈치챘다.

그걸 깨닫자마자 박상대는 조설훈의 책상에 놓인 재떨이를 집어 들었다.

"이 개……."

그 순간.

퍽!

조지훈이 골프공을 던져 박상대의 고간에 맞혔다.

"커헉!"

박상대는 사타구니를 움켜쥔 채 바닥에 무릎을 꿇었다.

"어이쿠, 조준이 빗나갔네."

떼구르르, 새하얀 골프공이 바닥을 굴렀고, 조설훈은 자리에서 일어나 성큼성큼 박상대 앞으로 걸어가더니, 그 머리채를 쥐고 머리를 확 들어 올렸다.

박상대의 얼굴은 고통과 분노, 혼란, 공포가 뒤섞여 눈동자가 흔들리고 있었다.

"이봐, 박상대."

조설훈의 어조가 급변했다.

"누울 자리를 봐 가며 드러누워야지, 오냐오냐했더니 누굴 상대로 지랄이냐, 응?"

"⋯⋯."

조설훈은 박상대의 머리채를 놓고 골프공을 주워 들었다.

"남 탓하려는 생각은 하지 마. 애당초 네놈이 X을 잘못 놀려 생긴 일이지 않나? 뭐, 그것도 이젠 잘못하면 못 쓰게 됐을지도 모르지만."

조설훈의 말에 조지훈이 킬킬 웃었다.

"그래도 불알 한 개 정도는 멀쩡할 거요."

조설훈은 피식 웃고는 바닥에 떨어진 재떨이를 챙겨 사장실에 비치된 응접용 소파에 앉았다.

"엄살 부리지 말고 앉아. 아무렴 칼에 맞는 것보다 아플까."

박상대는 기듯이 어기적거리며 소파 구석에 앉았고, 그 곁에 조지훈이 앉아 어깨동무를 했다.

"형씨, 몸에 근육이라곤 없구먼."

조지훈의 솥뚜껑만 한 손이 박상대의 어깨를 꽉 눌렀지만, 박상대는 그 무례한 행동에 한마디 말도 뱉을 수가 없었다.

조설훈은 재떨이를 앞에 둔 채 담배를 입에 물고 히죽 웃었다.

"책상 앞에만 앉아 있던 양반인데, 뭘 알겠냐."

칙, 조설훈이 담배에 불을 붙여 한 모금 빤 뒤, 박상대에게 불붙은 담배를 내밀었다.

"자, 받아."

박상대는 마지못해 두 손으로 담배를 받아 입에 물고, 스읍, 한 모금을 빨았다.

조설훈이 그런 박상대를 물끄러미 보았다.

"이제 좀 진정이 되냐?"

"……."

박상대는 (먼저 선공을 날리려고 한 주제에) 법치국가에서 일어나는 이 비문명적이고 폭력적인 상황이 이해가 되지 않았다.

조설훈은 제 몫의 담배를 입에 물었다.

"상대야."

이제는 아예 이름만 부르며 하대하고 있었다.

"앞으로 어떻게 될 거 같냐?"

"……."

"미래지향적으로 생각해 보자고. 아직 앞길이 창창하잖아. 자식새끼 얼굴을 봐서라도 제대로 정신 차려야지. 안 그러냐?"

그나마 남아 있던 '합법적 사업체의 수장'이라는 가면을 벗어던진 조설훈은 히죽 웃었다.

역시, 뭐라고 하든 그 역시도 본질은 깡패였다.

"내 생각에 좀 있으면 경찰이 그대를 찾을 거 같은데……어때, 거기 가면 내가 이 손으로 사람을 죽였소, 하고 말할 테냐?"

외통수였다.

한편이라고 생각했던 조설훈은 박상대가 끈 떨어진 연이 되었다고 판단하는 순간 지체 없이 손을 놓아 버렸다.

박상대는 마지막으로 남은 알량한 자존심을 내세웠다.

"하면, 당신도 무사하지 않을 거요."

"……새끼가."

조설훈이 빙그레 웃으며 그제야 입에 문 담배에 불을 붙였다.

그는 담배를 맛있게 한 모금 태운 뒤, 후우 연기를 뿜었다.

"상대야, 나도 네가 싫지는 않다. 그 욱하는 성질머리만 어찌 하면 꽤 높은 자리까지 올라갈 수 있었을 거야. 그동안 해 온 걸 보면 능력은 있거든."

"……."

"하지만 상황이 이렇게 될 줄이야, 누가 알았겠냐. 결국엔 그게 네 발목을 붙잡았어. 너는 2인자에 어울리는 놈이지, 전면에 나서서 뭘 할 수 있는 놈이 아니야."

깡패 새끼 주제에 되지 않는 훈계질이라니.

그럼에도 박상대는 부글부글 끓는 속을 억눌러야만 했다.

"이제 와서 무슨 소립니까?"

"일이 이 지경까지 왔으니 하는 소리지. 예전 같으면 이렇게 겸상이라도 할 수 있었겠냐?"

"……."

"정치인은 하늘이 내린다고 하더라. 지금 경찰이 혐의를 잡고 있는 것들, 몇 가지만 어그러졌어도 사태가 이 지경까지 흐르진 않았겠지."

"……."

"보아하니 지금은 때가 아니었던 거 같고."

박상대의 손에 들린 담배에서 길게 뻗은 재가 바닥에 툭 떨어졌다.

"그래, 성질머리는 둘째 치더라도 너도 상황만 아니었다면 이럭저럭 높은 자리까지 올라갔겠지."

조설훈은 그 모습을 보며 재떨이를 슥 밀어 탁자 한가운데에 놓았다.

"나도 의리는 있으니 너를 완전히 버리진 않겠다."

의리?

진짜로 의리가 있다면 이런 식으로 나오면 안 되지.

박상대는 목구멍 바깥까지 나오려는 말을 담배 연기로 억눌렀다.

조설훈이 재떨이에 담뱃재를 톡 하고 털었다.

"일단 경찰 소환에는 응하지 마라."

"……그랬다가 영장이 날아오면?"

"네 장인이 그거 하나 못 막을까. 그러니 당분간은 몸이나 사리고 있어."

조설훈이 신호를 보내자, 조지훈은 자리에서 일어서더니 서류 가방을 꺼내 탁자 위에 내려놓았다.

"……이건 뭡니까?"

"열어 봐."

박상대는 담배를 끈 뒤 시키는 대로 했다.

가방 안에는 두툼한 만 원짜리 지폐가 가득 들어차 있었다.

"……웬."

"입 다물고 있으란 뜻이다."

조설훈이 담배를 재떨이에 비벼 껐다.

"비행기는 어렵지만 배 한 척 정도는 챙겨 줄 수 있으니 아무도 모르는 곳으로 가서 숨어 있어."

그 말에 박상대의 얼굴은 뒤통수를 맞은 듯 멍했다.

"지, 지금 뭐……."

"왜, 이 지경까지 와서 아직 미련이 남은 거냐?"

조설훈의 무표정한 얼굴을 보며 박상대는 으득, 이를 갈았다.

"……."

하지만, 지금은 그나마 그가 마련해 준 도피처가 유일한 동아줄이라는 것은 부정할 수 없었다.

그마저도 저버리면 그야말로 감옥행.

운이 좋다면 아주 오래 살지는 않겠지만, 그 앞에 사회적 죽음이 기다리고 있을 거란 건 분명했다.

박상대가 지금껏 이룩해 온 것, 그 아버지로부터 물려받은 무형의 자산, 모든 것이 물거품이 되고 말 것이다.

고민은 길지 않았다.

박상대는 가방을 닫고 무릎 위에 올려놓았다.

이걸로 평생을 조용히 유복하게 지낼 수는 없겠지만, 그가 여기저기 뿌려 둔 돈을 회수하면 얼추, 가능할지 모른단 계산이 섰다.

"……."

해외로 출국하는 즉시 공소시효는 정지될 것이고, 결국엔 평생을 경찰에 쫓기게 되리라.

그렇다고 공소시효가 만료될 때까지 국내에 잠적해 있을 만한 자신은 없었다.

물론 공소시효를 무사히 넘긴다 하더라도 '정치인 박상대' 는 존재하지 않게 되겠지만.

그런 박상대를 보며 조설훈은 고개를 흡족해하며 고개를 끄덕였다.

"배가 준비되면 연락하지. 그럼 가 봐."

가방을 챙겨 일어선 박상대는 인사도 없이 사장실을 나갔다.

쾅.

문이 닫히자마자 조지훈이 히죽 웃었다.

"살아 있네. 형님, 실력이 녹슬지 않은 거 같아서 다행이우."

조설훈은 픽 웃었다.

"왜, 걱정했냐?"

"흐흐, 그 동안 양복 쫙 빼입고 사장님 소리 들어 가면서 지냈으니까. 그래도 이만하면 안심이우."

조지훈이 실실 웃으며 찬장에서 잔 두 개를 꺼내 책상 위에 놓았다.

조지훈은 품에서 예의 힙 플라스크를 꺼내 두 잔에 술을 따랐다.

"그러면 형님 생각에, 박상대 놈이 형님 말을 따를 거라고 보는 거요?"

"음."

조설훈은 조지훈이 따른 술잔을 들고 고개를 끄덕였다.

"박상대 같은 부류는 제 보신이 우선이거든. 경찰서에 가더라도 여기저기 뿌려 둔 돈을 회수하기 전까진 조용히 있을 거야."

"하긴."

두 형제는 잔을 가볍게 부딪치곤 술잔을 비웠다.

"근데 형님, 궁금한 게 있소."

"뭐냐."

"왜 다들 그런 놈을 챙기지 못해 안달인 걸까요? 내가 그 놈 장인이면 진즉에 내쳐 버렸을 거 같은데."

그 말에 조설훈이 피식 웃었다.

"왜긴, 일단 잘생겼거든."

"응?"

조지훈은 순간, 조설훈이 뭘 잘못 먹었나, 하고 생각했다.

하지만 조설훈은 퍽 냉정한 어투로 말을 이었다.

"얼굴이 번듯하면 뭔 개소릴 해도 믿기 마련이지. 그런 부류는 가진 바 능력이며 역량도 본래 실력 이상의 고평가를 받는 법이고."

나 참.

조지훈은 조설훈의 말에 어처구니없다는 듯 웃었다.

"뭐, 얼굴 하나로 먹고사는 놈들도 있으니 완전히 틀린 이야긴 아니네. 게다가 그 말을 들으니까 갑자기 생각나는 놈이 하나 있소."

"누구?"

조지훈이 술을 따르며 대답했다.

"이성진."

"……."

"그 왜, 병원에서. 돌이켜 보면 결과적으로 그놈이 하는 말에 우리 모두 껌뻑 넘어가지 않았소? 뭐, 날고 기어 봐야 꼬맹이가 하는 말이니 귀엽게 넘기고 말았지만⋯⋯."

조지훈이 술잔을 빙글빙글 돌렸다.

"형님 말을 듣고 보니까, 그냥 아무것도 아닌, 평범하게 생긴 꼬맹이 입에서 그런 말이 나왔으면 우리가 순순히 응했을까, 하고 잠깐 생각이 났지 뭐요."

조지훈의 말에 조설훈은 웃었다.

"그럴 리가. 오히려 그 꼬맹이의 배경이 한몫했다면 모를까."

"뭐어, 최소한 세화는 그런 것 같단 이야기요."

그 말에 조설훈은 쓴웃음을 지었다.

"사춘기니까, 어쩔 수 없지."

"흐흐⋯⋯. 아, 형님. 이 기회에 둘이 엮어 주는 건 어떻소? 모르긴 몰라도 세화도 그놈이 싫은 눈치는 아니고, 우리도 삼광이 뒤를 받쳐 준다면⋯⋯."

조설훈이 인상을 찌푸렸다.

"그건 못 들은 걸로 해 두마."

"⋯⋯쩝. 알겠수."

말은 그렇게 했지만, 조설훈은 잔을 비우며 생각했다.

이성진의 장인이 되는 미래를 그린 것은 아니었고, 조지훈의 말이 계기가 되어 생각해 보니 결국엔 피차가 그 꼬맹이

의 작당에 휘말리고 만 건 아닌가, 하는 스스로를 향한 의심
이었다.

'……뭐, 결과적으론 내게 득이 되는 이야기여서 받아들이
긴 했지만.'

묘하게, 이 좋은 술의 뒷맛이 썼다.

이 쓸쓸함은 분명, 이성진 같은 꼬맹이 때문이 아니라, 이
뒤로도 갈 길이 멀다는 생각 때문이리라.

분명, 그럴 것이다.

5장

김보성 검사가 왜 나를 찾아왔는지, 짐작이 가질 않는 바
는 아니었다.

'설마하니 내 딸을 부탁하네, 하고 말하려 온 건 아닐 테
고.'

김보성의 차를 타고 이동한 우리는 해림식품과 S&S의 합
자회사인 '파리 파네'의 팝업 스토어에 자리를 잡았다.

그사이 해림식품의 냉동 생지 공장은 완공을 마치고 본격
적인 제품 생산에 들어가기 직전이었는데, 전생에 비해서도
그 시기가 빨라 나조차 성공 범위를 예측하기 어려웠다.

공장 생산품이 불필요한 재고가 남거나 과잉생산으로 폐
기를 만들지 않으려면 생산 품목의 발주 물량 등을 알아볼

필요가 있었다.

그래서 일단은 팝업 스토어의 형태로 시장 흐름을 분석해 경영상의 리스크를 줄이기로 했다.

'겸사겸사 파리 파네라고 하는 신생 브랜드를 알리는 역할도 겸해서.'

그런데 팝업 스토어를 내 보잔 내 이야기를 들은 관계자들은 어리둥절해하는 반응을 보였다.

'그야 이 시대엔 팝업 스토어란 개념이 다소 생소하리란 건 예상하고 있었지만…… 설마, 이번 생에선 내가 세계 최초인가?'

에이, 설마.

어쨌건, 이제 오픈한 지 2주일이 채 지나지 않은 '파리 파네' 팝업 스토어는 반응이 제법 고무적이었다.

프랜차이즈이면서도 (냉동 생지이긴 하지만)현장에서 갓 구운 빵을 제공한다는 이점은 이 시대에도 잘 먹혀들어서, 빵은 내놓자마자 불티나게 팔려 나갔다.

지금은 팝업 스토어여서 직영으로 운영하고 있었지만 팝업 스토어처럼 협소한 공간에서도 빵을 구워 내고, 그렇게 제작한 빵 맛도 크게 떨어지지 않다 보니 이는 예비 창업주들에게도 귀가 솔깃한 모양이었다.

그래서 현재 '파리 파네'는 각 예비 사장들의 창업 문의가 끊이질 않고 있었다.

더욱이 해림식품과 신화식품의 자산인 촘촘한 유통망은 신선도가 생명이랄 수 있는 생크림 제품을 제때에 납품할 수 있었고, 가볍고 산뜻한 생크림은 시대의 주류였던 무겁고 느끼한 버터크림을 대체하는 요소로 각광을 받았다.

그러면서 여론은 버터크림보다 건강에도 좋다, 고 떠들어대고 있지만.

'생크림이나 버터크림이나 포화지방에 설탕 덩어리니 다이어트의 적인 건 매한가지인데 뭘.'

아직은 영양학과 건강에 대한 관점이 구체화되지 않은 시기였다.

그 예로 아직 '웰빙'이라는 말이 정착하지 않은 시대여서 그런지, 내가 제안한 샐러드는 재고가 남아 폐기되기 일쑤였다.

'샐러드는 출하량을 줄여야겠어. 조만간 기회를 봐서 웰빙 열풍에 편승하더라도, 아직은 때가 아닌가 보군.'

그때는 그때대로 제법 쏠쏠할지 모르겠지만, 본격적인 설비를 갖추기 전에 팝업 스토어로 시장 수요를 미리 알아보고 손해를 최소화할 수 있었다는 것도 팝업 스토어의 강점이라면 강점이었다.

이상은 시내 중심가의 이야기였고.

김보성과 우리가 찾은 팝업 스토어 지점은 제법 붐비긴 해도 다른 곳처럼 인산인해를 이루지는 않았다.

그런 의미에서 우리가 앉을 자리가 났다는 건 제법 다행이었다.

"고마워요, 아빠. 저, 여기 와 보고 싶었거든요."

애당초 우리가 파리 파네를 찾은 건 김수연의 요망이었다.

"아, 선배도요."

개인적으로는 집이나 회사로 돌아가 김기환이 쓴 기사의 파급력을 확인하고 싶었지만, 겸사겸사 현장을 봐 두는 것도 나쁘지 않단 생각이어서 나는 미소로 그 말을 받았다.

"아니야, 나도 한 번쯤 와 봐야지 하는 생각을 하고 있었거든."

피차 점심 식사는 이미 마쳤고, 저녁을 먹기엔 한참 이른 시간이었다.

그렇다고 초등학생을 데리고 로스트 빈을 방문하는 것도 조금 애매하다고 느끼고 있던 중이었는데, 마침 잘됐단 생각이었다.

'김보성도 잠깐 얼굴이나 보러 왔다는 구차한 변명거리에 더할 구실로는 더할 나위 없어 보이고.'

그런 것으로 보아, 김보성은 본디 나와 단둘이서만 있길 바랐던 모양이지만, 딸이 내 스토커일 줄은 몰랐던 김보성도 상황이 꼬여 당황한 기색이 역력했다.

김수연과는 주차장에서 '우연히' 만났다던가 뭐라던가.

'차라리 잘됐군. 직접적인 추궁을 받느니 유하고 간접적인

질의를 받으면 혹시 모를 상황에서 빠져나갈 구멍도 생길 테니까.'

김수연이 내 말에 고개를 갸웃했다.

"그래요? 선배가 빵을 좋아한다는 이야기는 들어 본 적이 없는데…….'

그건 어떻게 아는 거냐.

"그야, 선배는 미역 파동 때에도 좀처럼 매점 이용을 하지 않았으니까요."

"논리적으론 말이 안 되는걸. A를 한다고 해서 B를 싫어한단 건 아니잖아?"

"그래도, 제 말이 맞죠?"

"……그건 그렇지만."

김수연이 방글방글 웃었다.

"그럼 파리 파네를 한 번쯤 방문해야겠단 생각은 사업가로서, 인가요?"

"그런 셈이지."

김수연은 아차 하더니 김보성을 보았다.

"실은 성진 선배는 사업도 하고 있거든요."

"음, 그건 나도 들었다."

김보성도 어디서 들었는지, 내가 방과 후 무슨 일을 하는지 정도는 그도 이미 알고 있는 듯했다.

'뭐 그 정도는 딱히 비밀도 아니고.'

김수연이 다시 나를 보았다.

"그래서, 선배 생각엔 어때요?"

나는 다시 한번 가게 상태를 슥 둘러보곤 고개를 끄덕였다.

"뭐, 괜찮은 거 같네."

"어머, 그러면 나중에 빵집도 생각하고 계신 거예요?"

나는 고개를 저었다.

"아니. 이미 하고 있어. 여긴 우리 합자회사에서 운영하고 있는 브랜드거든."

김수연은 놀랐는지 눈을 동그랗게 떴다.

"파리 파네가요? 여기 선배 거였어요?"

"응. 정확히 말하자면 합자회사의 지분을 갖고 있는 거지만."

"아……."

김보성은 은근슬쩍 김수연의 눈치를 살피며 말을 꺼냈다.

"그러면 성진이 너는 S&S의 주주를 겸하고 있는 거냐?"

그도 파리 파네가 속한 모회사 정도는 알고 있는 건가.

나는 고개를 끄덕였다.

"아, 네. 그렇습니다."

"컴퓨터 관련 사업을 한다는 이야기는 들었는데, 생각보다 다방면에 두루 걸쳐 있는 모양이구나."

김수연이 끼어들었다.

"아빠, 게다가 선배네 회사는 연예계 기획사 일도 하고 있어요."

"그래?"

"네. 그 윤아름이나 SBY도 선배네 소속사거든요."

이번만큼은 김수연의 말에도 김보성은 연예계 쪽 지식은 영 젬병인지 '그런가' 하는 정도의 반응밖에 보이질 않았다.

"……다방면에 두루 활약하고 있구나. 어린 나이에도 대단한걸."

일단은 칭찬. 이렇게 사근사근하고 친절한 김보성은 처음 보는 거여서 낯설긴 했지만.

"그리고 아빠는 방금 전 선배의 회사 영업이익에 이바지하신 거네요."

"그렇게 되나?"

김보성은 이어서 무언가 말하려는 듯했으나 결국 하지 않았고, 대신 그는 테이블 위에 그득 쌓인 빵을 보며 쓴웃음을 지었다.

"그래도 수연이가 너무 많이 고른 거 같은데. 나중에 저녁 못 먹으면 어쩌려고 그러니?"

김수연은 대수롭지 않다는 듯 그 말을 받았다.

"에이, 저도 다는 못 먹죠. 남으면 아빠 회사에 싸 가시면 되지 않을까요? 요즘 바쁘시다면서요. 게다가 한 번씩 이런 간식을 사 들고 가면 다들 좋아할 거예요."

김수연은 그제야 쟁반에 담긴 소라빵을 한 입 크게 베어 물고는 함박웃음을 지었다.

"와, 맛있다. 아빠, 아빠도 드셔 보세요."

"그럴까……."

김보성은 썩 내키지 않는 얼굴로 마지못해 빵을 한 입 먹더니, 표정이 변했다.

"좋은걸. 나중에 몇 개 더 사 가야겠어."

김보성은 딸의 눈치를 살피며 그제야 본론에 근접한 화제를 꺼냈다.

"그러잖아도 요즘 사건 하나가 크게 터져서 다들 피곤해하고 있으니, 다들 좋아할 게다."

김보성은 은근슬쩍 암시를 던진 후, 마침 생각났다는 양 말을 이었다.

"아참, 그러고 보니 성진이 너, 정진건 형사님과 알고 지낸다지?"

정진건을 알고 있는 건가?

'……굳이 정진건의 이름을 언급했단 건, 한강 변사체나 충격, 어느 쪽인지는 몰라도 이번 수사 지휘에 김보성이 배정된 모양이군.'

뭐, 설마 벌써부터 광수대 같은 조직이 만들어졌을 리는 없겠지.

나는 짧은 생각 끝에 무난한 대답을 골랐다.

"네, 마침 정진건 형사님의 따님과 학급 친구거든요."

"음, 그렇다고 들었다."

나는 거기에 말을 보탰다.

"보통은 친구 아버님을 알게 되는 경우가 좀처럼 없지만, 재작년 서연이네 집에 컴퓨터를 봐 주러 갔다가 뵙게 되었어요."

김수연이 내 말을 거들고 나섰다.

"성진 선배는 컴퓨터도 잘하거든요. 아, 컴퓨터 프로그램 제작 회사 사장님이니까 당연한 건가."

그렇게 따지면 나는 커피집 사장이면서 커피를 못 마신다만.

이번엔 김보성이 있으니 굳이 따지지 않기로 했다.

김보성이 말을 이었다.

"그래도 보아하니 이후로도 쭉 연락을 하는 사이인 모양이던데."

"아, 그게 말이죠."

나는 일부러 보란 듯 잠시 망설였다.

"검사님 앞에서 말씀드리긴 조금 조심스러운데……."

"괜찮다. 나는 지금 검사 이전에 수연이 아빠니까."

퍽이나.

하지만 나는 고개를 끄덕일 수밖에 없었다.

'실은 이미 알고 있을지도 모르고.'

나는 그에게 조인영과 정진건과의 관계, 그리고 약간의 편법을 써서 그 조인영을 SJ컴퍼니에서 채용했다는 내용을 간략히 이야기했다.

내 이야기를 들은 김보성은 고개를 끄덕였다.

"그래서 요한의 집과 인연이 닿은 거구나."

그 정도 편법은 김보성도 크게 신경 쓰지 않는 눈치였다.

그때 김수연이 입가에 크림을 묻힌 채 고개를 갸웃했다.

"요한의 집?"

"사설 보육원이란다."

"아."

나는 다시 입을 뗐다.

"네. 처음엔 조인영 씨를 통해 간접적으로 맺은 인연이었지만, 작년 연말 이후 회사 차원에서 본격적으로 후원을 하게 되었어요. 우선은 〈한밤의 연예TV〉라는 프로그램을 통해서……."

이후, 나는 내가 요한의 집과 인연을 맺게 된 계기며 그곳으로 쏟아진 막대한 개인 후원, SJ컴퍼니 명의의 기부를 언급했다.

이야기를 듣는 동안 김수연은 감탄한 듯 눈을 반짝이며 나를 보았고, 김보성은 진지한 얼굴로 고개를 끄덕여갔다.

"……그리고 정진건 형사님의 부탁으로 저는 강선이를 요한의 집에 임시 입원시켰습니다."

"즉, 정진건 형사님이 요한의 집에 그 아이를 맡긴 건 우연이 아니었던 게로구나."

나는 고개를 끄덕였다.

"네, 정진건 형사님도 어떻게 보면 요한의 집과 관계가 있
는 분이셨고요."

그러면서 나는 김보성에게 이번 일은 오롯한 내 공로뿐만
은 아님을 인지시켰다.

김수연이 입을 뗐다.

"성진 선배, 좋은 일도 많이 하시네요? 선배가 고아원에
후원을 하고 계신 줄은 전혀 몰랐어요."

"어쩌다 보니 인연이 닿아서 그런 것뿐이야."

"에이, 부끄러워하시긴."

김보성은 키득거리며 웃는 자신의 딸을 한 번 쳐다본 뒤,
다시 고개를 돌렸다.

"비단 요한의 집뿐만 아니라 다른 일에도 도움을 준 모양
이던데?"

거기까지 알고 있는 건가.

나는 김보성이 내가 반지의 행방을 찾는 일에 이바지했음
을 묻는다는 걸 눈치채고 미소를 지었다.

"혹시 반지 말씀이신가요?"

먼저 선공을 가하자 김보성은 잠깐 움찔했다가 빙긋 웃었
다.

"그래. 강하윤 형사님이 발견한 반지 주인을 찾는 일에 네

가 도움을 주었다고 들었다."

거기서 김보성은 내가 언론에 보도되지 않은 '한강 변사체 사건'을 알고 있단 걸 눈치채고 있으리라.

일찍이 강하윤은 뉴월드백화점에서 반지가 '어떤 사건'과 관련이 있다는 걸 나와 서명훈 앞에서 언급한 적 있었으니까.

우리 이야기에 김수연은 어리둥절해하는 얼굴을 했다.

"반지요?"

그리고 그걸 차마 직접적으로 언급할 수 없는 건 김수연 덕분이기도 했다.

김보성은 반지 건을 통해 내가 어느 정도 선까지 개입해 있는지, 그리고 기밀이 걸린 이번 일을 어디까지 알고 있는지를 파악해 보려는 심산일 것이다.

'효과적으로 거짓말을 하려거든 일부의 피상적인 진실이 섞여들어야 하는 법이지.'

김수연의 적절한 개입에 나는 속내를 내색하지 않으며 슬쩍 미소를 거둬들였고.

그러면서 의도적으로 김수연을 힐끗 쳐다보았더니, 김수연은 입을 삐죽 내밀었다.

"무슨 이야기예요? 또 나 혼자만 모르는 이야기인가."

원래라면 그 특유의 카리스마를 발휘해 나를 압박해 왔을 김보성도 '제3자(그것도 자신의 딸이자 어린아이)' 앞에서 그걸 직접적으로 언급할 수는 없었는지, 그걸 자각하고선 조금 당황한 기색이었다.

"아, 응. 뭐, 그런 게 있단다."

"뭔데요? 설마, 선배에게 나쁜 일?"

"음……."

나는 다시 한번 선수를 쳤다.

"그건 아니고……."

그러면서 김보성을 슬쩍 쳐다보니, 그가 묵묵히 고개를 끄덕였다.

'살인 사건이 일어났단 건 제외하고 이야기를 해 보잔 거지?'

나는 말을 이었다.

"그러니까 얼마 전에…… 방금 검사님이 언급하신 강하윤 형사님께서 우연히 반지를 발견하셨거든. 그 주인을 찾는 일에 잠깐 도움을 준 적이 있어."

"……그 형사님은 여성분이신가요, 선배?"

"응."

"흐음, 흠, 그랬군요. 아, 죄송해요. 아빠. 저는 신경 쓰지 말고 계속하세요."

정작 김수연은 내가 어떻게 반지의 주인을 찾았는가보단, 누가 반지를 주웠는가에 초점을 맞추고 있는 모양이었지만.

'김수연이 신경 쓰지 말라고는 해도, 김보성도 신경이 안 쓰일 리는 없겠지.'

그는 김수연의 눈치를 살피며 입을 뗐다.

"……아무튼 덕분에 반지의 주인을 찾을 수는 있었다만, 어째 그 과정이 사설 매체에 실려 있더구나."

나는 나대로, 태연하게 그 말을 받았다.

"그게, 실은 처음부터 그렇게 하는 것으로 협의가 되어 있었거든요."

"협의가 되어 있었다?"

"저희 외삼촌…… 그러니까 뉴월드백화점 서명훈 전무님도 이번 일을 마케팅에 활용할 수 있으면 좋겠다고 생각하셔서 협의가 된 일이었어요."

의아해하는 김보성에게 나는 강하윤과 서명훈을 만났던 일을 간략하게 설명했다.

"그럼 그 일이 인터넷 신문에 실린 건……."

"아, 김기환 기자님 말씀인가요?"

나는 그가 캐묻기 전, 이번에도 먼저 선수를 쳤다.

"김기환 기자님은 채한열 아저씨의 소개로 알게 되었어요. 채한열 아저씨는 재작년 학생회장이었던 채선아 선배의 아버지 되시거든요."

그와 본격적으로 인연을 맺게 된 건 그저 지인의 아버지여서가 아닌, 삼풍백화점 붕괴 보도로 회사에서 눈 밖에 난 그를 챙기면서부터였지만.

'거기까지 언급할 필요는 없겠지.'

그러자 김보성은 채한열이라는 이름 석 자를 다소 낯설어 하면서도 그 이름이 기억 속에 어렴풋이 남아 있다는 듯 고개를 끄덕였다.

"그래, 그러고 보니 CBS 쪽에 관계자가 있다는 이야기는 들은 듯하구나."

김수연이 맞장구를 치고 나섰다.

"아, 채선아 선배님은 저도 알고 있어요. 그 선배님이 학생회장일 땐 저학년이었지만……."

거기까지 말한 김수연은 고개를 홱 돌려 나를 보았다.

"잠깐, 선배는 그 선배님과도 아직 연락하고 지내세요?"

"응, 그런데?"

"흐으으음, 그렇군요."

김수연이 무표정한 얼굴로 크림빵을 한 입 가득 베어 물었다.

나는 고개를 돌려 김보성을 보았다.

"아무튼 마침 김기환 기자님도 중우일보에서 퇴사를 하셨다고 해서, 대화 중에 서로 생각하고 있던 인터넷 신문을 해 보는 건 어떻겠냐는 이야기도 나왔고요."

겉으론 담담하게 고개를 끄덕이는 김보성이었지만, 은근히 내 말을 제법 깊이 새겨듣는 눈치였다.

김기환의 도깨비 신문, 그 배후의 투자자가 누구인가 하는 것쯤은 조금만 조사를 해 봐도 나올 일이었기에 이번에도 나는 먼저 선수를 쳤다.

"그리고 저 역시 경영자 입장에서 해 볼 만하단 생각에 투자자로 나서기로 했어요. 저희 외삼촌도 그런 식으로 홍보가 되면 좋겠단 판단을 하셨고요."

"흠. 그랬구나."

다만, 관련해서는 김보성 측도 이제 막 조사를 시작하려던 참이었는지 그 돈줄이 나였단 사실엔 다소 어처구니없어하는 눈치였다.

'물론 중간 과정에 나가리 될 수도 있는 일을 일본 호텔 쪽에 개입한 건 오롯이 내 인맥 덕택이었지만.'

김보성이 거기까지 알 필요는 없겠지.

그가 입을 열었다.

"그러면 어제오늘 올라온 기사는 보았고?"

"네? 오늘 기사는 아직 못 봤는데…… 무슨 일인가요?"

이번만큼은 시치미를 뗐다.

물론 사전에 원본을 보긴 했지만, 오늘 기사가 올라온 걸 확인하지 못했다는 것 자체는 사실이었으니까.

"아니, 아무것도 아니다."

김보성은 고개를 저은 뒤, 나를 물끄러미 바라보았다.

"듣고 보니 성진이 너는 이번 일을 제법 많이 알고 있겠구나. 그러면 아까 요한의 집 후원자라고 해서 묻는 말인데, 혹시……"

설마, 이번엔 구봉팔과 내 관계를 물어보려는 건가.

박길태가 총에 맞아 죽은 장소가 요한의 집 확장 시설 부지이다 보니, 그쪽 관련해서도 내가 어떤 관계가 있지 않을까, 하는 것이리라.

'한강 변사체 사건뿐만 아니라, 총격 사건도 한데 묶어 진행하려는 건가? 설마 했지만 어쩌면 통합 수사대가 발족했을지도 모르겠군. 흐음, 이번엔 어떻게 둘러대야 할지…….'

그때 김보성의 핸드폰이 울렸다.

"……미안하구나. 잠시만."

김보성은 양해를 구한 뒤, 핸드폰을 들고 잠시 자리를 비켰다.

김보성도 우리 고객님이셨군.

(파리 파네의 빵을 잔뜩 사기도 했고)내가 김보성에 약간의 호감을 더하고 있으려니, 김수연이 내게 말을 건넸다.

"선배, 정진건 형사님이라면 같은 학급인 정서연 선배님의 아버님이시죠?"

"알고 있었어?"

"그럼요, 물론이죠. 저도 어디서 주워들은 것뿐이지만요. 저희 오빠가 부학회장이잖아요?"

김수연이 말을 이었다.

"게다가 방금 들으니 아무래도 아빠가 맡은 이번 일에는 정진건 형사님도 함께하시는 모양이에요."

거기까지 말한 김수연은 생글생글 웃으며 나를 보았다.

"선배, 생각 이상으로 많은 일을 하고 계셨네요."

"어쩌다 보니."

"그리고 꼭 한 명씩은 여성분이 끼어 있고요."

뒤이은 말은 왜인지 모르게 퍽 의미심장하게 들리는 말이었다.

"……무슨 의미야?"

"말 그대로예요."

김수연이 새침하게 입을 삐죽였다.

"일부러는 아니죠?"

"……무슨 말을 하려는 건지 모르겠는데."

"별거 아니에요. 역시 성진 선배는 제가 모르는 일면이 많구나, 하고 생각한 것뿐이에요."

김수연은 우리와 조금 동떨어진 곳에서 진지한 얼굴로 통화 중인 김보성을 힐끗 살폈다.

"게다가 오늘 아빠가 학교까지 찾아오신 것도 실은 처음부터 선배에게 용건이 있었던 것 같고요."

"……."

(전생의 나도 그랬겠지만)어른들은 애들이 무슨 이야기를 하는지 모를 거라고 생각하는 경향이 있다.

하지만 어린애들은 어른이 생각하는 것 이상으로 영특한 존재로, 주제를 모호하게 에두른다 한들 아이들도 그 에두름을 모르지는 않는다.

특히 김수연이라면 방금 김보성이 애써 감춘 것이 무색하게 인터넷을 뒤져 관련 기사를 찾아볼 것이다.

'그러고 보면 김보성도 나를 딱히 애 취급하진 않는걸. 따지고 보면 나는 그쪽 장남이랑 동갑인데 말이지.'

김수연이 어깨를 으쓱였다.

"뭐, 됐어요. 아빠도 통화가 끝난 거 같고."

자리로 돌아온 김보성은 앉지도 않은 채 양해를 구했다.

"미안하지만 이만 일어나 봐야 할 거 같구나."

나는 무슨 일인가요, 하고 묻고 싶은 걸 꾹 눌러 참으며 미소 띤 얼굴을 보여 주었다.

"아니에요. 빵 잘 먹었습니다."

김보성은 내 말에 픽 웃었다.

"음. 바래다주도록 하마. 성진이는 회사로 갈 거니?"

"부탁드리겠습니다."

이후 김보성은 남은 빵에 더해 김수연의 '이거 맛있어요' 하는 조언을 참조해서 몇 개를 더 포장했고, 우리는 파리 파네를 나섰다.

이성진과 김수연을 바래다주고 수사본부로 돌아온 김보

성은 자리에 도착하자마자 빵 봉투를 내려놓으며 사람을 찾았다.

"유전자 검사 결과가 나왔다고 들었습니다."

수사관이 대답했다.

"예, 검사님 책상 위에 올려 두었습니다."

"수고했습니다. 아, 그리고 간식거리를 좀 챙겨 왔는데 허기질 때 나눠 드십시오."

"감사합니다!"

수사관들이 빵 봉투를 뒤적이는 사이, 김보성은 서류를 뒤적였다.

유전자 검사 결과, 일치
박강선과 변사체는 혈연관계로 추정됨

한강 변사체의 신원이 확보되었다.

예상하던 대로 한강 변사체는 정순애였다.

이만하면 공식적으로 박상대를 기소할 만한 여건을 갖추게 된 셈이었다.

거기에 더해, 유전자 감식 결과를 받아 본 청장이 곧 기자회견을 열 예정이라며, 김보성에게도 청장의 정보 공유 요청이 있었다.

'결국 이 일을 언론이 물고 늘어지리라는 건 이미 확정되

었군.'

인터넷 뉴스의 파급력은 상상 이상이었던 모양이다.

'이제는 가상세계가 현실에 영향을 끼치는 시대가 온 건가.'

더 이상은 도깨비 신문이 떠들어 대는 내용을 기성 언론사도 얕잡아 볼 수 없게 되었고, 청장의 발표와 함께 총장을 향한 견제가 시작되리라.

'……그 가운데 낀 새우는 고달프게 됐지만.'

그래도 이성진이 적극적으로 협조에 응해 준 덕분에 머릿속에 얼개가 잡혔다.

그런 의미에선, 잠깐 짬을 내어 이성진을 만난 건 그로서도 나쁘지 않은 수확이었다.

'하지만 공교롭다면 공교로워.'

김보성은 생각에 잠겼다.

마치, 이성진은 처음부터 이렇게 될 줄 알고 움직인 것만 같지 않은가.

거기에 더해 이번 사건에 불을 붙인 김기환과 이성진의 관계는 어떠한가.

김기환은 중우일보를 퇴사하기 전, 현 대통령의 친인척이 연루된 비자금 사건을 대대적으로 보도하며 제 이름을 알렸다.

비록 김기환이 터뜨린 그 건은 정치적 이해관계 탓에 증거

불충분 따위의 이유로 흐지부지되고 말았지만, 그것만으로도 기자로서 명성을 드높인 김기환의 앞길이 탄탄대로일 것이란 건 보장되었다.

그 정도면 몸값을 올려 메이저 언론사로 자리를 옮길 법도 하건만, 김기환은 중우일보를 퇴사한 뒤 지금 들어도 낯설고 생소한 인터넷 전문 매체를 설립했다.

'그것도 기자 정신에 입각해 신념대로 움직인 것이라면 할 말은 없지만…….'

그가 구태여 좁은 문을 열고 간 것, 중우일보 재직 당시 쓴 박상대의 폭로 기사가 중간에 검열되었던 것, 그리고 이제 와서 묵혀 두었던 기사를 터뜨린 것까지, 그 시기가 공교로웠다.

'하긴, 총선도 끝난 마당에 지금에야 다시 정치 야인으로 지내는 박상대를 건드린 건…… 새삼스럽지.'

어느 기사건 그걸 터뜨릴 적절한 타이밍이 있기 마련이다.

박상대의 낙선이 목적이었다는 의미로 보면, 김기환은 그 시기를 맞추지 못했다.

하지만 한편으로는 지금이야말로 터뜨릴 모든 요건이 갖추어졌다.

'……아니, 억측이겠지.'

이성진이 해 온 건 대개가 우연의 일치였다.

조인영이라는 인물을 통해 정진건과 인연을 맺었다는 것

자체는 사실이었다.

'그 부분은 정진건 형사와 이성진의 진술이 일치했어.'

그리고 조인영의 출신인 요한의 집 후원으로 이어져 해당 보육 시설과 인연이 닿은 것도, 어디까지나 현 상황하의 결과론일 뿐 과정 자체에는 문제가 없었다.

하지만 요한의 집 확장 예정지에서 박길태가 죽은 건, 우연이었을까.

'결국 구봉팔과 무슨 관계가 있는지는 물어보질 못했군.'

그가 자리에서 말을 아낀 건 은연중 자신의 딸아이인 김수연만큼은 이런 엽기 범죄를 몰랐으면 해서였다.

따지고 보면 제대로 정보를 캐내지 못한 건, 사전 약속도 없이 불쑥 학교를 찾은 자신의 불찰이라면 불찰이었다.

'그렇다고 초등학생을 공식적으로 불러내 캐물을 수도 없는 노릇이지.'

그뿐이랴, 이성진은 클램 출시로 최고가를 달리는 중인 삼광 그룹의 장손이었다.

잘못 건드리면 말벌집에서 말벌이 우르르 튀어나오는 정도로는 끝나지 않을 것이다.

'……박상대와는 비교도 되지 않겠지.'

김보성은 저마다 손에 빵을 들고 행복에 겨운 수사관들을 돌아보았다.

"김기환 씨의 연락처는 확보했습니까?"

김보성의 말에 수사관이 오물거리는 입을 가린 채 대답했다.

"예, 언제든지 소환이 가능하게끔 조치를 취해 두었습니다."

"그러면 김기환 씨를 불러 주십시오. 그리고……."

박상대를 떠올린 김보성은 말끝을 흐렸다.

그 머릿속에 안기부 곽철용의 말이 선연하게 뇌리를 스치고 지났다.

「자네는 그저, 외압을 신경 쓰지 말고 그대의 신념대로 일을 밀어붙이기만 하면 되네.」

김보성이 말을 이었다.

"박상대 씨를 소환해 주십시오."

마음 같아선 구속영장을 신청해 버리고 싶었지만.

지금은 때가 아니다. 잠시, 뜸을 들이도록 하자.

김보성은 숨을 한 번 고른 뒤 눈을 예리하게 빛냈다.

"그리고 동시에 박상대의 사무실에 수색영장을 요청하겠습니다."

6장

존경하는 국민 여러분.

의례적인 화두로 입을 뗀 청장 앞에 플래시가 펑펑 터져 댔다.

모두가 인터넷 뉴스에서 촉발한 이번 사건에 관심을 기울이고 있었다.

정복을 빼입고 자리에 선 청장은 물을 한 모금 마신 뒤.

그간 엠바고가 걸려 아는 사람만 알고 있던, 한강에서 발견된 변사체 사건을 시인하는 것으로 기자회견을 시작했다.

인터넷상에 뜬소문으로만 나돌던 한강 변사체 사건이 실재했다는 이야기에 경찰과 연줄이 없던 기자들은 청장의 말을 받아 적느라 바빴고, 몇몇은 벌써부터 황급히 자리를 뜨기도 했다.

청장은 어수선한 분위기에 아랑곳하지 않고 준비된 서류를 사무적으로 읽어 내려갔다.

뒤이어 청장은 한강 변사체 사건과 동 시기, 정순애가 실종 중이었으며, 경찰은 최근 정순애의 아들인 박강선의 신원을 확보해 유전자 감식을 의뢰했다고 담담히 고했다.

응? 정순애?

정순애라고 하면 기자들도 왠지 낯설지 않은 이름이었다.

그야, 도깨비 신문에서 그 이름 석 자를 보았으니까.

정순애는 분명, 김기환이 폭로한 인터뷰에서 박상대와 내연관계였다고 하는 여인이었다.

이어서 청장은 유전자 감식 결과 한강에서 발견된 훼손된 시신에서 변사체가 박강선의 모친임을 추정할 단서가 나왔다고 고했다.

또한 정순애의 지인을 통해 그녀가 박상대와의 사생아를 보았으며, 증언에 따르면 박상대는 그녀에게 거금을 주고 해외로 빼돌려 존재를 숨겨 왔다는 것까지.

「……박강선 군의 친부가 박상대인지는 현재 수사 중에 있습니다. 또한 현재 정순애의 살해 시기 박상대의 동선을 조사 중이며…….」

그를 향한 혐의는 그뿐만이 아니었다.

「……박상대는 서울시장 비서직 재임 시절, 민간보조금, 또는 민간위탁금이라는 명목하에 시민 단체에 후원을 이어 왔습니다.」

청장은 박상대가 승인한 각종 시민 단체의 이름을 읊었고, 기자들은 재빨리 받아 적었다.

청장의 기자회견은 전례가 없을 정도로 노골적이고 상세 했다.

「……이상으로 기자회견을 마치겠습니다.」

기자들은 저마다 손을 번쩍 들었다.

"박상대를 향한 구속영장은 발부되었습니까?"

"박상대는 지금 어디에 있습니까?"

"당시 중우일보 기사가 검열되었다는 의혹은 사실입니 까?"

"인터넷에 올라온 기사는 어느 정도의 신빙성을 가지고 있 습니까?"

"물고기 배 속에서 발견되었다던 반지는 정말로 피해자의 것이 맞습니까?"

"총선 당시 최갑철 여당 대표의 기사 개입설은 사실입니까?"

청장이 떠나고 난 자리에 남은 보좌관은 진땀을 뻘뻘 흘리며 '수사 중인 사안입니다'를 고장 난 축음기처럼 읊어 댔다.

청장의 기습 발표에는 최갑철도, 검찰총장도 한 방 먹었다.

최갑철은 몰려드는 기자들에게 노코멘트로 일관하며 칩거에 들어갔으나 그 사옥 앞에는 기자들이 진을 치며 기다렸다.

지난 총선의 참패에 이어 대통령의 레임덕에 대처 중이던 여당도 당황하긴 마찬가지였다.

당 측은 보좌관을 통해 현재 최갑철 여당 대표와 관련하여서는 당 내에서 면밀히 조사 중이며, 필요에 따라선 당대표를 교체할 수도 있다는 뉘앙스를 풍겼다.

내년에 차기 대권 주자로 최갑철을 거론하기도 했던 여당 입장에선 아직 시간이 있을 때 최갑철을 손절해야 한단 조바심마저 느껴졌다.

여당 내부는 아직 결과를 기다려 보아야 한다는 측과 지금이라도 최갑철을 제명해야 한다는 쪽으로 분열되었고, 야당은 야당대로 최갑철의 기사 개입 건을 물고 늘어지며 '5공화국 시절의 재림'이라고들 떠들어 댔다.

그렇게 이번 일은 경찰과 검찰, 여당과 야당 사이의 대리전 양상을 띠며 격화되어 갔다.

"어이, 김 씨. 일어나."

김태평은 자신의 뺨을 툭툭 두드리는 손길에 어렴풋이 눈을 떴다.

"……으응?"

짝!

뺨을 강타하는 충격에 김태평의 잠기운이 한 방에 가셨다.

"으응이고 지랄이고 이 새끼야, 해가 중천에 떴는데."

눈을 껌뻑이며 상대를 확인한 김태평은 후다닥 몸을 뒤로 피했다.

"우, 우리 지, 집에는 어떻게?"

사채업자는 씩 웃으며 손에 든 스페어 키를 흔들었다.

"어떻게 왔긴, 네가 담보로 맡긴 이걸로 왔지."

사채업자는 열쇠를 주머니에 넣으며 주위를 둘러보았다.

"그리고 새끼야, 말은 똑바로 해야지. 이게 집이냐, 돼지 우리지?"

"……."

거기에 대해선 김태평도 할 말이 없었다.

아내와 이혼 후, 반지하 셋방살이를 하는 김태평의 '집'은 집안일이라곤 해 본 적 없는 독신 남성의 주거지다운 면모를 과시하고 있었다.

바닥에는 빈 맥주캔과 소주병이 굴러다녔고, 싱크대는 언제 설거지를 했는지 모를 설거짓감이 그득 쌓여 있었다.

사채업자가 한숨을 푹 내쉬었다.

"태평아, 태평아. 이름값 하는 태평아. 상황이 태평해 보이냐? 너 어제도 하우스 갔지?"

"아, 안 갔는데요."

"안 갔긴, 병규가 어제 너 봤다고 했는데, 새끼가 확!"

사채업자가 손을 들어 올리자 김태평은 움찔했다.

"에휴, 짐승 새끼도 패면 말을 듣는데, 내가 너 패서 뭐 하겠냐. 얼른 씻고 일어나서 움직여."

"예, 예."

김태평은 구시렁거리며 자리에서 일어났고, 사채업자가 눈을 부라리자 움찔했다.

"뭐?"

"아, 아닙니다. 아, 그래도 어제는 제법 짭짤했습니다요. 헤헤."

"땄냐?"

"예! 아……."

사채업자는 진절머리가 난다는 양 고개를 저었다.

"됐으니까, 오늘 몫이나 내놔. 나도 이 돼지우리엔 더 있기 싫으니까. 씨팔, 깨우러 오는 것도 하루 이틀이지, 내가

니 마누라냐?"

김태평은 떨어 하는 표정을 감추며 옷걸이에 걸린 작업복 주머니를 뒤적였다.

"그야, 얼른 드리겠습니다. 그러니까…… 어?"

김태평은 옷걸이에 걸린 작업복 주머니를 뒤지더니 눈을 껌뻑이곤, 작업복 상의에 이어 바지 주머니까지, 여기저기 들추기 시작했다.

"하…… 씹."

"뭐?"

"아, 아닙니다. 그게……."

억울해하는 김태평의 얼굴을 보며, 사채업자가 또다시 한숨을 내쉬었다.

"또 스리당했냐? 내가 말했지? 술 처먹고 길에서 자지 말라고."

"……."

"에휴, 말을 말자, 말을 말아. 이런 새끼한테 돈을 뜯느니 양아치 삥을 뜯지."

사채업자가 담배를 꺼내 입에 물었다.

"그러면 내일은 오늘 것까지 이자 받는다."

"예?"

바닥에 굴러다니던 라이터를 주워 칙, 하고 담배에 불을 붙인 사채업자가 허공에 담배 연기를 뿜었다.

"후우, 예는 무슨. 오늘 거 못 냈으면 당연히 이자 붙여서 내일 거까지 받아야지."

"……너무하신 거 아닙니까?"

사채업자는 김태평의 가슴을 주먹으로 툭, 하고 쳤다.

퍽.

"너무한 건 너고, 새끼야."

퍽.

"오늘 니가 못 내서 한 집 더 뛰어야 나도 상납금이 된다고. 너는 새끼야, 내가 태주 형님이 아닌 걸 감사하게 여겨야 돼."

퍽.

"씨이팔, 그러니까 마누라가 도망가지. 자식새끼 보기 부끄럽지도 않냐? 응?"

"……."

김태평은 순간적으로 욱했지만, 싸워서 이길 리가 없단 생각에 꾹 눌러 참았다.

"태평아, 나도 좀 살자. 응? 제발 부탁이다."

사채업자는 맥주 캔에 담배꽁초를 버리며 말을 이었다.

"안 그래도 형님이 너 배 태워야겠다는 거 말리고 있는데, 이런 식이면 나도 커버 못 쳐 준다."

김태평이 움찔했다.

"……배, 배요?"

"그래. 멸치를 잡든, 새우를 잡든, 러시아 가서 대게를 잡든, 몇 년만 부지런히, 죽었다 생각하고 있으면 목돈이 모이거든."

"……."

"사람에 따라선 몸이 축나는 경우도 있으니까 제발 좀 봐 달라고, 태평이가 그래도 부지런하긴 하다고, 정신만 차리면 될 놈이라고, 내가 형님한테 싹싹 빌고 있다고. 그런데 네가 이런 식으로 나오면, 나도 이젠 모르겠다."

사채업자의 말에 김태평은 그 바짓가랑이를 붙잡았다.

"아이고, 선생님, 다시는 하우스에 안 가겠습니다! 제가 또 화투패를 손에 쥐면, 그땐 갭니다! 개새끼입니다! 멍! 멍 멍! 멍멍!"

사채업자는 인상을 찌푸리며 바지춤을 추슬렀다.

"됐으니까, 가서 택시나 몰아. 내일 와서 오늘 거랑 이자 못 내면, 그땐 나도 정말 모른다. 시간이 금인 거, 알지?"

"무, 물론입니다! 심야까지 뛰겠습니다!"

쯧.

사채업자는 혀를 차곤 그대로 김태평의 집을 나섰다.

사채업자가 나가고 난 뒤, 김태평은 후우, 깊은 한숨을 내쉬었다.

"……어제는 왠지 운수가 좋더라니."

만약, 이 시대에도 핸드폰에 발신 이력이 남았다면 박상대의 핸드폰에는 사무실, 경찰, 예비 장인인 최갑철, 약혼자, 기자들의 연락처 등으로 빼곡히 들어찼을 것이다.

결국 박상대는 핸드폰 전원을 꺼 버렸고, 집을 떠나 호텔을 전전했다.

'빌어먹을.'

여기저기 뿌려 둔 돈을 회수할 시간도 없었다.

경찰은 이미 박상대의 사무실에 수색영장을 들이밀며 쳐들어와 각종 장부며 컴퓨터 하드디스크를 압수했고, 그 비서며 회사원들에게 박상대의 행적을 캐묻고 다녔다.

제 앞가림하기에도 급급한 최갑철은 더 이상 그에게 힘이 되어 주지 못했다.

더욱이 이대로 시간을 끌다간 결국 구속영장이 발부될 것이 분명했다.

외통수.

박상대는 TV를 틀 때마다 자신의 이름과 얼굴이 언급되거나 신문 일면을 장식하는 것을 보았다.

분명, 예전부터 바라 마지않았던 일이긴 했으나 이런 형태를 바란 건 결코 아니었다.

그년 때문에.

그년만 내 앞에 나타나지 않았어도.

박상대는 이제 습관처럼 그런 혼잣말을 중얼거리기 시작했다.

그는 룸서비스로 연거푸 술을 마셔 댔고, 그의 안색이 초췌해지는 것에 비례해 지갑 속의 현찰이 거덜 나기 시작했다.

추적이 가능한 신용카드를 쓸 수 있을 리는 만무했다.

'빌어먹을, 조설훈은 언제 연락이 오는 거야?'

하지만 생각해 보면, 핸드폰 전원도 꺼 버린 상태였다.

공중전화 박스를 찾아 조설훈에게 전화를 걸어 본다는 선택지도 있었지만, '배는 언제쯤 준비되는 거냐'고 먼저 묻는 건 어딘지 그 알량한 자존심이 용납하지 않았다.

그렇다곤 해도, 지금 당장 돈이 필요했다.

결국 박상대는 얇아진 지갑을 침대 위로 툭 던지곤 호텔 룸 옷장 아래 넣어 둔 가방을 뒤적였다.

조설훈이 도피 자금이랍시고 건넨 것에는 그간 눈길조차 던져 주지 않았던 그였지만, 취기에 더한 '내가 벌어다 준 돈이 얼만데' 하는 생각이 그의 께름칙한 기분을 덜어 주었다.

박상대는 침대에 앉아 손잡이에 붙어 있는 택을 보며 잠금 장치를 풀고 가방을 열어 보았다.

"······하."

만 원짜리 현찰이 그득한 가방에서 지폐 뭉치를 늘어놓는 그의 눈에 이질적인 물건이 들어왔다.

그걸 보자마자 남아 있던 취기가 훅 가셨다.

"……전화기가 있었군."

거기에 더해 위조 여권까지.

진즉 뒤져 볼 걸 그랬다.

박상대는 한숨을 내쉬곤 핸드폰 전원을 켰다.

'그러면 이걸로 연락을 취해 오겠다는 건가?'

아무리 그럴 상황이 아니었다고 해도, 미리 좀 알려 줄 것이지.

애당초 근본 없는 깡패 새끼를 믿는 게 아니었다고, 박상대는 조설훈을 욕하며 전화기를 만지작거리다가 불현듯 떠오른 생각에 최근 통화 기록을 보았다.

거기엔 모르는 번호가 기입되어 있었다.

잠시 망설이던 박상대는 그 번호로 전화를 걸어 보았다.

몇 차례 신호가 가고 난 뒤, 수화기 너머 목소리가 들렸다.

─이제야 전화를 거는군. 언제쯤 핸드폰을 켤지 기다리고 있었지.

낯선 목소리였다.

"조설훈의 부하냐?"

─그렇다고도 볼 수 있고.

지금 장난하나.

그러고 보니, 이 새끼는 언제 봤다고 반말인지.

박상대는 이를 으득으득 갈면서 다시 입을 뗐다.

"배는?"

―……그쪽이 시간을 벌어 준 덕분에 준비를 마쳤다.

"지금 가면 되나?"

수화기 너머 상대는 잠시 뜸을 들였다가 주소를 불렀다.

그 직후 상대는 전화를 끊었고, 박상대는 턱을 긁적였다.

'……부둣가가 아닌데.'

뭐, 추후 장소를 옮기겠지.

박상대는 핸드폰을 끄곤 즉시 가방을 챙겨 일어섰다.

달리 챙길 짐도 없었다. 박상대는 체크아웃을 하지도 않고
호텔 앞에 대기하고 있는 아무 택시에 올라탔다.

"어서 오십시오."

택시 기사가 미터기를 꺾으며 물었다.

"어디까지 가십니까?"

박상대와 만나기로 한 고풍스럽고 고적한 바에는 케빈 베
이커의 음악이 흘러나오고 있었다.

단 한 사람의 손님뿐인 가게는 마스터가 묵묵히 글라스를
닦고 있었다.

구봉팔은 테이블 구석 자리에 앉아 온 더 락 위스키를 홀
짝이며 생각에 잠겨 있었다.

'박상대…….'

구봉팔은 위스키를 한 모금 홀짝였다.

박상대를 생각할 때면, 구봉팔은 자연스레 백설희를 떠올렸다.

그래서 구봉팔은 김기환이 내민 정순애의 사진을 보았을 때, 적잖이 당황했다.

정순애는 백설희와 닮아 있었다.

분위기는 달랐지만, 이목구비의 형태며 표정 등이.

그리고 이어서 박강선의 사진을 보았을 때, 구봉팔은 어째서인지 박상대를 향한, 그리고 가슴 아래 묵혀 왔던 세상을 향한 정체를 알 수 없는 적의가 눈 녹듯 스르르 사라지는 것을 느꼈다.

박상대가 아직 백설희를 마음에 품고 있었다는 것이, 구봉팔에겐 어딘지 모르게―그 스스로도 이해는 가질 않았지만―위로가 되는 기분이었다.

물론 백설희와 정순애는 일면식도 없는 남남이다.

구봉팔은 실제로 정순애를 만나 본 적도 없었고, 하물며 요한의 집에서 보호했던 박강선을 보러 간 적도 없었다.

그럼에도 불구하고, 구봉팔은 박상대가 그러했듯 정순애를 백설희란 존재 위에 덮어씌워 생각했다.

논리적이진 않지만 그에겐 박강선이 마치, 이 세상에 울음소리 한 번 내 보지 못하고 스러진 백설희의 흔적인 양 느껴졌다.

'……백설희.'

백설희는 구봉팔이 요한의 집에 있을 적, 짝사랑했던 대상이었다.

아니, 사랑이란 말로 표현할 성질은 아니었다고, 구봉팔은 생각했다.

그건 동경이나 흠모에 가까운 것이었다.

부모도 형제도 없이, 그간 개처럼 살아온 자신에게 백설희는 미소로 다가와 주었다.

구봉팔로선 처음으로 받아 보는 애정이었다.

그렇다고 백설희가 구봉팔을 특별 취급한 건 아니었다. 고아원에서는 구봉팔의 인생사도 평범한 것이었고, 백설희는 고아원의 모두에게 차별 없이 잘 대해 주었다.

그런 그녀이니, 비단 구봉팔에게뿐만 아니라, 백설희는 고아원 모두에게 흠모의 대상이었다.

그리고 그녀 곁에는 항상 박상대가 함께했다.

구봉팔이 요한의 집에 오기 한참 전부터 어울려 지내던 소꿉친구라고 했다.

구봉팔은 둘이 잘 어울리는 한 쌍이라고까지 생각했다.

박상대는 D구를 쥐락펴락하는 유지 박영효의 아들이었고, 그 행색 또한 흠결이 없었다.

고아원의 모두는 둘 사이가 이상적인 미래를 맞이하리라 생각했다.

그리고 어느 겨울날, 백설희는 구봉팔의 눈앞에서 자결을
택했다.

지금은 무산되고 말았지만, 그 시절 D구에는 한때 재개발
이야기가 오갔다.

서울 각지에 한창 신축 빌라 등이 들어서던 시기였는데,
강남 개발이 한창이던 때와 그 시기가 겹쳤다.

그리고 D구에는 박영효의 입김이 닿은 각종 건설사가 땅
을 파 두고 건축 허가가 떨어지길 기다리고 있었다.

그래서 D구 곳곳에는 땅을 파 두고 토사 유실을 막는 담
이 세워져 있었는데, 이야기가 잘 안 풀린 것인지 결국 건축
허가는 무산되고 말았다.

백설희가 마지막으로 발붙이고 선 땅 끝은 그런, 건설 장
비가 방치된 담장 중 한 곳이었다.

어느 날인가, 갑자기 병원을 다녀온 백설희는 그날 이후
심한 우울감에 시달렸다.

생글생글 웃는 얼굴이 사라지지 않던 평소 모습은 오간 데
없었고, 그늘진 얼굴은 깊은 생각에 잠긴 듯 멍하니 바닥만
보다가 이따금 무어라 혼잣말을 중얼거리곤 했다.

그러며 백설희는 퍼뜩 정신을 차리곤 기도실에 틀어박혀

한참 뒤에 나오곤 했다.

한동안 그런 나날이 이어졌다.

고아원 여자애 하나는 '며칠 전부터 언니가 생리를 하지 않았다'고 말했다.

고아원 아이들은 입 밖에 내진 않았지만, 박상대와 관련한 일이 어그러졌음을 직감하고 있었다.

왜냐면 백설희가 병원에 다녀온 뒤부터 문턱이 닳도록 고아원을 찾아오곤 하던 박상대의 모습도 자취를 감췄으니까.

박상대가 다시 찾아온 건 백설희가 죽은 그 겨울날 오후였다.

모자를 깊이 눌러쓴 그는 근처에 있던 구봉팔을 시켜 백설희를 불러 달라고 했다.

모자챙 아래, 누군가에게 얻어맞았는지 박상대의 얼굴엔 멍 자국이 있었다.

이 동네에서 누가 감히 박상대를 건드렸을까, 싶으면서 구봉팔은 백설희를 불러냈다.

백설희와 박상대는 한적한 곳에서 한참 동안 이야기를 나누었다. 거리가 멀어 대화는 들리지 않았지만 백설희는 울먹였고, 박상대는 그 떨리는 어깨를 가만히 쓸어 주었다.

구봉팔은 싱숭생숭한 기분으로 잠을 설쳤다.

싸락눈이 내리는 밤, 열악한 고아원 시설은 바깥의 추위를 막아 주지 못했다.

다닥다닥 붙은 고아원 아이들은 이불로 가려지지 않는 추위를 저마다 잠결에 꼭 붙어 누워 온기를 나눠 가졌다.

고아원에서도 겉돌던 구봉팔의 잠자리는 외따로 떨어져 있었다. 주먹다짐으로 만들어 낸 고아원 최고 서열의 특권인 창가 자리였으나, 그날만큼은 특권이 아닌 차별로 여겨질 만하다 느꼈다.

그러니 구봉팔이 당시 홀로 잠에 들지 못한 건 혼자서 감내해야 하는 그 추위 탓이었을지도 모르겠다.

아니면, 몇 시간 전에 본 박상대와 백설희 사이의 다정하고 애틋한, 다른 사람은 차마 끼어들 수 없는 그 분위기가 괜히 심란했거나.

'눈이다.'

구봉팔은 덤덤한 기분으로 창밖에 내리는 눈가루를 바라보았다.

'……어라.'

그리고 그 눈길을 비척거리며 걷는 그림자가 하나.

그 실루엣에서 구봉팔은 직감적으로 그게 백설희임을 알아챘다.

낮에 본 박상대의 모습과 겹치며, 이대로 백설희가 영원히 곁을 떠날 것이란 좋지 않은 예감이 들었다.

구봉팔은 얼른 잠자리를 박차고 일어나 옷을 걸친 뒤 고아원을 빠져나왔다.

백설희를 쫓으며 구봉팔은 대체 무슨 말로 그 마음을 돌려야 할지 생각했다.

하지만 싸락눈만이 심해 속 플랑크톤처럼 하얗게 비치는 어둠은 백설희의 존재를 집어삼켰고, 구봉팔은 그녀의 흔적을 길에서 찾을 수 없었다.

구봉팔은 새하얀 입김을 토하며 길을 따라 달렸다.

달 조각 하나 없는 밤, 구봉팔이 차가 뜨문뜨문한 버스 정류장을 스치듯 달려가는데 누군가가 말을 건넸다.

「어이.」

정류장에 단 하나 놓인, 가로등 불빛 아래 비친 박상대였다. 그 발아래에는 보스턴백이 놓여 있었다.

「뭐 하냐?」

구봉팔은 박상대의 모습을 보곤 왠지 모르게 심장이 쿵 내려앉는 기분이었다.

그건 백설희와 박상대가 오늘 밤 야반도주를 획책하고 있었단 깨달음 때문이 아니라, 그런 박상대의 곁에도 백설희가 없었단 것에 느낀 당혹감 때문이었다.

구봉팔이 입을 뗐다.

「설희는?」

더욱이 야반도주라고 한다면, 백설희는 박상대와 달리 짐하나 챙기질 않고 밤길을 나섰다.

구봉팔은 숨을 헐떡이며 말을 이었다.

「설희 여기로 안 왔나?」

「지금 무슨…….」

야반도주가 들켰단 생각인지, 인상을 찌푸리며 구봉팔에게 적의를 드러내던 박상대는 순간 표정이 변했다.

그도 본능적으로 사태가 심상치 않다는 걸 직감한 것이리라.

「너, 설희 나가는 거 봤나?」

박상대가 구봉팔의 멱살을 쥐었다.

「어디냐? 설희는 어디로…….」

패닉에 빠졌던 박상대는 이내 냉정을 되찾으며 말을 이었다.

「흩어져서 찾자. 너는…….」

박상대가 말을 채 잇기도 전에 구봉팔은 박상대의 손을 뿌리치곤 야산을 향해 달렸다.

박상대도 백설희의 행방을 모르는 이상, 그에겐 더 이상 볼일이 없었다.

'어디지? 어디로 간 거냐?'

고아원으로 붙잡혀 오기 전, 잠시 야산 생활을 하며 노숙을 했던 구봉팔이었다.

달빛도 없는 밤 산길이 얼마나 위험한지는 그도 잘 알고 있었다.

그러니 백설희가 멀리 가진 않았을 것이다.

그렇게 생각하며, 구봉팔은 나뭇가지에 긁히는 생채기를 무시하며 야산 곳곳을 헤맸다.

마침내 백설희를 찾은 건, 축복이었을까 아니면 저주였을까.

수십 년이 지난 지금도 망막에서 영원히 지워지지 않을 것 같은 그 모습이 구봉팔의 뇌리에 선연했다.

백설희는 야산이 끊기는 담장 위에 서서 물끄러미 아래를 내려다보고 있었다.

「백설희!」

진즉 구봉팔의 인기척을 느끼고 있었던 것일까, 백설희는 가만히 뒤돌아섰다.

「너구나? 지금 잘 시간 아니니?」

그 평소와 다를 바 없는 태연한 목소리에 구봉팔은 울화가 치밀었다.

하지만 제법 오랫동안 서 있었는지, 백설희의 맨발이 겨울 바람에 빨갰다. 그리고 낡은 운동화가 백설희의 발 옆에.

「……지금 뭐 하려는 거야?」

멍청한 질문이었다.

「그러게. 뭐 하는 걸까, 나는.」

멍청한 질문에 멍청한 대답이었다.

구봉팔은 조심스럽게, 천천히 거리를 좁혀 갔다.

「괜찮으니까, 진정하고. 위험하니까, 이쪽으로 와.」

백설희가 한 걸음, 뒷걸음을 걸었다.

「오지 마.」

우뚝, 구봉팔은 발걸음을 멈춰 섰다.

심장이 두근거리고 입안이 바짝 말랐다.

마치 시간이 멈춘 것처럼 느껴지는 그때.

「설희야!」

박상대의 목소리가 야산에 울려 퍼졌고, 나뭇가지에 긁힌
흔적으로 가득한 그가 숨을 헐떡이며 구봉팔과 백설희가 대
치 중인 곳으로 왔다.

백설희가 울 듯한 얼굴로 박상대를 보았다.

「너까지 왜 왔어, 왜…….」

그 시선에는 결코 자신을 향하지 않을 사적인 감정이 가득
묻어 있었고, 그걸 본 구봉팔은 가슴이 욱신거리는 걸 느꼈다.

백설희에게 자신은, 어디까지나 타인에 불과했다.

그러면서도 구봉팔은 냉철하게 행동했다.

그는 백설희의 시선이 박상대를 향한 틈을 타 조심스럽게,
발소리를 죽이며 거리를 좁혀 갔다.

음악이 끝나고 바텐더는 레코드판을 바꿔 핀을 얹었다.

연이어 흘러나오는 재즈는 주인장의 몇 안 되는 취미일 것이다.

"한 잔 더 드릴까요?"

마스터의 말에 구봉팔은 짧게 고개를 끄덕였다.

"음, 방금 거 괜찮더군. 같은 걸로."

"예."

구봉팔이 박상대를 이 장소로 불러낸 건 괜히 폼이나 잡자고 한 것이 아니었다.

이곳은 조성광이 사비를 들여 마련한 비밀 장소였고, 필요할 때면 가게 문을 닫고 일을 처리하는 곳이기도 했다.

그리고 조설훈은 그 조성광의 유산을 멋대로 꿰차고 있는 것에 지나지 않았다.

'곧 제 것이 될 거라 생각하고 있겠지.'

달그락, 얼음덩이가 녹으며 제 자리를 고쳤다. 구봉팔은 마스터가 따른 술을 한 모금 마셨다.

저번 일로 구봉팔이 쓸 만하다고 여겼는지, 조설훈은 구봉팔을 불러 일을 맡겼다.

「애들 몇 명 붙여 줄 테니 알아서 처리해.」

조설훈은 처음부터 박상대를 제거할 생각이었다.

그에게 거금을 쥐여 준 것도, 구태여 쓸 일이 없는 여권을 만들어 챙겨 넣은 것도 박상대를 방심시키기 위한 안배였다.

또한, 구봉팔은 자신에게 거부권이 없다는 걸 잘 알고 있었다.

더욱이 순간적으로, 구봉팔은 조설훈에게서 이성진의 첫인상으로부터 느낀 것과 유사한 감각을 느꼈다.

하지만.

구봉팔은 스스로, 그래선 안 된다고 생각하면서도, 저도 모르게 항명했다.

「그냥 박상대는 배를 태워서 보내면 안 되겠습니까?」

구봉팔이 항명할 것이라곤 생각지도 못했는지, 조설훈은 눈매를 매섭게 떴다.

「……뭐 인마?」

엎어진 물이다.

구봉팔이 말을 이었다.

「이대로 보내 줘도, 놈은 분명 한국에 두 번 다시 돌아올 생각을 않을 겁니다.」

구봉팔의 말에 조설훈은 픽 하고 웃더니 곰곰이 생각에 잠겼다.

그가 되물었다.

「그러고 보니까 둘이 아는 사이였지?」

뭐야, 알고 있었나.

구봉팔은 순순히 시인했다.

「오래전이지만, 면식은 조금 있습니다.」

조설훈은 다시 생각에 잠겼다가, 한참 뒤에 툭 하고 물었다.

「박상대를 살리면, 나중에 벌어질 일은 네가 책임질 수 있겠냐?」

「책임지겠습니다.」

즉시 튀어나온 대답에 조설훈이 입매를 비틀었다.

「……이 새끼가.」

그 말이 신호라도 된 것처럼 조설훈의 부하들이 움찔했고, 조설훈은 가만히 손을 들어 부하들을 제지했다.

그리고 무슨 생각에서인지, 의외로 조설훈은 구봉팔의 청에 응해 주었다.

「좋아, 그럼 그렇게 해.」

거기엔 구봉팔도 조금 놀랐다. 놀라면서, 구봉팔은 그 티를 내지 않고 꾸벅 고개를 숙였다.

구봉팔은 모르는 일이지만, 조설훈은 '지금은' 구봉팔을 내치면 안 된다는 계산에서 나온 행동이었다.

박길태 건을 덮기 위해선 대신 덤터기를 써 줄 인물이 필요했다.

그리고 구봉팔은 그 건에 있어서 제격이었다.

조설훈이 다시 입을 뗐다.

「대신 넌 지금 내게 한 가지 빚을 진 거다.」

의미심장하게 들리는 말에 구봉팔은 고개를 끄덕였다.

「명심하겠습니다.」

조설훈이 비릿한 웃음을 지었다.

「물론 박상대한테 준 돈 가방 몫을 다시 채워 넣는 건 별개로.」

「……알고 있습니다.」

그리고 구봉팔은 달라붙는 조설훈의 부하들 없이 홀로 박상대를 독대할 수 있게 되었다.

구봉팔은 잔에 든 술을 한 모금 마셨다.

'일단 돈가방 몫은 개같이 벌어서 갚아야겠군.'

왜 군이 그렇게까지 했는가, 하면 구봉팔은 스스로도 대답하기 힘들었다.

박상대를 향한 의리?

그런 건 아니었다. 그저, 백설희의 죽음이 헛되지 않길 바랐을 뿐이었다.

박상대는 고작 그런 식으로 세상에서 사라지고 말 놈이어서는 안 된다.

문득, 이성진이 생각났다.

'그 꼬맹이는 과연, 내가 내린 결정을 두고 뭐라고 할까.'

애답지 않은 어조로 '그럴 줄 알았습니다' 하며 잘난 체를 할까?

거기까지 떠올린 구봉팔은 픽 웃었다.

'나도 나이가 든 건가. 어쭙잖은 감상에 휘둘리다니 예전 같질 않군.'

그리고 구봉팔은 마지막으로 박상대의 얼굴을 마주하고 몇 가지 물어보고 싶었다.

그래, 이를테면…….

평소부터 몸을 움직이는 일에는 자신이 있었다.

앵벌이를 하던, 이보다 더 힘들던 시절에도, 구봉팔은 자신보다 나이가 많은 '형'들을 상대로 지지 않고 맞설 수 있을 정도였다.

이름도 얼굴도 모르는 부모가 남겨 준 것이라곤 이 몸뚱이뿐이었지만, 그 몸뚱이가 쓸 만하단 사실이 구봉팔에겐 그나마 위안거리였다.

게다가 백설희를 찾는 사이 야산을 달리며 충분히 몸을 데워 둔 것이 주효했다.

구봉팔은 스스로도 믿기지 않을 만한 힘으로 달려가, 백설희가 떨어지는 순간 그 손을 붙잡을 수 있었다.

「큭!」

백설희의 무게에 더해 순간적인 충격으로 어깨가 빠질 것 같은 충격을 느꼈다.

　그럼에도, 이쯤은 아무것도 아니다.

　평소 같으면 그 타고난 완력으로 백설희 정도는 단박에 끌어올리고도 남는다.

　하지만 오랜 시간 추위에 시달려 온 구봉팔의 얼어붙고 곱은 손에는 좀처럼 힘이 들어가질 않았다.

　게다가 뛰어들 듯 몸을 날려 붙잡은 탓일까, 둘이 함께 저 어둠 아래로 떨어지지 않은 것조차 기적일 만큼 자세도 나빴다.

　구봉팔은 백설희를 붙잡은 반대편 손으로, 자신이 떨어지지 않게끔 담장 모서리를 붙들고 버티는 것이 고작이었다.

　백설희는 구봉팔에게 한 팔을 붙잡힌 채, 그 발아래, 마치 무저갱 위로 올라선 듯한, 중력이 끌어당기는 허공에 떠올라 있는, 어디가 위고 아래인지 분간조차 되질 않는 어둠 위로, 빨갛게 된 맨발바닥이.

「이거 놔.」

　백설희의 무표정한, 아무런 감정도 실리지 않은 얼굴에는 구봉팔도 하마터면 손을 놓칠 뻔했다.

　거기엔 구봉팔의 가슴을 간질이곤 하던 평소의 모습은 오간 데 없었고, 오히려 백설희가 저런 표정을 지을 리 없다는 현실 부정이 앞설 만큼, 그건 차라리 눈만 뜨고 있을 뿐인 무기질적인 것이었다.

「우, 웃기지 마.」

구봉팔은 히죽 웃는 얼굴로 허세를 부렸다.

「무단 외출을 하면 쓰나? 돌아가면 혼날 줄 알아.」

「……」

「걱정 마, 나도 옆에서 혼나 줄 테니까.」

구봉팔이 애써 쥐어짜 낸 농담에도 백설희는 아무런 반응을 하지 않았다.

이미, 마음이 죽어 있다.

그러는 사이에도 손이 미끄러지는 것이 느껴졌다.

또, 잠시 잠깐 그러는 동안 백설희의 표정이 변했다.

일그러뜨리며 변한 얼굴로, 그녀는 마치 팔에 붙은 벌레를 떨치듯, 남은 손으로 구봉팔의 손을 떼어 내려 하고 있었다.

젠장. 그 죽은 마음이 여기도 옮아 붙는 것 같다.

그때, 턱, 하고 구봉팔의 손을 맞잡는 손길이 있었다.

「새끼, 힘 좀 쓰는 것 같더니.」

박상대였다.

평소부터 박상대가 끔찍이도 싫은 구봉팔이었지만, 지금이 순간만큼은 끌어안아 주고 싶을 만큼 기뻤다.

그리고 구봉팔과 겹쳐 등 뒤의 박상대의 눈을 보는, 백설희의 표정에는 생기가 돌아오며 눈가에 물기가 맺히기 시작했다.

「상대야.」

박상대는 항시 이런 표정을 보아 왔겠구나.

이 와중에도 구봉팔은 그런 생각으로 입안이 씁쓰레해지는 것을 느꼈다.

박상대가 말했다.

「돌아가자. 돌아가서, 이대로 둘이서 떠나자. 응? 이 엿 같은 동네를 떠나서, 아무도 모르는 곳으로…….」

백설희가 미소를 지었다.

「고마워.」

그리고 그녀가 말을 이었다.

「하지만, 저 아래에, 아기가 기다리고 있어.」

그 말에 박상대가 흡, 하고 숨을 멈추는 것이 느껴졌다.

……제정신이 아니군.

기분이 나빠진 구봉팔은 지금은 백설희를 상대하지 않기로 했다.

「야, 박상대.」

「…….」

「셋 하면 끌어올린다. 하나, 둘…….」

구봉팔이 인상을 일그러뜨리며 손에서 힘을 주려는 찰나.

박상대가 손을 놓았다.

순간 시간이 느리게 흐르는 것 같았다.

백설희는 만족한 듯 미소를 띠고 있었다.

아니, 한순간은 그랬으나, 구봉팔은 백설희가 어둠에 집어삼켜지기 전, 겁에 질린 표정을 보았다.

직후.

퍽.

무언가가 깨지는, 구역질이 날 만큼 기분 나쁜 소리가 들렸다.

그 소리에 시간이 원래대로 돌아왔다.

「……셋.」

구봉팔은 아직도, 백설희의 손을 붙잡고 있는 것처럼 느꼈다.

하지만 그럴 리 없다.

백설희는 어둠 속으로 끌려 들어가듯 사라졌고, 다시는 돌아오지 않는다.

순간적으로 대체 무슨 일이 일어난 건지, 머리가 따라오질 않았다.

허공을 움켜쥐는, 허우적거리는 자신의 빈손만이 지금이 현실임을 강제로 자각시켰을 뿐이었다.

스륵, 몸을 일으키는 소리를 들은 구봉팔은 멍한 눈으로 박상대를 올려다보았다.

그는 백설희를 따라 몸을 던지려 하고 있었다.

생각하기도 전에 몸이 먼저 움직였다.

구봉팔은 즉시 근육을 쥐어짜 온몸으로 박상대의 다리에

태클을 걸어 그를 쓰러트렸고.

쿵.

「이거 놔, 이 새끼야!」

짐승처럼 울부짖는 박상대가 구봉팔의 얼굴을 주먹으로 후려갈겼다.

퍽!

도련님치곤 손이 제법 매웠다.

구봉팔은 박상대의 몸을 감싸 안고 담장 반대편으로 굴렀다.

박상대 위로 올라탄 구봉팔은 박상대의 얼굴에 주먹을 날렸다.

퍽!

박상대도 지지 않고 몸을 비틀어 구봉팔 위로 올라탔다.

이 당시만 해도 박상대는 구봉팔보다 덩치에서 앞섰다.

왜 싸우는지도 모른 채 둘은 엎치락뒤치락, 물고 뜯는 짐승처럼 야산을 뒹굴며 정신없이 주먹을 날려 댔다.

그 싸움 동안, 얼마만큼의 시간이 지났는지도 모를 정도였다.

「씨팔, 이게 뭐야!」

중년 남자의 목소리가 아래에서 위로, 울려 퍼졌다.

저 아래, 좀도둑 놈들이 건축 자재를 훔쳐 가지 않게끔 당직을 서는 경비가 소란을 느끼고 온 모양이었다.

백설희가 낸 소리 때문인지, 야산을 쩌렁쩌렁 울리던 박상대의 고함 때문인지, 아니면 자신도 고함을 질러 댔는지, 무엇 때문인지 모르겠다.

백설희의 시체가 저 아래, 어둠 속에서 발견되었다는 것만이 명백했다.

그 직후 둘은 마치 짜 맞춘 것처럼 싸움을 멈추고 숨을 헐떡이며 나란히 누웠다.

그제야 얻어맞은 곳곳이 시큰거리며 온몸에 격통이 느껴졌다.

「……씨팔.」

누가 한 말인지도 모를 나직한 욕지기가 들렸다.

아무래도 상관없을, 밑바닥에 찌꺼기처럼 남은 감정의 마지막 배설.

나풀나풀 내리는 싸락눈이 열기로 달아오른 얼굴 위에 닿자마자 스르르 녹아 물방울이 되어 얼굴을 타고 내렸다.

눈 녹은 물 치고는 뜨거웠다.

"이봐, 주인장."

구봉팔의 말에 마스터는 고개를 돌려 그를 보았다.

"잔이 비었군요. 한 잔 더 드릴까요?"

구봉팔은 어느새 마셨나, 싶은 얼굴로 고개를 끄덕였다.

"말이 나온 김에 부탁하지."

마스터가 빈 잔에 얼음과 술을 채우는 사이, 구봉팔이 입을 열었다.

"주인장, 만약 누군가를 오랜만에 만난다고 하면, 그 상대와 무슨 이야기를 하면 좋을까?"

구봉팔이 말을 이었다.

"상대는 나를 기억 못 할지도 모르고, 예전에도 썩 좋은 관계는 아니었어."

"글쎄요."

마스터는 담담히 말을 받았다.

"그럴 때면, 일단 술 한 잔을 사면서 이야기를 나눠 보는 건 어떨까요."

"단순하군."

"굳이 복잡할 이유는 없지 않겠습니까."

구봉팔이 피식 웃었다.

"하긴."

구봉팔은 손목시계를 들여다보았다.

"……조금 늦는걸."

그리고 구봉팔은 다시 잔을 홀짝였다.

「…….」

경찰차가 요란하게 사이렌을 울리며 구봉팔을 지나쳐 갔다.

산 아래로 내려와 보니 산 위의 적막이 마치 꿈속의 일처럼 느껴졌다.

차량 여러 대가 밝히는 불빛에 밀려난 어둠은 생각보다 짙지 않았고, 구봉팔은 추위에 그대로 노출된 채 장정 둘 사이에 팔짱을 끼여 구속되어 있었다.

그와 대조적으로, 박상대는 누군가가 덮어 준 코트를 어깨에 걸친 채 무표정한 얼굴로 경찰차가 떠나가는 것을 물끄러미 쳐다보기만 했다.

두 발로 딛고 서 있는 것도 간당간당한 마당이어서, 구봉팔은 차라리 이 상황이 마음에 들었다.

이상한 일이지만, 엉망진창으로 부어오른 박상대의 얼굴을 보는 것도, 제법 기분이 좋았다.

「쯧.」

박영효가 혀를 차며 걸어왔다.

그 뒤의 보좌관인지 비서인지 경호원인지 뭔지 모를 똘마니 하나는 박상대가 버스 정류장에 버려두고 온 보스턴백을 손에 들고 있었다.

박영효는 구봉팔 앞에 멈춰 섰다.

「……너냐?」

먼발치서만 보던 '높으신 분'이 몸소 말을 걸어 주었음에
도.

대답은 필요 없었다.

짝!

박영효는 있는 힘껏 구봉팔의 따귀를 갈겼다.

구봉팔의 고개가 휙 꺾였지만 별로 아프지도 않았다.

아들의 목숨을 구해 준 은인 대접은 바라지도 않았고, 들
개 취급을 당하는 건 익숙했으니까.

「…….」

「……눈빛이 마음에 안 들어.」

박영효는 고개를 돌려 버렸다.

그 시선이 향한 곳은 박상대였다.

박영효는 박상대를 보며 다시 한번, 혀를 쯧 하고 찼다.

「멍청한 놈.」

「…….」

박영효는 박상대의 코트 자락을 손수 여며 주며 말을 이었
다.

「이 중요한 때에 그깟 천한 계집이 뭐라고.」

다짜고짜 따귀를 얻어맞아도 아무렇지 않은 구봉팔이었
지만, 그 순간만큼은 어째 머리에 피가 솟구치는 기분이 들

었다.

하지만 몸은 구속된 상태였고, 힘도 들어가지 않았다.

다만, 그 대신.

박상대의 주먹이 박영효를 향했다.

부웅.

하지만 박상대의 주먹은 힘없이 허공을 갈랐고, 박영효는 경악하며 뒷걸음질을 쳤다.

박상대는 바닥에 떨어진 코트 자락을 밟으며 재차 달려들려 했고, 박영효의 부하가 박상대의 몸을 끌어안으며 말렸다.

「도련님, 이러시면 안 됩니다!」

「……놔, 놓으라고!」

그 상황에도 박상대는 박영효를 향해 악착같이 달려들려 했으나 힘이 다한 박상대는 당연하다는 듯 제지되었다.

「……후레자식. 따로 짐을 챙길 필요는 없겠구나.」

박영효는 인상을 일그러트리며 몸을 돌려 자리를 떠나갔다.

이후, 백설희의 공식적인 사인은 실족사로 처리되었다.

아무도 없는 야밤에 굳이 아무것도 없는 담장까지 가서 '실족'할 만한 일이 있을 리 없지만.

이는 금배지를 달고자 하는 박영효나, 괜한 구설수에 오르기 싫었던 고아원 측의 이해관계가 일치한 협의였다.

그 침묵엔 고아원이 천주교 교단을 끼고 있는 것도 한몫

했을 것이다.

그 덕택인지는 몰라도 구봉팔에 대한 사감의 처벌 역시 몇 대 얻어맞고 하루 종일 굶기고 남들이 꺼리는 험한 일에 부리는 등, 비교적 관대했다.

백설희의 죽음과 관련해 단단히 입막음을 요구한 것은 물론이다.

구봉팔도 그날 밤 있었던 일을 남에게 떠들고 싶은 생각은 추호도 없었으므로, 이 역시 마찬가지로 이해관계가 일치한 일이었다.

그렇다고 해서, 있었던 일이 없는 일이 될 리는 만무했다.

겉돌기 일쑤인 구봉팔이야 어쨌건 아이들 사이에서 백설희는 흠모의 대상이자 선망의 대상이었으므로, 아이들은 쭈뼛거리며 그날 밤 무슨 일이 있었는지를 물으려 했다.

하지만 당사자가 입을 다무니, 소문은 몸집을 불리며 커져 갔다.

백설희와 박상대 사이에 애가 들어섰다거나.

박영효가 그 애를 강제로 지우게 했다거나.

박상대는 백설희와 야반도주를 계획했으나, 백설희는 결국 박영효에게 '살해'당했다거나.

구봉팔은 그런 백설희를 지키기 위해 싸웠다거나.

박상대는 박영효에 의해 강제로 짐을 싸 동네를 떠나게 됐다거나……

소문은 일부 진실도 있었을 것이고, 진실과 완전히 동떨어진 허무맹랑한 것도 있었지만.

소문이야 어쨌건 구봉팔을 향한 고아원아들의 시선은 경계 가득한 것에서 묘한 존경심 같은 것이 깃들기 시작했다.

몇몇은 그래서 구봉팔을 돕기도 했다. 구봉팔은 신경 쓰지 않았지만.

그사이 구봉팔은 몸이 회복되기를 기다렸다.

붓기가 가라앉고 몸에 힘이 붙었다고 생각한 구봉팔은 쇠파이프를 챙겨 고아원을 떠났다.

쇠파이프 정도는 사방에 굴러다녔으니, 어렵지 않게 챙길 수 있었다.

휘두르기 좋게끔 공장에서 직접 절삭한 쇠파이프였다.

그날은 박영효가 밤늦게까지 술을 마시는 날이라고, 고아원생들에게 전해 들은 날이었다.

D구는 예나 지금이나 조용하고 한적한 동네였고, 사람들이 모인다 하는 곳은 정해져 있었다.

특히 D구 시내에 제법 번듯한 건물이라고 하면 박영효의 손길이 닿지 않은 곳이 없다고까지 일컬어질 정도였으나, 구봉팔이 향하는 곳은 그런, 시내에 있는 번듯한 건물이 아니었다.

이 시대 변두리 깡촌에서만 할 수 있는 그런 접대.

백설희가 있던 곳.

구봉팔은 야음을 틈타 담장을 넘었다. 지난번에 비해 감시가 삼엄해졌다고 해도, 그에게 고아원을 빠져나가는 건 어린애 팔목을 비트는 일보다 더 쉬운 일이었다.

구봉팔은 출마를 앞둔 박영효가 '접대'를 하는 곳으로 향했다.

'그런 일'이 있었음에도 불구하고 박영효 개인의 일정은 차질 없이 지나갔다.

어찌 보면 당연한 일이었다.

기껏해야 고아원 여자애 하나가 죽은 일에 불과했다.

전화위복, 그 아들인 박상대에게도 어디 근본도 모를 천한 계집을 떼어 낸 계기라 여기고 있을 것이 어딘지 눈에 선했다.

구봉팔은 품속의 쇠파이프를 의식하면서 밤그림자에 몸을 숨긴 채 길을 나섰다.

그곳의 외관은 겉보기엔 평범한, 이 시대에 한창 들어서곤 하던 2층 양옥이었다.

그 양옥 앞, 마당이라고 부르기도 민망할 정도로 그저 아무것도 없는 공터에 불과한 곳에는 차량 몇 대가 주차되어 있었고, 커튼이 쳐진 저택 안쪽은 환한 조명이 불을 밝히고 있었다.

구봉팔은 쇠파이프를 꺼내 손에 쥐었다.

기름때에 절고 추위에 튼 구봉팔의 손바닥 안, 겨울밤의 한기에 시달린 차가운 쇠파이프의 감촉이 착 하고 감겨 왔다.

이제 와서 언감생심 박영효를 어떻게 해 보려던 것은 아니었다.

구봉팔은 그저, 박영효를 상대로 다른 누군가의 방해 없이 몇 가지 물어보고 싶을 뿐이었다.

정말로 백설희를, '천한 계집'이라고 여기고 있는 것인지.

그러는 댁은 얼마나 고결한 인간인 건지를.

거기에 더해 손에 들린 무기를 잘 활용한다면 박영효의 수하 몇 명 정도는 충분히 제압할 수 있으리란 딱히 근거 없는 확신도 있었다.

박영효가 있는 집과 자신이 선 땅은 빛과 그림자, 온기와 냉기로 양극단을 이루고 있었다.

어둠에 싸인 저택은 지금 바깥에서 무슨 일이 일어나고 있는지도 모를 만큼 고요했다.

그러나 그 고요함은 왠지, 구봉팔이 느끼기에도 어딘가 수상쩍고 낯설었다.

멀리서 그 저택을 보며, 구봉팔은 당시만 하더라도 그것이 이 집에서 벌어지는 비밀스러운 일에 대한 개인적인 감상 탓이라 여겼다.

하지만, 그런 게 아니었다.

집과 가까워질수록 구봉팔은 그 위화감의 정체를 또렷이

인지하기 시작했고, 어느 순간부터 그는 냅다 집을 향해 달리기 시작했다.

「미친, 이게 대체 무슨 일이야!」

집의 기괴함과 위화감은 그곳에 가까이 다가갈수록 정도를 더했다.

창 안쪽에 비치는 그건 단순한 온기가 아니었다.

열기. 그리고 불.

매캐한 연기가 닫힌 창문 사이 틈새를 통해 비집어 나오고 있었다.

우지직, 쾅!

구봉팔은 망설이지 않고 어깨로 현관문을 부수고 들어갔다.

바닥을 구르는 구봉팔의 머리 위로 불길이 훅 하고 지나갔다.

「콜록, 콜록!」

구봉팔은 자세를 낮춘 채 소매로 입가를 가리며 집 안을 둘러보았다.

어디서부터 시작되었는지 모를 불길은 인적 하나 없는 집을, 가구를, 소파를, 커다란 괘종시계를 집어삼켜 가는 중이었다.

'아무도 없는 건가?'

그럴 리 없다. 마당도 멋도 아닌 공터에 주차되어 있던 여러 차 중에는 분명, 박영효가 자랑하는 외제 승용차도 있었다.

'……박영효는 어디지?'

이 소란에 아무도 밖을 뛰쳐나오지 않았다는 건…….

그때 고아원 아이들이 떠드는 이야기가 구봉팔의 머릿속을 퍼뜩 스치고 지나갔다.

저택엔 지하가 있고, 거기서 은밀한 접대가 이루어지곤 한다는 그런.

이윽고 구봉팔의 시선은 이 외관의 평범함과 상이한 저택 내부 구조 한 곳을 향했다.

2층으로 향하는 계단 아래, 지하로 내려가는 문.

그곳은 일반적인 가정에서 볼 수 있는 것과 달리 두꺼운 철문이 가로막고 있었는데.

그 쌍여닫이문은 바깥에서 두꺼운 쇠사슬이 칭칭 휘감겨 자물쇠를 채워 놓았다.

게다가 철문은 저 너머 쾅, 쾅, 울리는 몸부림으로 들썩이는 중이었다.

「……씁.」

운이 좋게도, 자물쇠는 흔한 물건이었다. 그럼에도 손잡이에 감긴 쇠사슬 때문에 안쪽에서는 바깥을 열 수 없게끔 되어 있었다.

구봉팔은 아직도 손에 들려 있던 쇠파이프로 자물쇠를 내리쳤다.

깡! 깡! 깡!

구봉팔이 내려친 쇠파이프에 의해 자물쇠가 비틀리고, 자물쇠가 떨어져 나갔다.

뒤이어 구봉팔은 쌍여닫이 문손잡이 두 개를 칭칭 휘감고 있는 쇠사슬을 문에서 떼어 냈다.

구봉팔이 쇠사슬을 풀자마자.

쾅!

문이 열리고, 연기 속에서 헐벗은 여인들과 배불뚝이 사내들, 경호원인 듯 건장한 사내들이 목이 터져라 기침을 해 가며 기듯이 문을 빠져나왔다.

「쿨럭! 쿨럭!」

「바, 밖이다!」

패닉에 빠진 군중 속에 박영효는 없었다.

구봉팔은 개중 얼굴이 기억에 남아 있던, 박영효의 똘마니 한 놈의 목덜미를 붙잡았다.

「박영효는?」

그는 겁에 질린 눈으로 지하실 안쪽을 힐끗 쳐다보았다.

「젠장..」

구봉팔은 사내를 내던지듯 놓으며 지하실 계단을 빠르게 내려갔다.

그러는 사이, 구봉팔의 반대 방향으로 사람들은 불길을 피해 집을 빠져나갔다.

분명, 지하실 내부는 제법 화려하게 꾸며 두었을 것이나.

퓨즈가 끊기고 불길이 집어삼킨 안쪽은 지옥처럼 어둡고 뜨거웠다.

나중에 알게 된 일이지만 이들이 지하실에 갇히고도 그나마 시간을 벌 수 있었던 건 지상으로 이어진 환기구 덕분이라고 했다.

하지만 지금 구봉팔에게 그런 기회, 이들이 맞이한 한 자락 행운 같은 것은 머리에 들어오지 않았고, 당장 박영효를 찾아야 한단 생각뿐이었다.

「박영효!」

구봉팔은 박영효의 이름을 외쳐 가며 지하실을 쏘다녔고.

지하의 어느 구석진 곳에서 미약한, 아주 희미한 콜록거림이 그 귓가에 들렸다.

누군가에게 얻어맞았는지, 박영효는 바닥에 기대앉아 연신 기침을 쿨럭거리고 있었다.

구봉팔은 박영효를 들어 올리려다가 잠시 멈칫했다.

반쯤 본능적으로 여기까지 왔지만, 과연 이런 놈을 구할 가치가 있을까.

「······.」

이유는 모르겠지만, 그 순간 구봉팔은 자신의 눈앞에서 어둠 속으로 빨려 들어간 백설희의 얼굴이 선연하게 떠올랐다.

동시에 그 전, 자신에게 가만히 다가와 준 백설희의 모습까지도.

「……씨팔.」

결국 구봉팔은 무언가에 홀린 듯 박영효를 들쳐 업었다.

「꽉 붙잡아.」

「…….」

박영효는 의식을 잃었는지 대답이 없었다.

구봉팔은 그를 업은 채, 뜨겁고 어두운 지하실을 헤매기 시작했다.

그곳을 어떻게 빠져나왔는지도 모르겠다.

그건 박영효가 타고난 운이었을까, 아니면 살면서 좋은 일이라곤 없었던 구봉팔에게 찾아온 처음이자 마지막 행운이었을까.

이후 몇 번인가 의식이 깜빡였다가 사라지길 반복했다.

정신을 차리고 보니 구봉팔은 불타는 집을 등지고 차가운 겨울 바닥 위에 쓰러져 숨을 헐떡이는 자신을 관조할 수 있었다.

그리고 누가 어떻게 신고를 했는지, 멀리서 들리는 사이렌 소리가 요란하였다.

「…….」

살았다. 이번에도.

스륵.

얼어붙은 흙을 움켜쥐는 구봉팔의 손등 바로 앞에서 구둣발 하나가 멈춰 섰다.

구봉팔은 반사적으로 고개를 들었다.

「허어, 이거 참.」

'누구지?'

구봉팔의 눈에도 어딘지 모르게 범상치 않은 기도를 풍기는 자였다. 그는 노인, 이라고 일컫기에는 아직 부족하고, 그렇다고 해서 중년에 치부하기엔 과한, 정정한 남자였다.

「한편으론 운이 좋았어. 여전히 하늘은 내 편이로군.」

그는 턱을 긁적이더니 구봉팔의 곁에 엎어져 있는 박영효를 향해 턱짓을 했다.

「모셔라.」

「예, 회장님.」

……회장님?

그 한마디에 수행원은 기절한 박영효를 부축해 불을 등지고 어둠 속으로 사라졌다.

하지만 사내는 여전히 그 자리에 선 채 싱글싱글 웃으며 구봉팔을 내려다보았다.

「네가 한 거냐?」

「…….」

콱.

수행원 하나가 대답 없는 구봉팔의 등을 지르밟았다.

「대답해.」

사내는 나직한 말로 수행원을 말렸다.

「내버려 둬라.」

이어서 그는 불길에 휩싸인 집과 부하에게 부축되어 자리를 뜨는 박영효를 번갈아 보더니 씩 웃었다.

「흐음……. 아하, 어떻게 된 일인지 알 거 같군. 소문이 틀리지 않았어.」

그는 잠깐 현장을 살핀 것만으로 무슨 일이 있었던 건지 때려 맞춘 듯 싱긋 웃더니 코트를 벗었다.

「이걸 없던 일로 할 수는 없겠고. 누군가는 덮어써야겠지. 어쨌건, 박영효는 끝이군. 이래서 자식 농사가 중요한 게야.」

이후 남자는 구봉팔 앞에 쪼그려 앉아 벗은 코트를 구봉팔에게 덮어 주며 그 눈을 똑바로 쳐다보았다.

「아이야, 이름이 뭐냐?」

그가 발휘한 소소한 친절에도 불구하고 가까이서 보니 오금이 저릴 것 같은 기개가 구봉팔을 덮치듯 몰려들었다.

누군진 모르나, 이자는 진짜배기다.

서울이라곤 해도, 이런 변두리 깡촌까지 올 만한 인간은 아닌 것이다.

구봉팔은 기침을 참으며 되물었다.

「……그쪽은?」

으득.

수행원은 이번만큼은 그 무례를 용납할 수 없다는 듯 구봉팔의 손을 지그시 밟았다.

사내는 이번엔 그 행동을 말릴 생각도 없이 씩 웃으며 부하가 하는 양을 가만히 지켜보았고.

「눈빛이 마음에 드는군.」

이내 몸을 일으켰다.

「내가 누군진 나중에 알게 될 거다.」

이후 남자는 등을 돌려 구봉팔을 떠났다.

「잘 챙겨 봐라.」

남자의 목소리, 구봉팔은 그 순간 지친 몸에 긴장이 풀렸는지, 까무룩 의식이 끊어졌다.

그건 이제 와 돌이키면 제법 오래전 일이었다.

박영효를 비롯한 그 자리에 있었던 '높으신 분들'은 이 일을 크게 떠들어 대는 걸 원치 않았다.

그때 본 사내의 말마따나 '누군가는 덮어써야 할 일'이었다.

이후 구봉팔과 박상대는 D구를 떠났다.

구봉팔은 소년교도소에 수감되었고, 박상대는 어디 물 건너 나라로 유학을 떠났단 차이가 있을 뿐.

구봉팔은 방화에 폭행까지 모든 죄를 덮어쓰고 소년교소도에 수감되었지만, 박영효는 생명의 은인이랄 수 있는 구봉팔에게 그런대로 은혜를 갚았다.

원래 피해 규모보다 축소해 신고가 들어간 것은 물론이고
—그건 박영효도 장소의 목적을 소상히 밝힐 수 없었기에 그
랬던 거겠지만—그 시대 기준으론 결코 적지 않은 돈을 받
았다.

물론 두 번 다시는 D구에 발을 들이지 말란 조건이 붙긴
했으나 어차피 그 당시만 하더라도 구봉팔 역시 D구를 다시
찾을 일은 없을 것이라 여겼다.

구봉팔은 그저, 그 지긋지긋한 D구를 떠나게 해 준 것만
으로도 고마울 정도였으니까.

어차피 박영효도 그날 밤, 수많은 것을 잃었다.

출마 예정이던 박영효는 후보직에서 사퇴했고, 개발 예정
지로 손꼽히던 D구의 사업 이야기는 물 건너간 이야기가 되
어 깡촌으로 남았다.

요한의 집은 지원이 뚝 끊겼고, 누군가의 지원을 받아 간
신히 그 명맥을 이어 갔다.

그리고 그 시대에도 거물로 손꼽히던 조성광 회장이 직접
사람을 시켜 소년교도소에 수감 중이던 구봉팔과 접촉한 것
은 마냥 우연이 아니었다.

「어떠냐. 내가 누구인지는 나중에 알게 될 거라고 했지?」

「…….」

출소한 구봉팔은 조성광이 내민 두부를 말없이 받아 한 입

크게 깨물었다.

　모두, 오래전 이야기였다.

7장

바깥은 해가 지고 어두웠다.

커튼을 친 어둑어둑한 방에서 하루 종일 술을 달고 있었더니 박상대는 시간관념이 사라져 있었다.

택시 기사가 틀어 둔 라디오에서는 여름의 시작을 알리는 듯한 경쾌한 음악이 흘러나왔다.

「깊은 밤 너에게 전화를 걸까 말까 망설였지……」

지긋지긋한 서울 밤거리도 이제 마지막이라고 생각하니, 박상대는 괜한 상념에 젖어 들었다.

라디오의 노래가 끝나고, 아나운서가 말을 이었다.

「SBY의 너란 이름으로, 인기가 어마어마한데요. 들으니 여름이 왔다는 느낌이 듭니다. 이번 여름 가요무대는 치열할 것으로 보이는데요. 교통정보입니다. 현재 강서 구간에 정체가 이어지고 있으며…….」

아나운서의 목소리를 한 귀로 흘리며, 박상대는 가방을 끌어안은 채 핸드폰을 만지작거리고 있었다.

노랫말 때문일까, 문득 누군가에게 미치도록 전화를 걸고 싶었다.

하지만 그 누가 전화를 받아 줄 것인가.

박상대와 연결된 이들은 모두가 저마다의 이권을 따라 움직였을 뿐이고, 그 속에 인간 대 인간을 마주하는 진심이라곤 없었다.

"……."

이유는 모르겠지만.

오래전에 만났던, 지금은 이름도 생각이 나질 않는 한 놈이 머릿속에 떠올랐다.

'백설희를 졸래졸래 따라다니던 놈이었는데.'

거기까지 생각한 박상대는 픽 웃었다.

비루한 인생살이를 살아갈 놈이다. 지금은 죽었는지 살았는지도 모를 놈이, 이제 와서 머릿속에 떠오른단 것도 어딘지 모르게 우스운 일이라 생각했다.

그것도 지금 이 순간에.

박상대는 고심 끝에, 오랜만에 핸드폰을 켰다.

삼광전자 로고가 사라지고, 무수한 부재중 기록과 수신하지 않은 문자메시지 알림이 화면에 떠올랐다 그는 주소록에 등록된 핸드폰에 전화를 걸었다.

ㅡ……여보세요?

수화기 너머 조심스러운 목소리를 들으며 박상대는 입을 뗐다.

"나야."

ㅡ……혹시, 상대 씨?

이윽고 수화기 너머 약혼자는 박상대임을 확신한 듯 다급히 말을 이었다.

ㅡ상대 씨죠? 상대 씨 맞죠?

박상대는 잠시 뜸을 들이다가 다시 입을 열었다.

"그냥, 마지막으로 목소리를 듣고 싶어서."

ㅡ예? 지금 뭐라고…….

약혼녀는 양갓집 규수답게 순진하고 순수했다.

최갑철에게 소개받은 그날, 그 집을 방문했던 날.

수줍은 듯 고개를 숙이며 얼굴을 발그레 붉히던 약혼자의 모습이 눈에 선했다.

ㅡ혹시 이상한…… 나쁜 생각 하는 건 아니죠? 상대 씨, 지금 어디예요? 우리 만날까요?

보라, 이 지경이 되어도 자신을 생각해 주는 사람이 있지 않은가.

반쯤은 정략결혼에 가까운 입장이었음에도, 이따금 자신을 향하던 그녀의 미소만큼은 진심으로 느껴지곤 했던 박상대였다.

이만하면 아주 잘 못 살지는 않은 것 같다고, 박상대가 생각하는 사이 약혼자가 말을 이었다.

─괜찮아요, 상대 씨. 저는 상대 씨 편이에요. 그러니까…….

"고마워. 그 말을 듣고 싶었어."

─상대 씨!

박상대는 더 이상 미련이 생기기 전, 전화를 끊었다.

하마터면 약혼자의 울음 섞인 목소리에 마음이 흔들려 경찰에 자수를 할 뻔했다.

'……이제 와서 무슨.'

뒷좌석에 등을 기댄 채 도심의 야경을 보고 있으려니, 박상대의 핸드폰으로 재차 전화가 걸려 왔다.

전화를 받을지 말지 망설이던 박상대는 그녀에게 사랑한단 말 한마디 못 해 준 것이 마음에 걸렸다.

그래서 전화를 받았다.

"여보세요."

─박상대 씨? 경찰입니다.

"……."

순간, 얼굴의 핏기가 싹 가시는 기분이 들었다.

그 즉시 박상대는 핸드폰의 통화 종료 버튼을 누른 뒤, 손에 든 핸드폰을 뚝 하고 분질렀다.

"……하, 하하."

저도 모르게 헛웃음이 나왔다.

이 공교로운 때에 경찰의 전화라, 순간적으로 이해가 갔다.

약혼자는 전화를 끊자마자, 경찰에 연락을 한 것이다.

"씨잇팔."

박상대는 킬킬 웃으며 창문을 연 뒤, 동강 난 핸드폰을 차창 밖으로 던져 버렸다.

택시 기사는 백미러로 그런 박상대를 힐끗 쳐다보았다.

"저, 손님, 창밖에 쓰레기를 버리면……."

"닥치고 운전이나 해."

"……."

"뭘 봐?"

기사는 입을 다물었다.

"……."

택시는 대로를 지나 가로등이 침침한 거리로 접어들고 있었다.

욱하는 마음에 저질렀던 박상대는 그제야 아차 싶었다.

지금 자신은 눈에 띄면 안 되는 입장이었다.

마침, 라디오에선 아나운서가 말을 이어 가는 중이었다.

ㅡ「……박상대의 행방이 묘연한 가운데, 검찰 측은 구속영장 발부를 심사 중이며…….」

박상대란 이름이 들리니 귀가 트였다.

'젠장, 영장까지 나오게 되는 건가.'

박상대는 속으로 중얼거리며 힐끗 택시 기사를 살폈다. 그는 뚱한 얼굴이긴 해도, 박상대를 알아본 것 같지는 않았다.

하지만, 괜히 뒤가 켕긴 박상대는 택시에서 내리기로 하고 입을 열었다.

"세워 주십시오."

"예? 하지만 손님……."

"세우라고."

택시가 멈춰 섰다.

2만 3천 원.

박상대는 지갑을 뒤적이려다가, 호텔 침대에 지갑을 던져 두고 왔다는 걸 자각했다.

'씁.'

하는 수 없이 박상대는 가방의 잠금장치를 열고 그 안에서 돈뭉치를 꺼냈다가, 기사의 눈치를 슬쩍 살피곤 그 뭉치에서만 원짜리 지폐 세 장을 꺼내 기사에게 건넸다.

"잔돈은 됐습니다."

그리고 박상대는 으슥한 거리에서 내렸다.

'걸어가야겠군.'

박상대는 가방을 추켜들며 터벅터벅 발걸음을 옮겼다.

'나 참, 일이 안 풀리려니 별 개 같은…….'

홀로 어두운 길을 걷던 박상대는 묘한 위화감을 느꼈다.

그 위화감의 정체를 생각하다 보니, 박상대는 퍼뜩 생각에 미쳤다.

그곳으로 가면, 과연 조설훈이 순순히 배를 태울까?

거기까지 생각이 미치니, 박상대의 머리가 오랜만에 냉정하게 팽팽 돌아갔다.

'설마, 조설훈 그놈은 처음부터 상황이 이렇게 될 것을 짐작한 건가.'

그제야 박상대는 조설훈이 도깨비 신문에 압력을 넣은 것이 기사를 내리라거나 정정하라는 요청이 아니었음을 깨달았다.

그가 했던 건 오히려, 불난 집에 부채질을 하라며 기자를 옥죈 것이었다.

'가면, 죽는다.'

식은땀이 등줄기를 타고 주르륵 흘러내렸다.

지금이라도 발걸음을 돌려야 했다.

어디로?

'하다못해 경찰을 찾아가서라도 신변 보호 요청을······.'

박상대는 방금 내렸던 택시를 향해 몸을 돌렸다.

그 순간 박상대는 자신이 느꼈던 위화감의 정체가 그런 깨달음이 아니었음을, 직감했다.

택시는 자신을 내려 준 그 자리에서 기다리고 있었다.

순간, 택시의 헤드라이트가 자신을 향했다.

"윽!"

박상대는 순간적인 눈부심에 인상을 찌푸렸고…….

버스에서 내린 박순길 형사는 정류장 근처를 돌아보며 머리를 긁적였다.

"워메, 여긴 또 어디여?"

분명 제대로 내렸다고 생각했는데, 이번에도 어딘지 모를 알 수 없는 곳에 내렸다.

"서울은 눈 감으면 코 베어 간다더니, 흐미, 그게 참말이여."

박순길은 자신이 버스에서 졸다가 몇 정거장을 지나쳤다는 생각은 하지 않고 애꿎은 서울 대중교통 시스템을 원망했다.

그렇다고 해서 지하철 같은 걸 타는 건 생각도 못 하겠고, 그에겐 버스 요금에 지하철 요금까지 연달아 내야 한단 것은 납득하기 힘든 처사였다.

비록 김보성의 지휘하에 수사가 원만하게 돌아가는 상황이라곤 하지만, 수사 진행 방향이 지능형 범죄 및 탈세 따위로 기울고 고위 공직자가 연루된 사건에 검찰도 광수대처럼 상호 이해관계를 초월한 조직의 필요성까지 나오곤 하는 마당이었다.

그러다 보니 뭐라더라, 미국처럼 특검이란 걸 만들어서 시행해야 한다는 주장이 어느 칼럼에 실렸다는 걸 스치듯 들은 기억이 났다.

'······거기까진 내 알 바가 아니지만.'

다만 상황이 이렇다 보니 역설적이게도 광수대에 소속된 박순길 같은 정통파 경찰이 설 입지가 애매해졌다.

사실, 서울까지 올라온 박순길의 목적은 당초 양춘자를 안전하게 호위하는 선에서 끝나기도 했고.

지금 그가 서울에 남아 있는 건 어디까지나 윗선에서 이번 사건에 숟가락 하나라도 얹을 최소한의 빌미며 구실을 삼기 위함에 다름 아니었다.

해서, 박순길은 외근을 빌미로 서울 여기저기를 쏘다니며 제대로 관광(?)을 하고 있었던 것인데······.

결국엔 지금처럼 서울 한복판에서 길을 잃고 말았다.

"끄응, 택시를 타야 하나."

박순길은 주머니를 뒤져 몇 푼 되지 않는 돈을 보며 한숨을 푹푹 내쉬었다.

아무리 그래도 가오가 있지, 고작 서울에서 길 좀 잃었다고 복귀하는 데 쓸 택시비를 수사 비용에 청구할 생각은 들지 않았다.

그가 들은 서울 도시 전설 중에는 시골에서 올라온 영감이 존재하지도 않는 63빌딩 관람료를 행인에게 뜯겼다는 내용도 있느니만큼, 박순길은 신중하게 행동하기로 했다.

"쩝, 적당히 타고 가다가 방향이나 물어봐야 쓰겄다."

하다못해 목적지까지 걸어가려고 해도 어디가 동서남북인지도 모르는 판국이다.

암만 그래도 경찰에게 바가지를 씌우지는 않겠지.

'서울 말씨도 쪼까 연습했응께.'

문제는 어째, 그 많던 택시가 막상 찾으려니 코빼기 하나 비치질 않았단 점이었다.

"……별수 없나."

박순길은 택시를 찾아보기로 했다.

콧노래를 흥얼거리며 털레털레 발걸음을 옮기던 박순길은 인적 드문 거리에 정차해 있던 택시 한 대를 발견했다.

박순길은 운이 좋다고 생각하면서, 싱글벙글 웃는 얼굴로 택시에 다가가 뒷좌석 문을 열었다.

박순길이 탑승하자마자, 한창 운전석에 앉아 가방 잠금장치를 만지작거리던 택시 기사는 흠칫하며 박순길을 돌아보았다.

"아."

"마포까지 가 주쇼이……가 아니라, 가 주십시오."

택시 기사는 눈을 이리저리 굴리더니 목소리에 힘을 주었다.

"죄송합니다, 손님. 지금은 영업 안 합니다."

"엥."

박순길은 눈을 껌뻑였다.

"표시등에 불 켜져 있던데……요?"

그 말을 듣자마자 택시 기사는 기판을 조작해 영업 표시등을 보란 듯 꺼 버렸다.

"내려 주십시오."

"……참 나."

원래 그라면 그에 지지 않고 한마디 쏘아붙였겠지만, 여태껏 서울에 주눅이 들어서 그런 걸까, 박순길은 투덜거리며 택시에서 내렸다.

거 서울 인심 한번 참 야박하네.

암만 평양감사도 저 싫으면 그만이라고 하지만, 이런 식으로 나오면 쓰나.

"아니지, 잠깐."

구시렁거리며 발걸음을 옮기던 박순길은 멈칫했다.

생각해 보니 정당하지 않은 사유의 승차 거부는 위법 사항이 아니던가?

아무리 서울 공화국이라 불린다지만, 여기도 엄연히 대한민국 땅일진대.

빙글 몸을 돌린 박순길은 그 순간 택시 정면의 보닛이 찌그러져 있음을 눈치챘다.

'……그리고 가방. 가방의 잠금장치를 풀고 있었지.'

순간적으로, 잠깐 해이했던 형사로서의 직감이 살아났다.

냄새가 난다.

성큼성큼 택시로 돌아온 박순길은 운전석 창문을 똑똑 두드렸다.

택시 기사는 짜증을 내며 창문을 내렸다.

"또 뭡니까?"

박순길은 그 틈으로 조수석 어귀에 붙은 택시운전자자격증을 슬쩍 살폈다.

가방을 뒤적이느라 그랬는지, 안전벨트도 매지 않았고.

"보소, 김태평 씨."

"……뭐요."

"혹시 승차 거부는 위법인 거 알고서 그러는 거요?"

박순길의 말에 그는 움찔하더니 눈을 부라렸다.

"뭔데. 그쪽이 무슨 경찰이라도 되나?"

말 한번 잘했다.

박순길은 한 손을 창틀에 얹은 채 신분증을 꺼내 펼쳐 보였다.

"예, 경찰입니다."

"……."

박순길은 기사가 아연실색하는 걸, 놓치지 않았다.

경찰차의 사이렌 등과 구급차의 사이렌 등이 어우러져 붉고 푸른 빛을 사방에 흩뿌리는 동안, 박순길은 구급대원으로부터 이마에 난 상처를 치료받고 있었다.

"아야야, 좀 살살 하쇼잉."

박순길이 엄살을 부리는 사이 정진건과 강하윤이 현장을 수습 중인 인파를 헤치고 그에게 다가왔다.

"박 형사님."

"오셨습니까."

박순길은 앉은 자리에서 씩 웃으며 인사했고, 정진건은 짧게 주위를 둘러보았다.

"거수자를 체포했다고 들었습니다만."

"아, 저쪽에 누워 있소."

박순길이 턱을 들어 가리킨 방향에는 가드레일을 들이받고 찌그러진 택시와 그 택시에서 구조되는 택시 기사가 보였다.

"저거 저놈, 나가 끌어들일 새도 없이 달아나지 않겠소잉."

박순길이 쓴웃음을 지었다.

"정황 자체는 정 형사님께 말씀드린 그대로요. 저 택시 기사가 토끼려다가 그대로 꽝, 그 뭐시냐, 가드레일을 들이받고 멋대로 부딪힌 거요."

그 사이 구급대원이 박순길의 이마에 거즈를 붙였다.

"끝났소?"

"예. 응급조치는 끝났습니다."

"뭐, 이까짓 거, 침만 발라도 낫는 건데. 수고했소잉."

박순길이 눈치를 주자 구급대원은 자리를 비켜 주었고, 박순길은 담배를 꺼내 입에 물면서 입을 열었다.

"아무튼 저놈, 뒤가 구리긴 한 거 같응께 이 뒤는 정 형사님이 잘 좀 봐주쇼."

"물론입니다."

박순길은 담배에 불을 붙인 뒤, 슥 주위를 둘러보며 재빨리 말을 이었다.

"글고 택시에 저 운전기사가 뒤적이던 가방이 하나 있었는데, 그것도 확보해야 할 거요."

가방?

오는 길에 간단한 이야기—거동이 수상한 택시 기사가 도주를 시도하다가 가드레일을 들이받은 이번 사건—를 듣긴 했으나, 자세한 내용은 정진건도 듣지 못했다.

"무슨 가방입니까?"

박순길이 어깨를 으쓱였다.

"내용물은 저도 모르지만, 아무튼 자물쇠가 걸린 가방인디, 그 있잖소, 해외여행 때 들고 다니는 여행용 가방. 나가 택시를 탈라고 보니께 쟈가 낑낑대며 가방을 열려 하고 있지 않겠소."

"……"

"처음에 승차 거부를 당하고 살피니, 차 앞이 좀 찌그러졌더구만. 내 생각에 '아, 저게 사람을 치고 가방을 쓰리했구나' 해서 뭐 좀 물어보려 했더니, 거 맞는 거 같소."

박순길의 시선이 들것에 실려 나가는 김태평―택시 기사―를 힐끗 살폈다.

"아무래도 점마한텐 제대로 된 대답을 듣긴 어려울 텡께, 그 전에 가방을 함 뒤져 보는 게 좋겠는데."

"……알겠습니다. 일단 쉬고 계십시오."

정진건은 강하윤에게 눈짓을 한 뒤 택시가 있는 곳으로 갔다.

아스팔트 바닥 위에는 부서진 택시의 잔해와 부스러기가 여기저기 흩뿌려져 있었다.

"박 형사님이 크게 다치시지 않아서 다행입니다."

뒤따라온 강하윤의 말에 정진건은 짧게 고개를 끄덕였다.

다만, 사건에 따라선 조금 곤란할 수도 있겠는데.

'이거 자칫하면 강압 수사니 뭐니 뻗대고 누울지도 모르겠군.'

그래도 일이 이렇게 된 거, 이왕이면 정말로 택시 기사가 사람을 치고 만 큰 건이었으면 좋겠다고 생각하는 사이 둘은 현장에 왔다.

순경 몇몇이 현장 사진을 찍고 정리하다가 정진건 형사를 힐끗 쳐다보았고, 정진건은 자연스럽게 신분증을 내밀었다.

순경들의 경례를 받으며 정진건은 택시 안쪽을 살폈다.

김태평……이라.

택시운전자자격증을 살핀 정진건은 고개를 돌려 순경들을 보았다.

"가방이 하나 있다고 들었는데."

"예?"

"아니야. 현장 지키고 있어."

정진건은 깨진 앞 유리와 찌그러진 보닛, 박살 난 가드레일 등을 살피다가 깜빡이는 헤드라이트 불빛 근처에 놓인 희미한 형체를 발견했다.

'저건가 본데.'

박순길이 말한 대로 자물쇠가 달린 여행 가방이었다.

가방을 챙긴 정진건은 이를 미처 발견하지 못해 아차 하는 순경들을 보며 눈짓했다.

"나중에 현장 근처에서 가방이 발견되었다고 보고해."

"예! 감사합니다!"

정진건은 가방을 챙겨 그나마 멀쩡한 택시 트렁크 위에 가방을 얹곤 사진을 한 방 찍은 뒤 잠시 물건을 살폈다.

사고의 충격 때문인지는 몰라도, 앞 유리로 튕겨 나간 가방은 긁힌 자국에 더해 접합 부분이 조금 찌그러져 있었다.

규정대로라면 이 가방을 본부로 가지고 가서 열어 봐야 했지만, 규정대로만 처리하면 일을 그르칠 때도 있는 법이었다.

'만약 택시 기사가 사람을 들이받은 직후 잠시 차를 멈추고 가방 내용을 확인하려고 한 거라면, 아직 그 사람의 숨이 붙어 있을지도 몰라.'

그렇게 생각한 정진건은 트렁크를 열어 스페어 장비를 꺼내 접합 부분을 비틀어 열었다.

그리고.

"아."

어깨너머로 정진건이 하는 양을 지켜보던 강하윤이 내용물을 보곤 입을 헤벌렸다.

가방에는 만 원짜리 지폐 다발이 그득했다.

'……박 형사가 한 건 했군.'

이만하면 택시 기사가 가방 주인을 차로 치고 난 뒤 이를 도주, 은폐하려 했을 거란 박순길의 예상이 맞아떨어질 것 같다.

'그렇다면 대체 가방의 주인은?'

이런 걸 가방에 넣고 다니는 인물이 평범할 리는 없고.

정진건은 가방 안쪽을 뒤적여 휴대전화와 여권을 발견했다.

반사적으로 여권을 연 정진건은 사무적인 눈으로 여권을 살피다가 흠칫하곤 고개를 돌렸다.

"무슨 일이십니까?"

"강 형사, 잠시 가방 좀 맡고 있어."

"예? 아, 옙! 알겠습니다!"

택시 기사를 태운 구급차가 출발하기 전, 정진건은 성큼 걸음으로 구급차에 다가가 누워 있는 김태평 곁에 섰다.

"김태평."

눈을 감고 있던 김태평은 흠칫하더니 실눈을 뜬 채 정진건을 보았고, 정진건은 그 코앞에 가방에서 주운 여권을 내밀며 으르렁거렸다.

"정신 차리고 있는 거 다 알아. 이 가방 주인은 어디 있지?"

묵묵부답.

정진건은 김태평의 다리 한쪽을 손바닥으로 꾹 쥐었다.

"아야야야!"

"김태평. 장난할 시간 없다. 가방 주인은 어디 있지?"

눈물이 찔끔한 김태평은 그걸 말해도 될지 몰라 우물쭈물했다.

"……그게……."

"말해!"

"힉!"

김태평은 순순히 불었다.

무전기로 즉각 지원 요청을 한 정진건은 곧장 움직였다.

"무슨 일이쇼?"

차로 향한 정진건에게 박순길이 담배를 든 채 다가왔다.

"박 형사님, 움직이실 수 있습니까?"

"거, 침만 발라도 낫는당께요."

"잠시 동행 좀 해 주십시오."

그렇게 말한 정진건은 대답도 기다리지 않고 곧장 구급대원을 불렀다.

"지금 당장 구급차 지원 부탁드립니다."

"예? 하지만……."

"용의자보다 우선시해야 할 피해자가 있습니다. 빨리!"

용의자, 그리고 피해자.

정진건의 다급한 말에 구급대원은 잠시 망설이다가 고개를 끄덕였다.

"바로 따라가겠습니다."

"감사합니다."

지시를 마친 정진건은 강하윤과 박순길을 자신의 차에 태우고 사이렌을 차 위에 얹은 뒤 액셀을 밟았다.

강하윤은 가방을 끌어안은 채, 운전대를 쥔 정진건의 딱딱하게 굳은 표정을 보며 조심스레 물었다.

"저, 선배님, 무슨 일입니까?"

"……."

그러나 정진건은 대답하지 않았다.

차는 오래지 않아 현장에 도착했다.

이윽고, 그들은 사고 현장과 그리 멀리 떨어지지 않은 곳에서 간신히 숨이 붙어 있는 남자를 발견할 수 있었다.

정진건의 차를 바짝 뒤따라온 구급대원들은 재빨리 차에서 내려 환자를 살폈고, 정진건은 그사이 불빛을 비춰 피투성이의 남자를 확인했다.

그 얼굴은 알아보기 힘든 것이었지만, 오랫동안 그 인상착의를 머릿속에 심어 두고 있었던 정진건은 그 상대를 알아볼 수 있었다.

깨진 벽돌 옆, 남자의 머리에서 흘러나온 피가 아스팔트를 검게 물들이고 있었다.

만약 양상춘이 이 자리에 있었다면 '차로 친 다음 벽돌로 머리를 내리쳐 마무리를 지었다'고 사무적인 분석을 내놓았겠지만, 정진건은 그럴 경황이 없었다.

그러는 동안에도 남자는 무어라 중얼거리고 있었다.

구급대원들이 조치를 취하는 사이 정진건은 귀를 바짝 붙여 그가 중얼거리는 목소리를 들었다.

"……희, 희야……."

콜록, 하고 피 섞인 기침을 뱉은 남자는 이후 움직이지 않았고.

남자의 맥을 짚던 구급대원은 천천히 고개를 저었다.

늦었다. 소생도 무의미할 만큼 골든타임은 이미 지나간 것이다.

"……이만 이송해 주십시오."

구급대원들은 묵묵히 고개를 끄덕인 뒤 피해자를 싣고 자리를 떴다.

"……젠장!"

멀어지는 구급차를 보며 나직이 욕지거를 내뱉는 정진건.

강하윤은 처음 보는 정진건의 그 험악한 분위기에 섣불리 무슨 일인지를 물을 수 없었고, 박순길이 적당히 눈치를 살피며 대신 끼어들었다.

"……설마, 혹시 정 형사님이 아는 사람이요?"

정진건은 후우, 한숨을 내쉬더니 피로에 찌든 얼굴로 박순길을 보았다.

"담배 한 대만 빌려주시겠습니까?"

"아, 예. 물론이죠."

제법 오래 끊었던 담배가 생각날 정도로 심란했던 모양이었다.

정진건은 담배를 한 모금 깊게 빨곤 콜록거리며 연기를 뱉었다.

"쿨럭, 쿨럭."

오랜만에 손에 쥔 담배는 몸에 맞질 않았다.

이후 정진건은 담배를 물끄러미 보다가 그걸 입에 무는 대신 천천히 입을 뗐다.

"박상대였습니다."

정진건의 말에 박순길과 강하윤은 일순 멍한 얼굴을 했다.

그 입에서 나온 말을 사고가 따라잡지 못한 것이다.

"예?"

입을 뗀 건 박순길이었다.

"그러니까, 방금 저게, 그 박상대?"

정진건이 고개를 끄덕였다.

"여권 속 이름은 달랐지만요. 틀림없습니다."

그제야 박순길과 강하윤의 머릿속도 정리가 되었다.

위조여권, 돈이 가득 든 가방, 휴대전화기.

박순길이 진지한 얼굴로 입을 뗐다.

"나를라고 했구마잉. 그러다가……."

"예, 아마도."

택시 기사가 사주를 받아 청부살인을 했는지는 지금부터 알아봐야 할 요소지만.

정진건은 습관적으로 담배를 입에 물려다가 장초를 바닥에 버리곤 무전기를 꺼냈다.

칙.

"광역수사대 정진건 형사입니다. 박상대의 신원을 확보했습니다. 사체의 호송 장소는……."

보고를 마친 정진건은 덤덤한 얼굴로 강하윤과 박순길을 보았다.

"지금부터 박상대가 가려고 했던 목적지를 둘러보겠습니
다."

둘은 고개를 끄덕였다.

우웅, 울려 대는 진동음에 구봉팔은 핸드폰을 꺼냈다.

구봉팔은 묵묵히 전화를 받았다.

"예."

—박상대가 죽었다.

누군지도 모를 상대는 다짜고짜 그 말만 뱉었다.

"……뭐?"

—자세한 건 아직 몰라. 곧 경찰이 들이닥칠 거다. 알아서 피하도록.
이상.

뚝.

상대는 제 할 말만 남기곤 전화를 끊어 버렸다.

잠시 핸드폰을 들여다보던 구봉팔은 묵묵히 자리에서 일
어섰다.

아마, 그에게 전화를 걸어 준 건 조설훈이 경찰에 심어 둔
쁘락치였을 것이다.

"주인장, 곧 경찰이 온다는군."

마스터는 짧게 고개를 끄덕였다.

"화장실 옆으로 가면 외부 비상계단이 있습니다."

"음."

바를 나선 구봉팔은 마스터가 말한 대로 화장실 옆 외부 비상계단을 내려갔다.

텅, 텅, 텅, 구봉팔의 발소리에 맞춰 철제 계단이 리드미컬한 소리를 내며 울렸고, 구봉팔은 이윽고 차에 올라탔다.

"형님, 일은 마치셨습니까?"

부하의 말에 구봉팔은 담담한 얼굴로 뒷좌석에 등을 기댔다.

"출발해."

"예."

부하는 즉시 시동을 넣고 차를 출발시켰다.

'박상대가…… 죽었다고?'

누가, 어떻게, 왜.

아니, 지금은 그게 중요한 게 아니었다.

차가 구역을 벗어나고, 구봉팔은 천천히 입을 뗐다.

"조설훈한테 가지."

"예, 알겠습니다."

구봉팔은 창문을 연 뒤, 담배를 꺼내 불을 붙였다.

8장

정진건은 강하윤 및 박순길을 이끌고 택시의 당초 목적지로 향했다.

거리는 고요하며 곳곳엔 셔터가 내려간 가게가 즐비해서, 박상대가 대체 어디를 목적으로 이 거리를 찾았는지 알 수 없을 지경이었다.

박순길은 주위를 두리번거리다가 머리를 긁적였다.

"이런 곳에 박상대가 내리기로 했다, 이거요? 시방, 아무것도 없구마잉."

"……일단 흩어져서 찾아보죠. 뭔가 단서가 나올지도 모릅니다."

서울까지 와서 뭔가 한 건 했단 고양감에 충족되어 있던

박순길은 마음 같아선 숙소로 돌아가 푹 쉬고 싶었지만, 수
사 대상인 박상대의 갑작스러운 죽음이 어딘가 석연치 않단
것도 사실이었기에 하는 수 없이 고개를 끄덕였다.

"그립시다, 그럼. 내는 저짝으로 가 볼 텡께, 정 형사
는⋯⋯."

박순길은 말을 잇다 말고 낡은 빌딩 한 채를 물끄러미 쳐
다보았다.

"정 형사."

"예."

"가방에 들어 있던 게, 돈이랑 여권, 그리고 핸드폰이라
하지 않았소?"

"그렇습니다."

본부에 조회해 본 결과, 가방 속에 있던 건 박상대의 핸드
폰이 아니었다. 전화를 걸어 보니 박상대의 핸드폰은 이후
줄곧 전원이 꺼져 있었던 상태였으니까.

그리고 여권은 동남아 방면. 여권에 기재된 이름과 생년월
일은 박상대의 그것과 달랐지만, 얼굴만큼은 박상대 본인이
었다.

박순길이 턱을 긁적였다.

"보십시다. 하면, 박상대는 왜 그 돈 가방을 들고 이 으슥
한 곳으로 왔을까잉."

잠깐 생각하던 정진건이 박순길의 말을 받았다.

"동봉되어 있던 여권으로 보아, 해외 도피를 위한 접선 장소로 이곳을 택한 것이 아닐까 합니다. 인적도 드물고요."

"글치. 응. 박상대가 이짝으로 왔단 건 여긴 해외로 나르기 전에 누군가를 만나려 했던 거시여. 내 생각은 그렇소."

박순길이 말을 이었다.

"그라믄, 하필이면 왜 이런 곳으로 왔을까잉."

강하윤이 고개를 갸웃했다.

"그야, 선배님이 말씀하신 대로 인적이 드문 곳이니까……."

박순길이 씩 웃으며 강하윤의 말을 끊었다.

"글치요. 그라믄요, 요짝에 인적이 드물단 건 어째 알았을까? 박상대랑 만나기로 한 놈은 이 동네를 쪼까 아는 놈이라 생각하지 않소?"

"……아."

박순길이 말을 이었다.

"이짝에 일단 택시로 왔다믄 다음엔 접선하기로 한 아랑 만나야 할 거요. 그야 여긴 배도 비행기도 없는 곳잉게. 글고 박상대도 정확히 어디로 가야 할지 모르니께 가방에 있던 핸드폰으로 전화를 걸었을 것이고, 만남은 이후에 성사되는 거요."

정진건이 고개를 끄덕였다.

"그러면 박상대와 접선하기로 한 인물은 아직 인근에 있겠군요."

"으응……. 글킨 한데."

박순길은 방금 전까지 확신에 가득 차 있던 것과 반대로 어물쩍 말끝을 흐렸다.

"뭐, 일단은 뒤져 봅시다. 아, 내 생각엔 저 건물인 거 같소."

강하윤이 빙긋 웃으며 물었다.

"형사로서의 직감인가요?"

"에이, 그런 폼 나는 건 아니오. 그냥, 이 근처에 차를 댄다고 치면 저 빌딩 뒤편에 공터가 있응께, 저짝 근처서 기다리지 않았을까 싶은 거지. 게다가 핸드폰이 있으면 창문 같은 걸로 관찰할 필요도 없고."

형사로서의 직감 같은 것보단 신뢰성 높고 확실한 추리였다.

"그러면 앞장서겠습니다."

정진건의 말에 둘은 고개를 끄덕였다.

세 사람이 건물에 들어서니 센서 등이 출입을 감지하고 불빛이 들어왔다.

정진건은 입구의 CCTV를 확인한 뒤, 자연스럽게 2층으로 향하는 계단을 올랐다.

2층으로 올라오니 두꺼운 철문 옆, 고풍스러운 필기체로 장식된 간판이 보였다.

"뭐라고 쓴 거여? 바까진 알겠고, 피, 피, 에이, 알……?"

박순길의 중얼거림을 강하윤이 웃는 얼굴로 받았다.

"Paradise Lost. 실낙원이라는 뜻이에요. 같은 이름을 한 밀턴의 서사시 제목이죠."

"아따, 똑똑하구마잉. 대학물 먹은 사람은 역시 다르요."

"헤헤……. 실은 저도 어디서 주워들었을 뿐입니다."

실낙원이라.

왠지 형사 월급에 들어가기 꺼려지는 느낌이 입구부터 느껴졌지만, 이성진과 어울려 다닌 덕일까, 정진건은 별다른 망설임 없이 손잡이를 잡았다.

"일단 들어가 보죠."

정진건이 문을 열고 들어서자 딸랑이는 방울 소리가 재즈에 묻혀 그럴듯한 간판만큼이나 고풍스러운 실내가 드러났다.

입구에서부터 짐작했지만, 정진건 스스로는 평생 발길을 하지 않을 것 같은 장소였다.

"어서 오십시오."

손님 하나 없는 공간을 마스터가 반겼다.

"세 분이십니까?"

"죄송합니다만 그런 게 아니라……."

정진건은 신분증을 꺼냈다.

"경찰입니다. 실례지만 몇 가지 여쭤보아도 되겠습니까."

마스터는 움찔하는 기색도 없이 담담한 얼굴로 고개를 끄덕였다.

"예. 그러시지요."

정진건은 자연스럽게, 강하윤은 연신 주위를 두리번거리며, 박순길은 어색하게 웃으며 의자를 짚곤 자리에 앉았다.

"사장님, 혹시 저희가 첫 손님이요?"

"그렇습니다."

박순길이 멋쩍어하며 말을 에둘렀다.

"근데, 불경기는 불경기인가 보요. 어째 손님이 우리뿐이라 미안하네."

마스터는 희미한 미소를 지으며 대답했다.

"평일이어서요. 게다가 오히려 바 입장에선 아직 이른 시간이라고 할 수 있습니다."

"뭐어, 장사가 된다면야 다행인데……."

박순길은 잠시 망설이더니, 옛다, 하고 큰마음을 먹었다.

"오늘은 한 건 하기도 했고, 내가 쏠 텡께 한 잔씩들 하시오. 원래 마수걸이는 그냥 돌려보내면 그날 장사는 운수가 나쁜 법이요."

"예? 그럴 수는……."

강하윤의 우물쭈물한 사양을 정진건이 거들었다.

"예, 차도 끌고 왔고요."

"아따, 재미없으시네. 그라믄 도리상 나라도 한 잔 시켜야

쓰겠소. 주인장, 메뉴판 하나 주쇼."

허세를 부려 가며 메뉴판을 받은 박순길은 가격표를 보곤 헛숨을 들이키더니 헛기침을 했다.

"흠, 흠, 그럼 일단 시작은 맥주부터……."

마스터가 빙긋 웃었다.

"걱정하지 마십시오. 나랏일 하시는 분들이니 제가 대접하겠습니다."

"으잉? 참말이요?"

박순길이 활짝 웃었다.

"보소, 서울 형사님들. 아직 세상은 인심이란 게 남아 있지 않소. 사장님 얼굴도 있는데, 한 잔씩만 하십시다."

"으음……."

정진건은 곤혹스러워하며 어찌할 바를 몰라했고, 강하윤이 웃으며 거들었다.

"선배님, 가볍게 한 잔 하는 건 괜찮지 않겠습니까? 운전은 제가 하겠습니다."

그게 가장 큰 문제인데.

정진건은 차마 그 말은 입에 담질 못했고, 그사이 박순길이 멋쩍어하며 강하윤을 보았다.

"아, 강 형사에게 미안한데."

"괜찮습니다. 저 원래 술을 잘 못해서."

마스터가 가만히 끼어들었다.

"논 알코올 칵테일도 있습니다만, 준비해 드릴까요."

"어머, 그러면 부탁드려도 될까요?"

별수 없지.

일이 이렇게 된 바람에 조금 심란해지기도 했고, 박순길이 한 건 했다는 것도 분명하니 어느 정도는 기분 전환도 필요하단 생각에 정진건은 한 수 접기로 했다.

더군다나.

정진건은 왠지 박순길에게 나름의 생각이 있는 것이리라 여겼다.

그간 지켜본 바, 그는 얼핏 기분파인 듯하면서도 실상은 전혀 그렇지 않은 인물이니, 이렇게까지 나오는 건 이번에도 나름대로 생각한 바가 있는 것이리라.

……아니면 그냥 술 한 잔이 간절할 뿐이거나.

"……그럼 감사히 받겠습니다."

"아따, 역시 말이 잘 통하요. 그라믄 메뉴는 사장님께 맡기겠소."

내는 건 바 주인인데 왜 박순길이 생색인지.

마스터가 술을 따르고 강하윤 몫의 칵테일을 섞는 사이, 재즈 음악에 섞여 자연스러운 침묵이 흘렀다.

그리고 가만히 마스터가 하는 양을 지켜보던 박순길이 머리를 긁적였다.

"아, 사장님, 잠깐 화장실 좀 빌릴 수 있겠습니까?"

"화장실은 나가셔서 통로 왼쪽에 있습니다."

박순길은 양해를 구한 뒤 자리를 떴고, 곧장 화장실로 가는가 싶더니 그 옆에 딸린 비상구 문을 향했다.

달각.

비상구는 가볍게 열렸다.

여름밤의 느슨한 열기가 바람을 타고 올라와 박순길을 덮쳤고, 박순길은 가만히 외부계단 아래를 내려다보며 코를 쿵쿵거리더니 씩 웃었다.

바람 속에선 아주 희미하게, 차 엔진의 기름 내음이 났다.

"여기였구마잉. 아따, 저 양반 역시 보통이 아니여."

더군다나 아까 전, 그가 자리에 앉기 전에 짚은 의자에는 사람이 금방 떠난 온기와 자국이 남아 있었고 말이다.

조설훈의 사무실은 불이 환했다.

그 환한 사무실에서 조설훈과 조지훈 두 형제가 구봉팔의 귀환을 반겼다.

"오, 왔나?"

조지훈이 싱글벙글 웃으며 빈 잔에 구봉팔 몫의 술을 따랐다.

"수고했어. 한잔해."

하지만 구봉팔은 고개만 꾸벅 숙였을 뿐, 자리에 앉지 않고 다만 입을 뗐다.

"박상대가 죽었다고 들었습니다."

조설훈은 가볍게 고개를 끄덕였다.

"음, 일단 앉지."

조설훈까지 권유해 온 것엔 차마 거절하지 못하고 구봉팔은 마지못해 제 자리를 찾아가 앉았다.

조지훈이 히죽 웃는 얼굴로 잔을 들었다.

"우선 건배부터 할까. 내용은…… 그래, 박상대의 명복이나 빌자고."

"……."

구봉팔은 둘을 따라 묵묵히 잔을 비웠다.

"자, 그럼."

조지훈이 씩 웃으며 입가를 훔쳤다.

"어쨌건 이걸로 골칫덩이 하나를 치웠소, 형님."

"그래. 공교롭게도 말이지. 이걸로 계획했던 일에서 조금 틀어지긴 했지만."

구봉팔은 둘의 얼굴을 살피며 조심스레 물었다.

"어떻게 된 일인지 여쭤봐도 되겠습니까."

"우리도 짧게 전해 들은 터라 자세히는 몰라."

구봉팔의 질문에 답한 건 조지훈이었다.

"웬 택시 기사 하나가 박상대를 차로 치었어. 그리고 그 시체가 호송되었고, 택시 기사는 체포되었지."

"……."

"'우리 쪽 사람' 말로는 박상대가 가지고 있던 돈에 혹해서 우발적으로 벌인 일이라고 하지만…… 글쎄, 자세한 내막은 알 수 없어."

그렇게 말하며 조지훈은 박상대를 죽인 일이 조설훈의 계획이 아니었는가, 하는 어투로 싱글거리며 웃었다.

조설훈은 그런 조지훈의 뉘앙스를 알아듣지 못했는지 아니면 못 알아들은 척하는 건지 모를 얼굴로 담담히 동조했다.

"뭐 아무래도 상관없지. 어쨌건 우리는 놈의 입을 다물게 하는 것이 목적이었으니까."

비록 조설훈이 말은 그렇게 했지만, '아무래도 상관없다'는 표정은 아니었던 거 같다고 구봉팔은 생각했다.

"아무튼 그 애새끼 같던 놈이 뒈져 버리고 나니 속은 후련하오."

"동감이야."

애새끼 같던 놈……이라.

구봉팔은 장성한 박상대를 만나 본 적은 한 번도 없었지만, 그 말이 전혀 공감이 가질 않는 건 아니었다.

생각해 보면 자신도 결국 그때에 비해 몸만 컸을 뿐—그리고 날이 갈수록 쇠약해지고 있지만—남 말할 처지는 아니라고 여겼다.

그가 겪어 본 바 어른이 된다는 건, 그저 예전보다 책임질 것이 늘어나고 계단을 오르내리는데 숨이 더 가빠지는 것 외에 아무것도 아니었다.

결국, 본질은 변하지 않는다.

그게 아니면, 자신이 그런 것처럼 박상대의 시간도 지난 몇십 년 전의 과거에서 멈춘 채 쭉 이어지고 있을 뿐이거나.

같은 사건 속 비극을 공유한 자신과 박상대 사이의 차이라면 백설희에게 선택을 받거나 받지 않은 정도에 불과한 것이다.

거기에 더해 박영효를 때려눕히고 '그곳'에 불을 지른 건, 박상대가 하지 않았다면 자신이 했을지도 모를 일이었다.

조설훈이 입을 뗐다.

"그보단 일 이야기를 하지."

이 상황에 안주하지 않고 앞으로 나아가려는 건 조설훈다웠다.

"과정이야 어찌 되었건, 구봉팔 너는 내게 빚을 졌다."

구봉팔은 고개를 끄덕였다.

"알고 있습니다."

일단은 박상대에게 건네고 회수하지 못한 거금이 있을 것이다.

그리고 결국 구봉팔의 안배가 무력하게 박상대는 그 최후를 죽음으로 끝맺었다곤 하나 조설훈은 박상대의 억지를 들어주었으니 그에 따른 무형의 빚까지.

조설훈이 말을 이었다.

"그래. 거기에 더해서 자네가 몇 가지 일을 더 해 줘야겠어."

"……일 말씀입니까."

"음."

조설훈이 구봉팔의 빈 잔을 채워 주었다.

"박상대는 죽었지만, 아직 그 일이 완전히 마무리된 건 아니니까."

조설훈의 말이 틀린 건 아니었다.

운이 좋다면—기소 대상인 박상대가 죽었으므로—기소 중지 처리가 떨어져 검찰도 이번 일에서 손을 떼게 되겠지만, 마냥 낙관하며 감나무에서 감이 떨어지길 입 벌리고 기다릴 수는 없는 일이었다.

조설훈이 구봉팔을 지그시 쳐다보았다.

"내일부터 자네는 조광 본사로 출근하게 된다. 그렇게 알도록."

"……."

본사 출근이라.

구봉팔은 조설훈을 물끄러미 마주 보았다.

"결례가 안 된다면 자세한 이야기를 들을 수 있겠습니까."

구봉팔의 말에 조설훈이 피식 웃었다.

"자세는 마음에 드는군."

조설훈이 말을 이었다.

"자네에게도 나쁜 이야기는 아니야. 구봉팔 이사."

어느새 본사 이사로 승격인가.

"자네가 그간 정화물산에서 해 온 일의 스케일이 조금 커질 뿐이다. 너는 아버지 밑에서 직속으로 재직하면서 우리 모르게 이런저런 일을 처리해 왔고, 그 명령이 지금껏 이어져 박상대와도 연줄이 닿았단 이야기지."

"……."

그는 이미 구봉팔이 승낙한 것을 전제로, 아니 그 전에 구봉팔이 하지도 않은 일까지도 예전부터 해 왔다는 양 이야기를 늘어놓고 있었다.

조설훈은 지금 조광이 박상대와 유착했던 걸 모두 조성광, 나아가 그 명령을 받던 직속 부하로서 구봉팔의 입장을 정의 내리는 중이었다.

구봉팔은 이번 일로 말미암아 자신이 조광의 '꼬리 자르기'에 이용될 것이란 걸 익히 짐작했으나.

'애당초 내겐 거절한단 선택지도 없겠군.'

조설훈은 묵묵히 이야기를 듣는 구봉팔을 보면서 말을 이었다.

"뭐, 생각해 보면 애당초 너는 아버지가 어디서 주워 온 놈이었지."

그래, 어느 겨울밤이었다.

조설훈이 말을 이었다.

"또 엄밀히 따지면 넌 진즉 정화물산에 낙하산으로 들어갔을 때부터 조광과는 별개로 독립해 일을 처리해 오고 있었고……."

정화물산에서 박상대에게 뒷돈을 대 주던 걸 그런 식으로 포장하는 건가.

"정화물산은 나나 조지훈이 서류상으로 관여한 적 없던 회사이니, 너는 그대로 아버지가 직접 거둔, 신뢰할 수 있는 부하로 일을 처리해 온 것으로 해 두면 될 거다."

"……."

"그러잖아도 마침 세화 명의로 회사를 하나 설립하기로 했으니, 그 일과 겸해 진행하면 문제는 없겠지. 그것도 외부에서 보기엔 구봉팔 이사의 지휘하에 일이 처리되었다고 하는게 조금 더 자연스러울 것이고."

조설훈의 페이스에 휘말린단 느낌이 물씬했다.

다만 그보다 앞서 어째, 언젠가 이성진이 이야기해 주었던 것과 유사하게 일이 흘러간단 느낌이 들었다.

'그 꼬맹이는 분명, 조세화를 통해 조광을 분열시키려 했었지……. 이건 그 일환인가.'

침묵을 지키던 구봉팔은 신중하게 조설훈의 말을 받았다.

"말씀하신 바는 이해했습니다. 하지만 그래선 저 개인에게 필요 이상의 회사 권력이 집중될 것이고, 그로 인한 불필요한 파벌이 생길 여지도 있지 않겠습니까.”

제법 단도직입적으로 떠본 말에 조설훈은 희미하게 입매를 비틀었고, 조지훈은 대놓고 웃었다.

“의외로 머리가 돌아가는 놈이었군. 정화물산에 짱박혀 있던 세월이 헛된 건 아니었나 본데.”

조지훈의 이죽거림을 조설훈은 가볍게 제지하며 입을 열었다.

“신경 쓸 거 없어. 그것도 당분간이다.”

그렇게 말하며 조설훈은 자신의 술잔을 들었다.

“조만간 유언장이 공개되고 나면 모든 건 원래대로 돌아올 테니까.”

에둘러 말하고 있었지만, 그는 지금 조성광의 죽음이 머지 않았단 전제하에 이야기를 진행하고 있는 것이었다.

하지만 조설훈이 간과하고 있는 건, 그는 유언장의 내용이 자신과 조지훈, 두 형제에게 상속이 나뉠 것이란 전제하에 이야기를 진행하고 있단 점이었다.

그리고 그건 구봉팔도 마찬가지여서, 그는 이야기가 이성진의 계획대로 흘러가는 것과 별개로 자신에게 주어진 이번 권한이 삼일천하로 끝날 것임을 짐작하며 딱딱하게 굳은 얼굴이었다.

그래도 이만하면 구봉팔이 이야기를 알아들었단 생각인지

조설훈은 잔을 한 바퀴 휘저은 뒤 구봉팔을 보았다.

"물론 이번 일은 자네가 내게 진 빚과 별개로 공치사를 내릴 테니 신경 쓰지 않아도 돼."

대단한 선심이라도 쓰는 양 지껄이고 있었지만, 실상은 그런 것이 아니었다.

구봉팔도 그런 걸 눈치채지 못할 위인은 아니었지만, 입으론 생각과 다른 말을 뱉어야 했다.

"감사합니다."

"그러면 피곤할 텐데 한 잔 쭉 들이켜고 이만 돌아가 봐."

구봉팔은 망설임 없이 잔을 비운 뒤, 자리에서 일어나 꾸벅 허리 굽혀 인사하곤 장소를 떠났다.

구봉팔이 나가자마자 조지훈이 씩 웃었다.

"이거 일이 착착 풀리는걸. 일단 한고비 넘긴 거 축하하오, 형님. 이제 남은 건 박길태 건뿐이겠구려."

조설훈은 그 말에 미소를 지었다.

"그것도 조만간 적당한 놈 하나 집어넣는 걸로 끝낼 거야. 그렇게 되면 이 염증 나는 일도 마무리가 되겠지."

"흐흐흐, 그래도 박상대 놈이 '제때' 죽어 준 덕분에 이렇게까지 되었으니 명복 정도는 빌어 줘도 괜찮을 거 같은데."

조설훈은 피식 웃었다.

"그래도 될 거 같군. 그것도 네 덕이지만."

조설훈의 말에 조지훈이 눈썹을 씰룩였다.

"엥, 내가?"

조설훈은 동생이 시치미를 뗄 작정인가, 하고 생각했다.

'하긴, 누군가를 사주해서 죽인다고 하는 건 함부로 입 밖에 내기 유쾌한 이야기는 아니니⋯⋯.'

조설훈은 지금 조지훈이 따로 사람을 시켜 박상대를 처리한 것이라 여기는 중이었다.

그도 그럴 것이, 조지훈의 말마따나 '일이 착착' 풀리는 중이었고, 조설훈 같은 부류는 인생에 찾아오곤 하는 우발적이거나 우연적인 요소를 간과하기 일쑤였다.

어지간한 일은 손가락 하나로 좌지우지해 왔던 인생이다.

이제 와서 그 인생론에 이런 일을 단순히 '운이 좋았다'고 치부할 수 없는 것이 수십 년간 쌓여 온 가치관의 관성인 것이다.

그렇다곤 해도 천연덕스럽게 잡아떼는 조지훈에 대해선 약간의 불쾌감이 있었다.

조설훈으로선 일을 벌이려면 사전에 미리 상의를 해야 하지 않는가, 생각하는 것이다.

'⋯⋯혹시 다른 꿍꿍이가 있나.'

박상대 건은 제3자인 구봉팔에게 임시로 권한을 던져 주는 것을 통해 무마할 심산이었지만, 허점은 있었다.

그 빈틈을 조지훈이 치고 들어오지 않으리라곤 장담할 수 없다.

조설훈은 딱딱한 얼굴로 입을 뗐다.

"시치미를 뗄 작정이라면 그렇게 해. 썩 유쾌한 것도 아니고, 그 이야기는 여기까지 해 두지."

조지훈은 조설훈의 말에 어리둥절해하는 눈치였지만, 조설훈이 관련한 주제에 대해 더 이상 이야기하고 싶어 하지 않는 듯하자 마지못해 고개를 끄덕였다.

❁

광역수사대 본부로 자동차 한 대가 미끄러지듯 들어왔다.

자동차가 텅텅 빈 널찍한 주차 공간에 주차를 마치자마자.

달각.

황급히 문이 열리며 파리해진 안색의 박순길이 뒷좌석에서 내렸다.

"흐, 흐미……. 아따, 무슨 운전이 그리 난폭한지, 방금 전엔 죽다 살았소잉……."

그리고 조수석에서 내린 정진건도 표정이 좋지 않긴 마찬가지였다.

술을 많이 마셔서는 결코 아니었다.

"도착했습니다! 아, 선배님, 차 키 여기 있습니다."

활짝 웃으며 운전석에서 내리는 강하윤은 자동차 키를 정진건에게 건넸고, 그런 강하윤을 박순길은 원망스러운 눈으로 쳐다보았다.

"가, 강 형사."

"예."

"앞으로 운전은 하지 마쇼."

강하윤은 고개를 갸웃했다.

"예? 교통 법규는 잘 준수했습니다만……."

그게 참 이상한 일이었다.

분명 과속도 하지 않았고 신호도 잘 지켰는데, 속이 꼬이고 뒤틀리는 기분이었으니까.

"……됐소, 신경 쓸 거 없소."

정진건이 발걸음을 옮겼다.

"그럼 갑시다. 작성할 보고서가 산더미니……."

"아, 잠깐만 정 형사. 담배 한 대 피우고 가쇼."

자신을 붙든 박순길의 말에 정진건은 쓴웃음을 지었다.

오늘은 심란한 탓으로 오랜만에 끊었던 담배를 다시 입에 물었지만, 금연이 제법 효과(?)가 있었던 모양인지 두 번 다시는 담배를 입에 대고 싶지 않아서였다.

"저는……."

적당히 사양하려 입을 뗀 정진건은 자신과 일부러 눈을 마주치는 박순길을 보며 고개를 끄덕였다.

"……그러시죠. 강 형사는 먼저 돌아가 있어."

"예, 선배님!"

강하윤과 갈라선 정진건은 박순길을 따라 흡연 구역으로 갔다.

박순길은 담뱃갑을 툭툭 두드리며 곰곰이 생각에 잠긴 얼굴로 재떨이가 비치된 곳에 섰다.

거기엔 이미 선객이 있었다.

"아, 정 형사님과 박 형사님."

먼저 알은척 인사를 해 온 건 Y서 소속의 배성준과 석동출 형사였다.

마침 담배를 다 태운 참이었는지 배성준이 꽁초를 재떨이에 비벼 끄며 인사를 이었다.

"그보다 일단 축하드립니다."

"으응?"

"박상대 살해의 범인을 현장에서 검거하지 않으셨습니까."

"아, 그거 말이요."

한 건 크게 해치우긴 했으나 마냥 기뻐할 일은 아니었다.

박상대의 구속영장을 발부하려던 광수대에서도 그의 갑작스러운 죽음은 딱히 반길 만한 일이 아니었고, 따라서 박순길의 공치사는 그 성과와 달리 데면데면한 분위기에서 어색하기 짝이 없게 이루어지리라.

그런 배성준의 배려를 모르는 바는 아니었고, 이 '비공식적인' 자리에서 이뤄진 인사치레에 박순길 또한 쓴웃음을 지었다.

"아따, 어쩌다가 보니 얻어걸린 거 갖구. 뭐, 제 길지 않은 형사 경력에도 한 줄 추가할 법한 경력이긴 한 거 같소. 아주 바람직한 건 아니지만. 에잉, 그런 것보단…… 배 형사님은 지금부터 병원으로 가십니까?"

"예. 사안이 사안이다 보니 좀 급하게."

둘은 지금부터 용의자 김태평이 입원해 있는 병원으로 직행할 참이었다.

"그럼 바쁘실 턴디 욕보쇼잉."

"하하, 예. 다음에 술 한잔 사십시오."

배성준과 석동출이 떠나고 흡연 구역에 단둘만 남게 되자 박순길은 담배를 꺼내 입에 물면서 고개를 절레절레 흔들었다.

"아무래도 오늘도 다들 밤샘은 확정 같소. 아, 여기 담배."

정진건은 박순길이 내민 담배를 보며 손을 저었다.

"아니요, 괜찮습니다."

박순길은 방금 전 담배를 태우며 기침을 하던 정진건의 모습을 기억해 두고 있는지 두 번은 권하지 않았다.

그럼에도 불구하고 자신을 따로 불러냈다는 건…….

박순길은 주머니에 담뱃갑을 찔러 넣은 뒤, 바에서 챙겨 온 라이터로 불을 붙였다.

후우.

한 차례 연기를 뿜어낸 박순길이 어조를 바꿔 입을 뗐다.

"정 형사."

"예."

"내 생각에는 그 술집 사장, 놈들과 한패인 거 같소."

"……."

면전에서는 싱글벙글 웃는 얼굴이더니, 이제 와서?

'그야, 그런 외딴 곳에 고급 바가 들어서 있단 건 조금 위화감이 있긴 했지만…….'

정진건이 무슨 근거로 그런 말을 하는 거냐고 묻기 전, 박순길은 자신의 코끝을 손가락으로 툭 건드렸다.

"냄새가 납디다."

"……냄새?"

박순길이 피식 웃었다.

"그 왜, 있잖소, 자동차 배기가스."

"……."

"화장실 옆에 비상구, 거기 뒷문이 있더만. 그쪽에 가 보니 우리랑 엇갈려서 차가 떠난 냄새가 났소."

그 말에 정진건은 일순 그가 여러 의미로 후각이 대단한 사내라고 생각했다.

박순길이 말을 이었다.

"술집 사장은 우리가 마수걸이라고 했지만, 그게 아니오. 나가 보아하니 의자가 따듯하더구먼. 이는 우리가 오기 직전

누군가 앉았던 흔적이요. 설마하니 그 주인장이 앉았다 일어섰을 리는 없고, 해서 재빨리 다른 문이 없나 알아보았는데……."

그래서 그 타이밍에 화장실을 찾은 거였나.

박순길이 어깨를 으쓱였다.

"아니나 다를까, 역시나 출입구는 한둘이 아니었소. 뭐, 아쉽게도 놈들은 간발의 차로 놓쳤지만 말요."

정진건은 미간을 살짝 찌푸렸다.

"하지만 그렇다면, 접선자가 박상대의 죽음을 어떻게 알았겠습니까? 저희는 박상대의 죽음을 확인하자마자 현장에 간 것이나 마찬가지인데요. 또 가게에는 이렇다 할 창문도 없었고……."

박순길은 씩 웃으며 왼손으로 전화를 거는 손동작을 보였다.

"가방 안에 전화기, 기억나지 않소? 암튼 요즘은 핸드폰이란 게 있응께. 그야 전화로 알렸을 거요."

"……."

"아따, 위성 같은 걸로다가 딱 쏴 가지고 고놈의 핸드폰에 위치 추적이 된다면야 얼마나 좋을까잉."

일부러 흰소리를 뱉은 박순길은 주위를 슬쩍 돌아보곤 목소리를 낮췄다.

"그카면 자, 누가 그걸 알렸을까, 싶을 거요."

"……말씀대로입니다."

"자, 그럼 보십시다. 박상대가 죽은 걸 알고 있는 사람은 누가 있소?"

정진건은 딱딱하게 굳은 얼굴로 대답했다.

"현장에 있었던 저와 박 형사님, 강 형사를 제외하면 구급 대원이지 않습니까?"

"또 있잖소."

"……."

정진건도 박순길이 무슨 말을 하려고 한 건지는 이미 감을 잡고 있었지만, 차마 입이 떨어지질 않았다.

자신은 박상대의 죽음을 확인한 뒤, 본부에 보고를 했다.

"슬슬 감이 오지 않소?"

박순길이 담배를 마저 빨곤 비치된 재떨이에 꽁초를 비벼 껐다.

"나도 서울 양반들을 나쁘게 말할 생각은 없소. 그카도 사람이 모이면 거기 개새끼 한둘 있는 것쯤은 이상하지도 않 응께."

박순길은 주머니에 손을 찔러 넣으며 정진건은 생각하고 싶지 않았던 걸, 서슴없이 입에 담았다.

"나가 보기엔 광수대 안에 쁘락치가 있는 거 같소."

"……."

더운 바람이 불었다.

여름의 시작을 알리는 끈적하고 습도 높은 바람이었다.

다음 권으로 이어집니다

꿈의 도약, 로크에서 하십시오
(주)로크미디어에서 신인 작가를 모십니다

즐거운 세상, 로크미디어는 꿈을 사랑하고 도전을 두려워하지 않는 작가 분들의 참신한 작품을 기다리고 있습니다. 21세기 장르 문학계를 이끌어 갈 차세대 선두 주자 (주)로크미디어에서 여러분의 나래를 활짝 펴 보시길 바랍니다.

모집 분야 판타지와 무협을 포함한 장르 문학
모집 대상 아마추어 작가, 인터넷 작가
모집 기한 수시 모집
작품 접수 시 유의 사항

1. 파일명은 작가명_작품명.hwp형식을 갖춰 주십시오.
1. 파일에 들어갈 내용은 다음과 같습니다.
   — 성명(필명인 경우 실명을 밝혀 주세요), 연락처, 이메일 주소.
   — 제목, 기획 의도.
   — A4 용지 1장 분량의 등장인물 소개.
   — A4 용지 2장 분량의 전체 줄거리.
   — 본문.
1. 작품이 인터넷에 연재되고 있다면, 게시판명과 사이트의 구체적이고 정확한 주소를 기재해 주십시오.

선택된 작품은 정식 계약 후 출판물로 간행되어 전국 서점에 유통됩니다.
작가분은 (주)로크미디어의 전폭적인 지원하에 전속 작가로 활동하시게 됩니다.
※ 자세한 내용은 로크미디어 홈페이지(rokmedia.com)를 참조하세요.

(03920) 서울시 마포구 성암로 330 DMC첨단산업센터 3층 318호
(주)로크미디어 편집부 신간 기획 담당자 앞
전화 : 02 – 3273 – 5135
www.rokmedia.com   이메일 : rokmedia@empas.com

The Final
더 파이널

유성 퓨전 판타지 장편소설

「아크」「로열 페이트」「아크 더 레전드」
작가 유성의 새로운 도전!

회귀의 굴레에 갇혀 이계로의 전이와 죽음을 반복하는 태영
계속되는 죽음에도 삶에 대한 의지를 불태우던 어느 날

갑자기 시작된 침식으로 이계와 현대가 합쳐진다!

두 세계가 합쳐진 순간,
저주 같던 회귀는 미래의 지식이 되고
쌓인 경험은 태영의 힘이 되는데……

이계의 기연을 모조리 흡수해
누구도 넘볼 수 없는 전사로 우뚝 서다!

변호사 윤진한

이해날 현대 판타지 장편소설